그 남자의
여비서

그 남자의 여비서

초판 1쇄 찍은 날 | 2017년 3월 24일
초판 1쇄 펴낸 날 | 2017년 3월 31일

지은이 | 문희
펴낸이 | 예경원

편집 | 유경화

펴낸곳 | 예원북스
등록번호 | 제396-2012-000132호
등록일자 | 2012. 7. 25
YRN | 제1-0182호

주소 | 경기도 고양시 일산동구 호수로 646-24 위너스21-Ⅱ 206A호 (우) 10401
전화 | 031-819-9431 팩스 | 031-817-9432
http://cafe.naver.com/yewonromance
E-mail | yewonbooks@naver.com

ⓒ 문희, 2017

ISBN 979-11-6098-148-3 03810

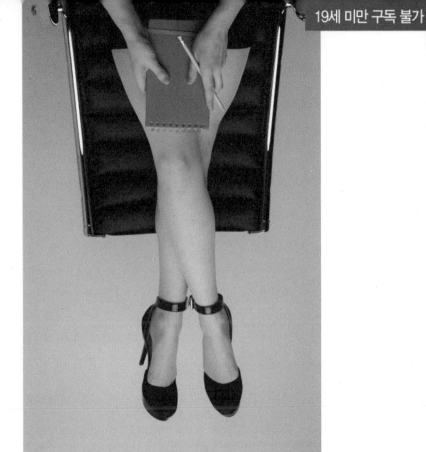

YEWONBOOKS ROMANCE STORY

그 남자의
여비서   문희 장편 소설

예원

C · O · N · T · E · N · T · S

Prologue

쓰으윽쓰윽!

반바지만큼 짧은 스커트를 내리느라 하얗고 긴 손이 정신없이 움직이고 있었다. 23년을 살아오면서 처음으로 남들 앞에서 신경 쓰이는 옷을 입었다.

룸미러로 그녀의 모습을 힐끗거리는 택시기사가 신경 쓰이기도 했고 난생처음 입어보는 초미니 스커트가 스스로도 어색했기 때문이었다.

쩌억!

평소 땀을 잘 흘리지 않는데 날씨 때문인지 아니면 긴장을 해서인지 에어컨이 빵빵하게 나오는 모범택시 안인데도 그녀의 허벅

지와 검은 가죽 시트가 자꾸만 달라붙었다.

"후~"

한숨이 절로 나왔다. 손바닥만 한 가방으로 가리려고 해도 소용이 없었다. 하지만 그녀가 지금 더 신경이 쓰이는 건 비단 옷차림 때문만은 아니었다. 오늘 그녀는 인생 최대의 아르바이트를 하러 가는 중이었다.

'이번 아르바이트는 한 번만 잘하면 100만 원이야.'

직업소개소 사장의 말이 머리에서 떠나지 않았다. 100만 원이면 일당 8만 원인 식당 설거지 아르바이트를 12일 넘게 해야 벌 수 있는 돈이었다. 예쁜 얼굴에 핫한 바디라인 덕분에 돈을 쉽게 벌 수 있는 아르바이트의 유혹이 많았던 그녀였지만 대학 내내 한 번도 그런 일은 하지 않았다.

어쩔 수 없이 고아로 태어났고 그것 때문인지 그녀를 색안경을 끼고 보는 사람들이 많아서 그녀는 될 수 있으면 바르게 살기 위해 남들보다 더 많은 노력을 하고 살았다. 하지만 세상은 그녀가 그렇게 살게 가만두지 않았다.

어이없게 한 달간 일을 한 식당의 주인이 아르바이트비도 주지 않은 채 그대로 날라 버린 것이었다. 당장 학비를 내야 하는 현실이 막막하기만 했던 그녀에게 이번 일이 미안하다며 직업소개소 사장이 특별히 소개한 자리였다.

'술집도 아니고 그냥 남의 선 자리에 가서 훼방만 놓으면 돼. 어차피 다시 볼 일 없는 사람들인데 어때.'

이번 학비만 내면 졸업이라서 그녀로서는 정말 마지막 선택을 할 수밖에 없었다.

비빌 언덕이라고는 없는 그녀에게 100만 원은 아주 큰 돈이었다. 자존심을 팔 만큼.

'눈 딱 감고 그냥 그 자리에서 깽판만 부리면 되는 거야.'

남의 선 자리에서 깽판을 어떻게 부려야 하는지 몰랐지만 의뢰한 사람이 웃으며 미용실까지 소개를 해주고 그녀를 이렇게 만들어놓은 걸 보니 무슨 방법으로 깽판을 치라는 건지 감이 왔다.

짧은 치마는 둘째 치고 상의는 가슴의 반을 거의 드러내 놓고 있었다. 한 손은 치마로 한 손은 국기에 대한 경례를 하고 있는 서희였다.

차창 밖으로 그녀가 가야 할 리치호텔이 그 위용을 뽐내고 있었다. 우리나라에서 가장 화려한 호텔인 리치호텔은 최고급이란 말이 부족한 호텔이었다. 호텔이라는 곳 자체가 처음인 그녀는 벌써부터 온몸이 떨려왔다.

"아가씨, 다 왔어요."

여전히 느끼한 시선의 기사가 그녀에게 목적지에 도착했음을 말해주었다.

"네."

요금을 치르고 내리려는데 문이 갑자기 열렸다. 말로만 듣던 도어맨이었다.

"안녕하십니까?"

친절하게 인사를 건넨 도어맨이 치마 때문에 내리기 불편했던 그녀의 손을 잡아주었다.

"감사합니다."

"아닙니다. 호텔에 가십니까?"

"네, 레스토랑에요."

친절한 도어맨은 나이가 지긋한 신사였다. 다른 사람이 이렇게 친절하게 대해주는 게 거의 처음이라서 서희는 어색하기 그지없었다. 의지할 곳 없는 고아로 살면서 그녀는 친절을 강요당했지 이런 대접을 받아본 적이 없었기 때문이었다.

"레스토랑은 16층입니다. 스카이라운지가 아주 멋스럽죠. 좋은 시간 보내시기 바랍니다."

"네."

좋은 시간을 보낼지는 모르지만 잊지 못할 기억을 만들기는 할 것 같았다.

또각 또각 또각.

대리석 바닥을 울리는 어색한 구두굽 소리가 서희의 귀에는 대포 소리보다 더 크게 들렸다. 혹시나 삐끗거리지는 않을까 힘을 주고 걷느라 다리 전체가 쥐가 날 지경이었다.

모두가 그녀를 쳐다보고 있었다. 그도 그럴 것이 170cm가 넘는 키에 겨우 엉덩이만 가릴 정도의 짧은 블랙 미니스커트에 가슴골이 훤히 보이는 민소매 블랙블라우스, 게다가 높은 힐까지 신어서 눈에 안 띄려야 안 띌 수가 없었다.

일단은 신경이 쓰이니 손에 든 작은 가방으로 열심히 가리며 그녀는 엘리베이터를 눈으로 열심히 찾았다. 남자들이 그녀의 미끈하게 빠진 다리를 보고 정신을 못 차리고 있다는 것도, 그녀의 풍만한 가슴이 그들의 넋을 뺀 것도, 그리고 그녀의 아름다운 얼굴이 그들을 사로잡고 있다는 것도 서희는 미처 알지 못했다.

그녀가 지나는 자리마다 탄성이 흘러나왔지만 서희는 자신에게 닥친 일에만 집중하느라 그들의 감탄 어린 표정을 그저 그녀를 이상하게 본다고만 생각하고 있었다.

엘리베이터를 타고 나서 그녀는 올라가는 내내 벽면에 비치는 자신의 모습을 보며 최종 점검을 했다.

긴 생머리는 굵은 웨이브를 주어 여성미를 강조했고 생전 처음한 스모키 화장은 그녀를 완전히 다른 인물로 만들어놓았다. 그녀의 커다란 눈은 아이라이너의 놀라운 능력으로 두 배는 더 커졌고 속 쌍꺼풀은 두 겹으로 붙여서 더욱 눈매를 또렷하게 만들었다.

메이크업을 해준 언니가 실력이 대단한 사람이라는 말은 들었지만 이건 메이크업이 아닌 변신술이었다. 한참을 신기한 듯 자신의 모습을 보고 있는데 엘리베이터가 정지하며 레스토랑에 다 왔음을 알려주었다.

'이건 조혜진이라는 여자 사진이고 이건 신태수라는 남자 사진이야.'

소개소 사장이 오늘 만날 사람들의 사진을 그녀에게 주었다. 머릿속에 어제 밤새도록 본 여자의 얼굴과 남자의 얼굴 사진이 선명하게 그려졌다. 엘리베이터에서 발을 떼며 서희는 오로지 100만 원만 생각하기로 했다.

'여자하고 남자를 떼어놓으면 돼. 알겠지? 여자가 그냥 화가 나서 다시는 안 만나겠다는 소리까지 하면 좋고.'

소개소 사장이 했던 말이 서희의 머릿속을 스쳐 지나갔다. 소개소 사장님이 신경 써주신 일인데 이번에는 열심히 잘해야겠다고 생각한 서희는 두 손을 불끈 쥐고는 엘리베이터에서 내렸다. 그녀가 내리자 모두의 시선이 그녀에게 쏠렸다.

"예약하셨습니까?"

"네."

검은색 정장의 남자 직원이 그녀를 보며 친절하게 웃었다. 잠시 뒤에 있게 될 소란한 상황이 미안하기는 했지만 지금은 모든 것에 안면몰수를 해야 했다.

"약속하신 분의 성함이 어떻게 되십니까?"

"신태수, 조혜진 씨요."

"어, 이상하네요. 거긴 두 분만 예약을 하셨는데……."

"식사를 하러 온 게 아니라 잠깐 만나러 온 거예요. 전 금방 갈 거구요."

서희는 빠르게 눈을 돌려 그들을 찾았다.

"저기 있네요."

직원이 말릴 틈도 없이 마치 아는 사람처럼 그녀는 그들을 향해 직진했다. 그곳에는 그녀가 이제껏 만나본 적이 없는 아주 부유한 느낌의 두 남녀가 앉아 있었다. 이제 어찌해야 할지 생각을 해야 했다.

그녀를 정면으로 보고 있는 여자가 사진보다 열 배는 더 예쁘다고 문득 생각했다. 당연하게도 여자는 서희에 대해 신경을 쓰지 않았다. 서희가 여자 앞에 앉아 있는 남자에게 키스하기 전까지는 말이다.

"자기야."

미친 척하고 남자의 어깨를 잡았다. 놀란 남자가 그녀를 보았고 사진 속의 남자임을 확인한 서희는 다짜고짜 남자의 무릎에 올라앉아 그의 양복 깃을 양손으로 야무지게 잡고는 남자의 입에 자신의 입을 맞추었다.

그의 단단한 가슴도 그리고 강한 남성의 체취도 느끼지 않으려
고 애를 쓰며 서희는 남자의 입술에 자신의 입술을 가져다 댔다.
남자의 놀란 눈과 마주쳤지만 서희는 얼른 눈을 감아버렸다.

이제 남자가 그녀를 뿌리치고 일어날 차례였다. 모르는 여자가
갑자기 이렇게 달려드는 데 좋아할 남자는 없었다. 앞의 여자가
마음에 드는 상황이라면 더 그럴 것이었다. 그러면 그녀는 화를
내는 남자에게 왜 모른 체하냐며 도리어 화를 내고 사라지면 되는
것이었다.

아니, 그래야 순서가 맞았다. 그런데 모든 게 각본대로 되는 건
아니었다. 이 남자가 그녀의 허리를 자신의 손으로 꽉 잡아 고정
하고는 그녀의 다문 입 사이로 자신의 혀를 밀어 넣는 게 아닌가?

순간 놀란 서희가 자신의 본분을 잊고는 그를 뿌리칠 뻔했지만
그래도 조금 남아 있던 이성이 100만 원을 외치고 있었다. 절대로
이 남자의 향이 좋아서, 그의 단단한 팔이 좋아서가 아니었다. 큰
키의 그녀가 아주 작은 여인이 된 듯 폭 안기는 느낌이 좋아서도
아니었다. 그냥 지금 이 상황을 피할 수 없기 때문이라고 그녀는
속으로 되뇌었다.

그의 혀가 집요하게 그녀의 입안을 휘젓고 있었다. 처음 하는
키스는 아니었지만 이처럼 강렬한 키스는 처음이었다. 서희의 손

이 남자의 두꺼운 목을 타고 올라갔다. 남자의 손이 그녀의 허리에서 엉덩이로 내려와 그녀를 당황스럽게 만들고 있기는 했지만 이 지독히도 매력적인 남자에게서 떨어지고 싶지 않았다.

"지금 뭣들 하는 거예요?"

여자의 날카로운 소리에 그제야 서희는 정신이 돌아왔다. 남자는 여전히 서희를 무릎에 앉힌 상황이었다. 뭔가 그녀의 계획대로가 아닌 다른 방향으로 이상하게 흐르는 느낌이었다.

남자는 앞의 여자가 마음에 들지 않은 모양이었다. 지금 오히려 그가 그녀를 이용하고 있었다. 그것도 아주 타이밍 좋게 말이다.

"내가 말했지? 난 한 여자에게 정을 주는 놈은 못 된다고."

"태수 씨!"

"다시 말하지만 그동안 즐거웠어."

"아빠가 가만히 있을 줄 알아요?"

남자가 서희를 일으켜 세우고는 자신도 옆에 서서 그녀의 가는 허리에 손을 감았다. 이 순간 서희가 할 일은 그저 고개를 빳빳이 들고 앞의 여자를 응시하는 것뿐이었다.

"어디서 천박한 여자를 데리고 와서는……."

"내 취향이야. 혜진이는 나에게 너무 고상해. 그리고 우리 허니는 천박하지 않고."

"신태수, 여기서 나가면 정말 끝이야."

"내가 바라던 바야."

남자의 낮은 저음이 그녀의 귓가를 울렸다. 동시에 서희는 이 남자에게서 굉장히 위험한 기운을 느끼고 있었다.

"허니, 가요."

서희는 남자의 장단에 맞추어주었다. 어쨌든 둘만 떼어내면 되는 일이니까. 갑자기 너무 쉽게 끝나 버린 일에 허탈한 마음까지 들 정도였다. 남자의 단단한 손은 엘리베이터에 도착할 때까지 그녀의 허리를 단단히 잡고 있었다. 여자의 시선이 느껴져 뒤통수가 따갑기는 했지만 뭐 아무런 상관은 없었다.

엘리베이터 문이 열리고 그와 서희 둘만이 엘리베이터에 남게 되었다. 남자는 생각보다 꽤 컸다. 170cm가 넘는 그녀가 올려다볼 정도의 키였으니까 말이다.

탁!

엘리베이터의 문이 닫히자마자 남자가 그녀를 엘리베이터와 그 사이에 가두었다. 그의 단단한 가슴이 그녀의 가슴을 눌러왔다. 그가 그녀의 왼쪽 가슴에 있는 점을 위험스럽게 손가락으로 눌렀다.

"가슴에 검은 점이라……."

그의 말이 그녀의 가슴에서 울리고 있었다. 아니, 그의 손끝이 아직 그녀의 가슴 위에 있어서 떨리는 것일지도 몰랐다. 그의 손가락이 가슴에서 그녀의 턱으로 올라와 그녀의 아름다운 턱을 손가락 끝으로 들어 올렸다.

"누가 시킨 일이지?"

"몰라요. 그리고 당신에게 말할 이유도 없고."

될 수 있는 대로 뻔뻔하게 나가는 수밖에 달리 방법이 없었다.

"모른다?"

그가 대놓고 코웃음을 쳤다. 그렇지만 서희는 그에게서 눈을 뗄 수가 없었다. 사진보다 실물이 압도적이었다. 숨 막히게 잘생겼다는 표현이 맞을 정도로 그는 그녀가 본 남자 중에서 가장 잘생긴 남자였다.

조각상처럼 각진 얼굴에 오뚝한 코, 그리고 도톰한 입술이 방금 전의 키스를 생각나게 했다. 그리고 단연 돋보이는 건 그의 눈이었다. 쌍꺼풀이 질 듯 말 듯 약하게 라인이 가 있는 그의 눈은 굉장히 컸다. 그리고 세상을 빨아들일 것 같은 짙은 갈색 눈동자 안에 그녀가 있었다.

"희진이가 오늘 나를 본의 아니게 도왔군."

그가 씨익 미소를 지으며 말했다.

"누구요?"

의뢰인의 이름은 몰랐지만 서희는 그의 말에 번쩍 정신이 들었다.

띵!

1층에서 엘리베이터 문이 열리자마자 서희는 도망쳐야겠다고 생각했다.

"죄송해요."

"윽!"

미안하지만 어쩔 수가 없었다. 서희는 그의 급소를 무릎으로 차고는 사정없이 뛰었다. 이럴 때는 삼십육계 줄행랑이 최고의 방법이었다.

뒤도 돌아보지 않았다. 아르바이트는 끝이 났다. 그와 더 이상 함께 있을 이유는 없었다. 거기다가 의뢰인을 모르긴 해도 아까처럼 그가 의뢰인을 넘겨짚어 전화라도 건다면 산통을 다 깨는 일이었다.

아직 돈을 다 받지 못했기 때문이다. 돈은 내일 통장으로 넣어준다고 소개소 사장이 말했었다. 내일까지는 어떻게 해서든지 비밀을 지켜주는 게 나을 것 같았다. 서희는 호텔 앞에 서 있는 택시를 타고 서둘러 그곳을 빠져나왔다.

"헉헉, 아저씨. 돈암동이요."

가쁜 숨을 몰아쉬면서도 서희는 그와 입 맞추었던 자신의 입술을 손끝으로 쓸어 내렸다. 아직 그의 숨결이 남아 있는 것 같았다. 다시 마주칠 일은 없겠지만 그래도 아찔한 키스는 오래도록 그녀의 기억에 남을 것 같았다.

"괜찮으십니까?"

호텔 직원이 엘리베이터 바닥을 기고 있는 그를 발견하고는 걱정스레 물었다. 억 소리가 목구멍까지 차올랐다. 그의 남성이 욱신욱신거리고 있었다. 이렇게 눈물 나게 아픈 건 실로 오랜만이었다. 그리고 여자에게 이토록 호기심이 생긴 것도 처음이었다.

"괜찮으십니까? 혹시 도난당한 물건이라도 있으십니까?"

그가 대답 대신 고개를 저었다. 호텔 직원은 낮이 익었다. 요즘 들어 할아버지의 등쌀에 못 이겨 선을 거의 매주 보다시피 해서 그는 이곳의 직원들이 낮이 익기 시작했다.

직원이 그를 차 있는 곳까지 데려다주었다. 다른 건 왠지 어설픈 느낌이 들었지만 힘 하나는 인정을 해야 할 것 같았다. 운전을 할 수 있겠냐는 직원에게 괜찮다고 이야기를 한 그는 한참을 차 안에 앉아 있었다.

"하하하."

생각할수록 웃음이 났다. 오늘은 완벽하게 에로틱한 여자에게 당했다. 분명히 희진의 방해 작전일 것이다. 희진은 어릴 때부터 지금까지 그를 쫓아다니는 남동생의 친구였다.

그가 아닌 그의 동생 태민을 좋아하면 좋으련만, 희진으로 인해 귀찮을 때가 한두 번이 아니었다. 또 이렇게 가끔씩 엉뚱한 짓도 하고. 하여튼 그는 희진이 귀찮았다.

윙~

그는 핸드폰 화면을 보고 한숨을 지었다. 벌써 혜진이 할아버지께 보고를 한 모양이었다.

"여보세요?"

[여보세요, 소리가 나와? 네 이놈!]

할아버지의 천둥 같은 목소리가 핸드폰을 넘어 차 안에 쩌렁쩌렁 울리고 있었다.

"할아버지."

[할아버지라고 생각은 하는 거야? 내가 얼마나 예뻐하는 아인데 그 애의 자존심을 그렇게 상하게 해?]

"전 하나도 안 예뻐요."

[뭐? 너 이놈의 새끼. 당장 안 들어와?]

할아버지의 거친 숨소리가 들렸다.

"갑니다, 가요."

[10분 내로 들어와.]

"여기 강남인 거 아시잖아요. 지금 차도 밀리고."

[신태수!]

"가요, 가."

그는 차의 시동을 걸면서 전화를 끊었다. 요즘 들어 부쩍 그의 결혼을 서두르시는 할아버지셨다.

어릴 때 부모님이 모두 차 사고로 돌아가시고 그와 그의 동생은 할아버지 손에 키워졌다. 집안에 여자라고는 일하는 사람들뿐이니 당연히 모든 게 거칠 수밖에 없었다.

말은 이렇게 하면서도 태수의 입에는 웃음이 걸려 있었다. 할아버지는 그에게 정신적인 지주이며 삶의 중심이었다. 그런 할아버지가 자신에게 관심을 가져주시는 것이니 그리 기분이 나쁘지는 않았다. 조금 귀찮을 뿐이지만 말이다.

핸들을 잡은 그의 손에 힘이 들어갔다. 그는 운전을 하면서 방금 전의 아주 당돌했던 아가씨를 떠올렸다. 키스를 아주 매력적으로 하는 여자였다. 또 한 번 그녀가 그에게 그렇게 안긴다면 그때도 마다하지는 않을 것 같았다. 그의 입가에 웃음이 또다시 걸렸다.

그는 아직 결혼 생각이 없었다. 할아버지의 건강이 그렇게 좋지 않으셔서 지금 회사를 노리는 놈들이 아주 많았다. 그가 아직 어린 관계로 그의 실력을 믿지 못하는 중역들이 많았다. 그는 지금 결혼보다는 회사에서 자신의 입지를 굳히는 게 우선이었다.

그의 천적은 회사에 있었다. 할아버지의 신임을 한 몸에 받고 있는 유상도 전무. 사람들은 회장의 손자인 태수와 태민이 회사에

버젓이 있는데도 유 전무가 진정한 후계자라고 생각했다. 그걸 깨고 자신의 입지를 구축하려면 많은 노력과 시간이 필요했다. 결혼은 그다음 문제였다.

정체구간을 빠져나오자 성북동으로 향하는 지름길이 나타났다. 법정 스님이 계시던 길상사가 본가 옆에 자리하고 있었다. 사찰 근처라서 그런지 그의 본가 주변은 도심인데도 한가로웠다.

성북동의 가장 화려하고 큰 집이 대원건설의 창립자인 할아버지와 그의 형제들이 사는 곳이었다. 한옥의 구조로 지어진 집은 외관은 완벽한 한옥이지만 집 안에 들어가면 너무나 깔끔한 양옥 구조였다.

한옥 4채가 연결이 되어 있는 구조인 집은 대한민국 건축대상을 받기도 했다. 그만큼 이 집은 할아버지의 자랑이자 대원건설의 실력을 보여주는 곳이었다.

그는 주차장에 차를 세우고 정원을 지나 본관으로 향했다. 넓은 정원에는 잉어가 사는 연못이 있었고 연못 위로 다리가 있어서 그곳을 건너야 본관으로 들어갈 수 있었다.

"오셨습니까?"

언제나처럼 유 집사님이 그를 맞이해 주셨다. 작은 키에 운동으로 다져진 다부진 몸을 가진 유 집사는 일흔이 넘은 나이로 보이지 않았다.

"할아버지는 어디 계십니까?"

"회장님께서는 지금 서재에 계십니다. 오늘은 컨디션이 좋지 않으시니 눈치껏 하십시오."

"네."

언제나 그의 편인 유 집사의 얼굴에 걱정이 가득했다. 그런 유 집사를 뒤로하고 그는 할아버지가 있는 서재로 향했다. 오동나무로 된 미닫이문이 오늘따라 더 무겁게 느껴졌다.

드르륵.

문이 열리고 그에게 이곳이 서재라는 걸 알려주는 건 벽면 가득한 수많은 책이 아닌 그 속에서 나는 종이 냄새였다. 이곳에 올 때마다 느끼는 것이지만 이 냄새가 참으로 그의 마음을 편하게 만들어주었다.

서재 중앙에 놓인 소파에 할아버지께서 앉아 계셨다. 모시한복을 입고는 연신 부채질하고 계신 모습이 여간 화가 나신 게 아닌 것 같았다.

"다녀왔습니다."

"에헴."

할아버지는 그에게 앉으라는 소리조차 하지 않으셨다.

"죄송합니다."

이럴 때는 무조건 용서를 비는 게 혼나는 시간을 짧게 하는 유

일한 방법이었다.

"옷을 반도 안 입은 여자를 데려왔다고?"

할아버지는 화가 많이 나신 것 같은데 그는 웃음이 터질 뻔했다.

"데리고 간 게 아니라 그 여자가 스스로 왔습니다."

"뭐 하는 여자야?"

"……."

그도 모르니 대답을 할 수가 없었다.

"부모님은 뭘 하시고?"

"……."

"대답을 못 하는 걸 보니 별 볼일 없는 집안인 게로구나."

난감한 상황이었다.

"깊은 관계야?"

"……."

"왜 말을 못 해?"

"깊은 관계입니다."

"멍청한 놈, 내가 그렇게 신경을 쓴 선 자리는 마다하고 뭐 별 볼일 없는 반 벌거숭이와 깊은 관계라고?"

"네."

그가 결혼을 해야만 안정된 삶을 살 수 있다고 할아버지는 생각하시지만 서른 살 남자에게 결혼은 아직 중요한 일이 아니었다. 할아버지에게 끌려 다닐 때가 아니었다.

"당장 데리고 와."

"네?"

할아버지의 말에 그는 놀라지 않을 수가 없었다.

"싫습니다."

"왜?"

"때가 되면 제가 인사를 시키겠습니다. 그리고 저는 아직 회사 일에 전념하고 싶습니다. 제가 회사 운영에 신경을 써야 할아버지에게도 도움이 된다고 생각합니다."

자신이 사장 자리에 앉아 있어도 할아버지의 눈에는 아직 어린 아이에 불과한 것 같았다. 확신을 심어드려야 하는데 그게 쉽지만은 않았다. 아무리 회사 일을 잘하고 있어도 유 전무는 항상 할아버지에게 그가 부족하다고 보고했고 할아버지는 그 말을 믿으셨다.

"아니, 내일이라도 당장 데리고 와."

"할아버지!"

"회사 일은 나도 있으니 아직 네가 그렇게 신경을 안 써도 되지만 결혼은 때가 있는 법이다."

태수의 머리가 바쁘게 움직였다. 오늘 그 여자는 희진이 보냈을 거고 어쩌면 그가 원하는 방향으로 그녀에게 일을 맡기면 될 것 같았다.

"알겠습니다."

"좋다. 내가 보고 결정하마."

그는 서재에서 나와 정원을 서성이며 희진에게 전화를 걸었다.

"희진아."

[오빠, 어쩐 일이야? 해가 서쪽에서 뜨겠다.]

희진의 목소리가 한 옥타브는 올라가 있었다.

"오늘 보낸 아가씨 연락처 좀 말해봐."

[누구?]

"오늘 내가 혜진이랑 만났을 때 네가 보낸 아가씨."

[뭔 소리야?]

아주 딱 잡아떼고 있었다.

"진짜 이렇게 비협조적이면 다시는 안 봐."

[진짜 무슨 소린지 모르겠어.]

"야, 조희진."

[미안한데 나 지금 친구들이랑 있어서.]

희진이 급하게 전화를 끊었다. 어떻게 해서든지 그 여자의 번호를 알아내야 했다. 일단 할아버지부터 설득을 해야 그가 회사 일을 하는 데 편하기 때문이었다.

그리고 솔직히 아까 그 여자를 한 번 더 보고 싶은 마음이 컸다. 오늘 그의 품에 안긴 여자의 느낌은 더없이 좋았다. 마른 몸에 비해 커다란 가슴도 인상적이었다.

"가슴의 점이라⋯⋯."

그녀가 더 생각이 나는 건 그의 손가락 아래에 있던 그녀의 새하얀 피부와 너무나도 대조가 되던 검은 점이었다. 봉긋하게 솟아오른 가슴이 아직도 그의 눈에 선했다. 그리고 그녀의 입술 또한 그의 남성을 자극하고 있었다.

수많은 키스를 했지만 오늘처럼 갑작스럽게 여자에게 당한 적은 처음이었다. 그리고 그 입술을 놓고 싶지 않은 마음이 드는 것도 처음이었다. 키스는 섹스를 하기 위한 준비 단계라고만 생각했는데 키스만으로도 그의 분신들이 쏟아져 나올 것만 같았다. 그는 자신도 모르게 혀로 입술을 쓸어내렸다.

하지만 지금은 그녀의 섹시함보다는 어디에 있는지부터 찾아야 할 때였다. 내일 희진에게 자신의 눈앞으로 그녀를 데리고 오라고 해야겠다.

컴퓨터를 켜고 내일 회사에서 논의할 회의 자료들을 검토하기 시작했다. 그가 회사에서 작업을 하지 않는 이유는 그의 적들이 너무 많기 때문이었다. 그가 열심히 일을 하는 모습을 보임으로 적들을 자극할 필요는 없었다.

그는 언제나 정시에 퇴근하는 무능력한 재벌 3세로 할아버지께
보고가 되었다. 그게 아직 할아버지가 그를 못 미더워하는 이유였
다. 너무 뛰어나면 사방에 적들이 많은 법이니까 수위를 조절하기
는 해도 그는 절대 무능력하지는 않았다. 다만 유 전무를 아직 자
극하고 싶지 않았기 때문에 별다른 반응을 보이지 않았을 뿐이었
다.

아직은 때가 아니었다.

모니터를 보며 그는 자신의 일 속으로 빨려 들어가고 있었다.
참으로 무서운 집중력이었다. 유 집사가 그의 책상 앞에 커피와
샌드위치를 가져다 놓았는데도 전혀 눈치를 채지 못했다.

태수의 눈이 매섭게 서류를 검토하고 있었고 그런 태수를 할아
버지가 문틈으로 바라보며 흐뭇해하고 있다는 걸 태수는 알지 못
했다. 그리고 태수가 알지 못한 또 하나는 그가 아주 쉽게 찾을 수
있을 거라 생각했던 그 여인을 만나는 것이 결코 쉽지 않다는 것
이었다.

커피는 차갑게 식어가고 있었지만 태수는 밤늦도록 자신의 일
에 몰입하고 있었다.

Chapter 1

3년 후.

서울의 조용한 찻집의 유리창 밖으로 사나운 빗줄기가 내리치고 있었다. 아직 오후 3시인데 갑작스런 소나기로 마치 밤 같은 어둠이 짙게 드리워져 있었다.

투둑투둑.

요란한 빗소리와 함께 가야금 산조 소리가 뒤섞이고 있었다. 오래된 찻집은 그리 크지는 않았지만 머리가 희끗한 어르신들이 자리를 가득 채우고 있었다. 서희는 그런 모습이 왠지 측은하면서도 따뜻하게 느껴졌다.

나이 들어서 이렇게 오래된 찻집에 와서 친구들과 이야기를 나눌 수 있는 여유가 있다는 것에 대한 부러움과 함께 나이가 든 것에 대해 아쉬워하는 그들이 측은해 보이기도 했기 때문이었다.

3년 전 학교를 졸업하자마자 처음으로 이력서를 넣었던 대원건설에 입사를 하게 되었다. 모두가 그런 대기업에 한 방에 입사하게 된 그녀를 부러워했고 일이 잘 풀리려고 했는지 신성호 회장의 비서로 일을 하게 되었다.

하루하루가 신기할 정도로 즐거웠고 그녀의 인생에 있어서 가장 성공적인 나날이었다. 그런데 요즘 신 회장님의 건강 상태가 안 좋아져서 걱정이었다. 체력이 워낙 약해지셔서 요즘은 혼자 걷기도 힘이 드신 모양이었다.

회장님을 모시고 서울대 병원에서 정기검사를 받고 오는 월요일이면 이렇게 인사동의 작은 찻집에 들르곤 했다. 이렇게 신 회장님을 모신 지도 3년이 지났다.

"임 비서."

"네, 회장님."

"오늘이 이곳에 오는 마지막 날인 것 같네."

요즘 들어 부쩍 이런 말씀을 자주 하시는 회장님이었다.

"몸이 이젠 말을 안 들어."

"왜 그러십니까. 수술 경과도 아주 좋다고 원장님께서 말씀해

주셨는데요."

"아니, 내 몸은 내가 더 잘 알아."

의사는 분명이 경과가 아주 좋다고 했는데 회장님의 몸 상태는 그게 아닌 것 같았다.

"저기 김 여사님 오셨습니다."

"어디?"

금방 아프시다고 해놓고는 마음에 들어 하시는 여사님이 들어오시자 얼른 고개부터 돌리시는 회장님이 귀여워 보여 서희는 미소를 지었다.

"에헴, 날 놀리는 겐가?"

김 여사님의 모습이 보이지 않자 회장님이 역정을 내셨다.

"아뇨, 저기 기둥에 가려서 보이지 않으시는 것뿐입니다."

"왔어?"

"네."

"혼잔가?"

"아뇨, 지난번에 오셨던 할아버지께서 먼저 앞에 앉으셨습니다. 김 여사님은 별로인 듯하지만요."

회장님의 최대 라이벌인 할아버지는 김 여사님이 들어오시기만 하면 기다렸다는 듯이 김 여사님의 자리로 가서 앉아버려 항상 회장님은 기회를 놓치셨다.

"다음에는 제가 먼저 달려가서 앉겠습니다."

"……."

서희의 말에 싫다고는 안 하시는 회장님이셨다. 다음에는 진짜 온몸을 날려 김 여사님과 합석을 시키리라 서희는 마음먹었다.

"이만 돌아갈 시간이야."

"일어나시겠습니까?"

"그래."

회장님이 자리에서 일어났다. 78세라는 나이가 믿어지지 않을 정도로 신 회장님은 정정했다. 이번에 심장 혈관 확장술을 하신 관계로 약간 불편하신 것 빼고는 60대 같은 모습이셨다. 하지만 겉으로 보여지는 모습이 다는 아니라서 항상 긴장을 하고 있는 서희였다.

검은 벤츠 리무진이 찻집에서 조금 떨어진 공영 주차장에서 그들을 기다리고 있었다. 주차장까지 이어진 골목을 걷는 동안 그들의 뒤로 경호원이 따랐다. 혹시 모를 위급 사태를 대비해서 비서실장님이 붙여준 사람들이었다.

지난번 심장 발작 때 직원들이 근처에 있어서 그나마 큰일이 없었기 때문에 경호원을 붙였는데 회장님이 싫어하셔서 회장님 모르게 그들을 살피게 했다.

"조금 쉬었다가 갈까요?"

"왜?"

회장의 호흡이 흐트러져 있었다.

"제가 힘이 들어서요."

가뜩이나 자존심이 강하신 분인데 눈치껏 말과 행동을 해야 했다.

"임 비서는 거짓말에 서툴러."

"조금 쉬시는 게 좋을 것 같습니다."

회장이 자리에서 멈추어 섰다.

"내일, 우리 큰 녀석이 돌아오는군. 회사가 시끄러워질 거야."

잠시 회장님 때문에 잊고 있었다. 서희의 인상이 서서히 굳어졌다. 회사가 시끄러워지기 전에 그녀의 머리가 더 시끄러워지고 있었다.

신태수, 그가 돌아온다. 3년 전 그녀의 마지막 아르바이트의 대상이었던 그가 그녀의 오너가 되어 돌아오는 것이었다.

당시에는 그가 대원건설의 후계자이자 서희가 모시는 신성호 회장의 손자일 줄은 상상도 하지 못했었다.

원수는 외나무다리에서 만난다고 했던가? 그가 대원건설 오너 일가 사람일 줄은 꿈에도 생각하지 못했었다. 부티가 난다고 생각은 했지만 재벌일 줄이야.

나중에 사내신문에 나온 오너 일가의 사진을 보고 그녀는 그 자리에서 주저앉았었다. 신 회장의 옆에 그가 있었기 때문이었다. 그날 일을 생각하면 지금도 심장이 쫄깃해지는 느낌이었다.

하지만 불행 중 다행인 것이 그가 중동 지역으로 파견을 간 상황이라서 3년간은 마음 편하게 지낼 수 있었다. 하지만 갑자기 일주일 전에 그가 중동의 해외지사 일을 성공적으로 마치고 본사로 복귀한다는 소식을 듣고는 서희는 눈물을 흘릴 뻔했었다. 어찌나 안절부절못했는지 신 사장이 온다는 말을 한 비서실장 앞에서 커피를 쏟아버렸다.

"이제 안정이 되어가고 있는데……."

회사를 그만두어야 하나, 하는 고민에 빠진 그녀였다. 못 알아본다면 다행이지만 그가 알아보기라도 한다면 그녀는 당장 잘릴 것이기 때문이었다.

그 당시 아무리 그가 선을 본 여자가 싫었다고 하더라도 깽판을 제대로 친 그녀를 자신의 편찮으신 할아버지 옆에 둘 리가 없기 때문이었다. 또 만에 하나 그가 모른 척해준다고 해도 자신의 손자를 재벌가의 여자에게서 떼어놓는 일을 했던 여자를 신 회장이 용서할 리가 없었다. 불안했다.

"임 비서가 잘 도와줘."

"……."

"임 비서?"

"네?"

"내 말 듣고 있나?"

"죄송합니다."

"우리 큰 녀석 좀 잘 도와달라고. 태수의 선을 임 비서가 잘 준비해 줘야 마음에 드는 아가씨를 만나서 장가를 갈 거 아닌가?"

"저는 회장님께 최선을 다하고 싶습니다."

"그 마음이야 잘 알지. 내가 데리고 있었던 비서 중에 자네가 가장 나에게 지극정성이라는 거 잘 알아. 그러니까 우리 큰 녀석에게도 신경을 써주라는 얘기야."

"알겠습니다."

그제야 회장이 발걸음을 떼었다.

회장과 차를 타고 본사로 가는 동안에도 서희의 머릿속은 그야말로 실타래 엉키듯이 엉켜 있었다.

"선배님, 오늘도 바로 집으로 가시나요?"

같이 근무하는 자경이 꿍꿍이가 있는지 그녀의 옆으로 다가와서 팔짱을 끼었다.

"왜?"

"맥주 한잔 어떠세요?"

"미안하지만 오늘은 패스."

그녀는 대충 가방을 정리해서 회사를 나와 평소에는 잘 타지 않는 택시에 몸을 실었다. 오늘은 진짜 만사가 귀찮았다. 온통 머릿속의 생각은 신태수에 관한 것들이었다. 회장실의 비서니 만나는 건 시간 문제였다.

"후~"

한숨이 절로 나왔다. 이렇게 머리가 복잡할 때면 서희는 핸드폰에 저장된 조카 유리의 사진을 보곤 했다. 그러면 얼굴에 자연스럽게 미소가 돌고 마음이 차분해졌기 때문이었다.

그녀에겐 가족이 없었다. 태어날 때부터 버려졌고 그렇게 오랜 세월을 고아원에서 보냈다. 조카 유리는 고아원부터 친자매처럼 지낸 민아의 딸이었다. 민아는 같은 고아원 출신이자 그녀의 또 다른 친구인 영식과 결혼해서 가정을 이루었다.

피를 나누지는 않았지만 서희에겐 가족 같은 존재들이었다. 유리의 사진과 동영상을 주로 보지만 그녀는 맨 마지막에 모두가 함께 사진관에 가서 찍은 유리의 돌사진을 봤다. 진짜 가족 같은 느낌이 들기 때문이었다. 그녀가 한 번도 가져본 적이 없는 가족을 민아가 만들어주었다.

퇴근 후에 서희는 언제나처럼 친구 민아의 커피숍을 찾았다. 오늘 같은 날은 민아가 만든 시원한 아이스커피가 간절하게 생각이 나기 때문이었다.

커피숍의 이름은 사과나무였다. 어릴 때 그들이 놀던 장소가 고 아원의 사과나무 아래였고, 그곳은 그들이 원장의 폭력을 피해 놀 수 있었던 아지트 같은 곳이었다. 그래서 커피숍의 이름을 사과나 무라고 지은 것이었다.

돈암동 여대 앞 길가에 위치한 사과나무는 규모는 대형 커피숍 에 비해 작았지만 아늑한 느낌과 민아의 신랑이자 서희와도 단짝 친구인 영식의 사과파이가 유명해져 손님이 제법 많이 찾아들었 다. 아직 오픈한 지 6개월밖에 되지 않았고 은행 대출이 많이 남 았지만 앞으로의 비전을 보면 잘될 가능성이 컸다.

"왔어?"

작은 체구에 통통한 민아가 서희를 보며 반갑게 맞아주었다. 동 그란 얼굴에 커다란 눈을 가진 민아는 예쁘고 귀여운 인형 같았 다. 그래서 민아의 신랑 영식은 민아를 언제나 사랑스러운 눈으로 보곤 했다.

그도 그럴 것이 어릴 때부터 민아는 남자들에게 인기가 많았다. 부모님의 사랑은 못 받았지만 아마 남자친구들의 사랑은 아주 혼 자서 다 차지할 정도로 민아의 인기가 대단했었다. 그런 민아의 사랑을 쟁취하기 위한 영식의 피나는 노력은 지금 생각해도 참 대 단하다는 생각이 들었다.

그래서인지 영식은 언제나 민아를 사랑이 아주 듬뿍 담긴 눈으로 보곤 했다. 그건 서희도 마찬가지였다. 민아를 보면 사랑스럽다는 생각이 절로 들었다. 서구적인 미인형에 섹시한 서희와는 너무나 다른 모습의 민아였다.

"응, 우리 예쁜 유리는?"

"아빠 옆에서 자."

민아와 영식이 모두 고아 출신이라서 두 사람은 유리를 맡길 곳이 없었다. 친척도 없고 마땅한 유치원이나 어린이집도 없었다. 그래서 주말에는 서희가 유리를 봐주었고 평일은 아직 3살인 유리를 주방의 한쪽 구석에서 돌보고 있었다.

"밥은 먹었어?"

"영식이랑 유리는 먹었고 나는 아직. 넌?"

"나도. 그래서 김밥 사 왔어."

퇴근길에 바쁜 민아와 영식이를 위해서 서희가 가끔 이렇게 먹을 걸 사 오기도 했다. 카운터 뒤에 앉아서 궁상스럽게 먹기는 했지만 그들에게는 행복한 식사였다.

"잘되는 것 같아?"

"응, 이번 달은 흑자니까 걱정하지 않아도 될 것 같아."

민아의 말에 서희가 미소를 지었다. 사과나무의 공동 사장이기도 한 서희였다. 큰 제과회사에 다녔던 모범생인 영식이 갑작스럽게 교통사고를 내고 6개월간 구치소에 들어가는 바람에 민아가

생계를 책임지게 되자 둘이 머리를 맞대고 생각한 결론이 커피숍이었다.

처음엔 민아의 바리스타 실력이 엉망이어서 걱정이었는데 이제는 좀 나아졌고 영식이 커피숍 오픈하자마자 바로 출소해서 훌륭한 솜씨로 사과파이까지 만들자 이제는 손님이 제법 많아졌다.

처음에는 서희가 모아놓은 돈을 다 쓰고 대출까지 받은 탓에 밤에 잠이 오지 않을 정도로 걱정이 되었었는데 말이다.

"서희 왔어?"

영식이 주방에서 유리를 안고 나왔다. 유리는 민아와 완전히 붕어빵이었다. 어찌나 귀여운지 깨물어주고 싶은 외모였다.

"유리 자?"

"응, 방금 깨서 보채다가 다시 잠들었어. 그나저나 얼굴이 왜 그래?"

역시 영식이 민아보다 눈치가 빨랐다.

"내가 왜?"

"걱정이 있는 얼굴이야."

"돗자리를 깔아라."

영식이 피식 웃었다. 영식과 민아 그리고 유리는 서희의 식구였다. 그들에게 괜히 신경 쓰게 하고 싶지 않은 서희였다. 항상 웃음이 가득한 가족이고 싶었기 때문이었다.

"피곤해서 그래."

"피로회복제라도 사다 줘?"

"아니."

"몸은 스스로 챙겨야 돼."

영식은 다정다감한 성격이었다. 그래서 서희도 그런 그에게 많은 위로를 받았다. 회사를 그만두고 싶지만 대출금 때문에 아직은 그만둘 수가 없었다. 그녀가 가진 돈 전부를 사과나무에 투자하고 대출까지 받았기 때문이었다. 이제 마음이 편해진 영식과 민아를 괴롭게 만들고 싶지는 않았다.

"후~"

자기도 모르게 한숨이 나왔다.

"무슨 일 있어?"

이번에는 민아가 걱정 어린 눈길로 쳐다보았다.

"아니, 좀 많이 피곤한가 봐. 내일부터는 새로운 일거리를 가지고 중동에서 사람이 온다."

"누군데?"

"회장 손자."

"넌 회장님 비서 아냐?"

"맞아, 그런데 선보는 거 잘 좀 살펴봐 주라고 하시네."

"그건 네 업무가 아닌데 하지 않는다고 말해. 가뜩이나 요즘 보니까 살도 빠진 것 같은데……."

"나도 그런 깡이 있었으면 싶다."

그녀가 마지막 김밥을 입에 넣으며 말했다.

"대출금 때문에 그만두라고도 하지 못하고. 내가 그때 사고만 내지 않았어도……."

"영식아, 그만해. 다 실수는 하는 법이야. 그리고 진짜 피곤해서 그래. 가서 먼저 쉴게."

커피숍에서 10분 거리의 집은 다가구주택이었다. 2층에 민아와 영식이 살고 그녀는 3층에 살았다. 민아와 영식이 결혼하기 전에는 민아와 서희가 함께 3층에서 살았었는데 지금은 반대로 그녀가 혼자 살고 있었다.

찰칵!

문을 열고 들어가자 어둠이 그녀를 반겼다. 불을 켜고 작은 소파에 앉은 그녀는 아무것도 하고 싶지 않았다. 그냥 지난날의 잊고 싶은 기억에서 빨리 헤어 나오고 싶을 뿐이었다.

나름 열심히 성실하게 살아왔던 그녀에겐 큰 범죄는 아니었지만 그날 단 하루의 아르바이트는 지우고 싶은 기억이었다.

가끔 그날의 100만 원짜리 아르바이트를 할 때의 일이 떠오를 때면 어디론가 숨고 싶은 마음뿐이었다. 할 때는 급한 마음에 하고 나중에 100배는 후회하는 일들이 있다. 서희에게는 3년 전의 일이 그랬다. 소심한 성격은 아니었지만 고아로 큰 그녀에겐 바른 생활을 해야 한다는 강박관념이 있었다.

"기억 못 할 거야. 그때의 모습하고 많이 다를 거야. 화장도 진하게 안 하고 옷도 그렇게 안 입으니까."

이렇게 말을 아무리 해봤자 위로가 되지 않았다. 신 회장이 자꾸 신 사장의 선을 그녀에게 강조할수록 그녀의 일들이 부메랑이 되어 그녀에게 돌아올까 걱정이었다. 신 회장에게 예전의 일로 실망감을 줄까 그것도 걱정이었다.

"아이, 몰라."

서희는 소파 쿠션에 얼굴을 박고는 한동안 소리를 질러댔다. 그래도 마음은 가라앉지 않고 불안하기만 했다.

인천국제공항, 사람들의 시선이 한곳으로 쏠리고 있었다. 그들의 시선을 사로잡고 있는 건 검은 정장을 입은 남자였다. 선글라스를 끼고 사람들 사이를 유유히 빠져나오는 그는 꼭 잡지 속의 모델 같았다.

모델 같은 장신의 키에 명품 슈트를 마치 평소에 아무렇게나 걸치는 옷처럼 자연스럽게 소화하는 그는 멋진 선을 가지고 있었다. 선글라스로 눈이 가려지기는 했지만 그의 탁월한 남성미가 넘치는 얼굴선은 더욱 선명하게 드러났고 핏이 딱 떨어지는 그의 옷은 그 안의 근육질의 몸을 여실히 드러내 주고 있었다.

그리고 그에게 시선이 갈 수밖에 없는 또 하나의 이유는 그를 둘러싼 또 다른 슈트 부대 때문이었다. 열 명이 넘는 장신의 남자들이 그의 뒤를 따르고 있었다.

그의 넘치는 카리스마를 따르지는 못했지만 다들 상당한 미남들이었다. 마치 대원건설의 사원들을 뽑을 때 외모가 1순위라도 되는 듯 모두가 훤칠했다.

"사장님, 회장님 전화십니다."

잘생긴 외국인이 한국인과 같은 발음으로 말을 하니 옆에 있던 사람들이 다시 한 번 그들을 쳐다봤다.

"급하신 것 같습니다."

그의 뒤를 따르는 압둘라가 그에게 핸드폰을 건네며 말했다. 압둘라는 중동에서부터 그의 가장 측근의 비서로 한국에 돌아오면서 함께 들어왔다.

"회장님."

[회장은 무슨, 무사히 와서 다행이다.]

할아버지에게 태수는 서른세 살의 대원건설 사장이기 이전에 아직도 어린 손자임이 분명했다.

"지금 어디에 계십니까?"

[아직 병원인데 조금 있으면 회사에 들어갈 거다.]

"회사에서 뵙겠습니다."

[오냐.]

할아버지의 음성에 기쁨이 가득했다. 전화를 끊으며 태수는 미소를 지었다.

"형!"

멀리서 그의 하나뿐인 동생 태민의 목소리가 들렸다. 태수는 하마터면 웃음을 터트릴 뻔했다. 자유로운 영혼에 엉뚱한 패션 감각의 소유자인 태민이었다. 오늘도 남자들은 소화하기 힘든 흰 남방에 꽃무늬 프린트 바지를 입고 선글라스를 든 손을 흔들며 그에게 달려오고 있었다.

진짜 연예인 포스는 동생 태민에게서 뿜어져 나왔다. 영화배우셨던 어머니의 끼와 외모를 그대로 닮은 녀석인데 지금은 그 끼를 누르고 대원그룹의 이사로 있었다.

그나마 홍보실의 이사여서 치열한 회사의 상황에서 조금은 보호받을 수 있었지만 이제 그가 돌아옴으로써 태민도 본격적으로 경영 전선에 참여하게 될 것이었다.

태민은 주위의 시선에도 아랑곳하지 않고 태수를 끌어안았다. 어린 나이에 부모를 잃은 태민에게 태수는 형이자 부모와 같은 존재였다. 그리고 3년 동안 얼굴도 못 봤으니 반가울 수밖에 없었다.

"형."

태민의 목소리에 물기가 가득했다.

"그래, 잘 지냈어?"

"어떻게 한 번을 안 나와?"

여전히 그를 끌어안고는 태민이 원망의 말을 쏟아냈다.

"할아버지도 나도 얼마나 형이 그리웠는데……."

태수는 태민을 자연스럽게 떼어내고는 따뜻한 눈빛으로 바라보며 말했다.

"현지 사정이 좀 그랬어. 공사 일정이 너무 빠듯해서. 그러니까 네가 이해해. 일단 회사로 가자."

언제나 무뚝뚝한 태수지만 동생에게는 한없이 다정했다. 그런 모습이 익숙하지 않은 그의 비서진과 부하직원들은 어색한 시선으로 그들 형제를 바라보았다.

공항을 빠져나온 그는 태민이 직접 운전하는 차를 타고 회사로 향했다.

"너, 자리 오래 비워도 괜찮아?"

"아니, 오늘은 특별히 모든 시간을 빼서 형을 마중 나온 거야."

"다음부터는 이러지 마."

"……."

그의 차가운 말에 태민은 입을 다물었다. 형이 한없이 다정하기는 하지만 일에서만큼은 철두철미하다는 걸 누구보다 잘 알고 있기 때문이었다.

"형은 이제 골치 좀 아플 거야."

"왜?"

"할아버지가 심장 혈관 확장술 받으신 다음부터는 형이 오는 주말부터 선자리가 아주 끊임없이 꽉 차 있어."

태민의 말에 태수는 한숨을 지었다. 3년 전 그 소동을 치른 다음 그는 할아버지의 결혼 독촉을 피해서 중동으로 도망을 가다시피 했는데 지금 또다시 그때의 악몽에 시달려야 한다니 아주 머리가 지끈거렸다.

"형?"

"네가 먼저 가는 건 어때? 여자친구 없어?"

"널린 게 여자지만 결혼은 나도 싫어. 난 자유연애주의자거든."

충분히 그렇게 생각하고도 남을 녀석이었다. 자유로운 영혼인 동생에게 그런 바람직한 기대를 하는 게 아니었다.

"형도 자유연애주의자란 말은 하지 마. 할아버지 뒤로 넘어가신다."

"……"

"이번에 아주 작심을 하고 계시는 것 같던데. 내가 알기로는 그룹의 딸들뿐 아니라 의사 변호사 할 것 없이 괜찮은 신붓감들은 쫙 모여 있다고 들었어. 희진이가 난리긴 하지만 말이야."

희진이 생각을 하니 머리가 아팠다. 태민의 친구인 희진은 어릴 때부터 그를 짝사랑하고 있었다. 어릴 땐 귀찮다고 생각하는 정도 였지만 지금은 아주 집요한 그녀의 애정공세에 머리가 아플 지경 이었다. 다만 의외인 것은 이상하게도 희진과는 그런 자리를 만드 시지 않는 할아버지였다. 진정 이상한 일이었다.

"형, 듣고 있어?"

"그래."

"희진이가 저녁에 집으로 오겠다는 걸 내가 뜯어 말렸어."

"……."

"그렇게 너무 들이대니 형이 싫다고 할 수밖에. 그런데 형, 희진 이도 알고 보면 괜찮은 앤데 특별히 만나는 사람 없으면……."

"입 다물어."

"알았어."

그의 차가운 말에 태민이 꼬리를 내렸다. 태수는 더 이상 태민 의 말에 대꾸도 하지 않고 눈을 감아버렸다.

"형."

그가 눈을 뜨자 회사의 지하 주차장이었다. 주차장에서부터 그 리운 향이 나기 시작했다. 이제야 원래 그가 있던 고향으로 돌아 온 느낌이었다. 그만큼 그에겐 회사가 마음의 안식처였다.

차에서 내리자 그를 뒤따라온 차량에서 중동에서 함께한 그의 부하들이 내렸다. 태민은 덩치가 좋은 압둘라에게 기선을 제압당한 듯 어깨를 움츠렸다.

"좀 무서운 듯한데?"

"전 부드러운 사람입니다."

한국인보다 한국말을 더 잘하는 그였다. 대학 때 교환학생으로 와서 4년간 한국에 있었다는데, 말하는 걸 봐서는 여기서 태어난 사람 같았다.

"아, 그러십니까?"

"말씀 놓으십시오. 그리고 압둘라라고 불러주십시오."

"그, 그러지."

압둘라를 태민이 유심히 보았다.

"그런데 원래 이렇게 심각한 스타일이야?"

"네, 태어날 때부터."

"아."

태민과 압둘라의 모습에 미소가 지어졌지만 그는 유리로 된 엘리베이터에 오르면서 3년 전과 다름없는 회사의 내부를 말없이 바라보았다. 가슴이 다시 뜨겁게 뛰기 시작했다.

이렇게 일에 미친 듯이 욕심이 있는 건 그가 지켜야 할 것이기 때문이었다. 어릴 때 부모님이 교통사고로 돌아가신 건 그가 노력을 한다고 해도 바뀔 수 없는 것이었지만, 회사는 그가 노력을 하면 지킬 수 있는 것이었다. 그래서 할아버지와 태민을 지킬 수만 있다면 그는 몸이 가루가 되어도 좋았다.

3년 전 할아버지가 결혼을 재촉해서 귀찮기는 했지만 그래도 그때는 할아버지가 건재하실 때였다. 지금은 몸이 편찮으신 할아버지가 경영을 거의 유 전무에게 맡기다시피 하시는 바람에 회사의 실세는 유 전무가 되어 있었다.

이럴 때일수록 그가 정신을 차리고 회사를 장악해 나가야지, 까딱했다가는 할아버지가 평생을 일구어놓은 터전을 남에게 그대로 빼앗기게 될 것 같았다. 오랜만에 회사를 보며 태수는 다시 한 번 마음을 다잡았다.

62층의 회장실에 도착하자 할아버지의 오랜 비서인 박 실장이 버선발로 뛰어나왔다.

"사장님."

눈에 눈물이 고일 정도로 그는 태수를 반갑게 맞이했다.

"잘 지내셨어요?"

"저야 잘 지냈습니다만, 회장님께서 사장님을 많이 그리워하셨습니다."

"할아버지는요?"

"안에 계십니다."

그는 박 실장을 따라 회장실로 향했다. 짙은 체리색 원목의 문이 열리고 3년 전 모습 그대로의 회장실의 모습의 눈에 들어왔다. 모든 게 짙은 원목가구로 되어 있어서 회장실의 위엄이 그대로 느껴졌다.

좀 무거운 감은 있었지만 이곳에 들어오면 할아버지의 카리스마 가득한 모습을 느낄 수가 있어서 좋았다. 할아버지는 언제나처럼 커다란 소파의 중앙에 앉아 계셨다.

"다녀왔습니다."

"그래, 수고했다."

3년 전과는 많이 달라진 모습이었다. 그간 몸이 약해지셔서 걱정이었는데 직접 뵈니 조금 더 일찍 들어왔어야 하는데, 라는 생각이 들었다.

"어서 오십시오."

3년 전의 모습 그대로 유 전무가 앉아 있다가 일어나서 그에게 인사를 해왔다. 희진의 외삼촌이자 언제나 호시탐탐 회사를 노리고 있는 아주 위험한 인물이 그였다.

50대라고는 믿어지지 않을 만큼의 탄탄한 몸에 중간 정도의 키, 잘생긴 얼굴을 한 그는 호인 같은 웃음 뒤에 비열함을 숨기고 있었다. 유 전무가 그의 얼굴을 보며 사람 좋은 미소를 짓고 있었다.

할아버지는 저 미소에 속고 계신 것이었다. 언제나 그의 일에 사사건건 훼방을 놓던 유 전무였다. 그는 할아버지와 태수를 이간질시켰고 결국은 중동으로까지 보낸 인물이었다. 유 전무의 바람과 다르게 태수는 너무 멋진 결과와 사업가로서 성장을 해서 돌아왔지만 말이다.

"안녕하셨습니까?"

"아이고, 말도 마십시오. 우리 회장님의 건강이 어찌나 안 좋으시던지 하루하루가 걱정이었습니다."

유 전무는 사람 좋게 웃으며 말을 하고 있었지만 그의 눈은 웃지 않고 있었다.

"유 전무님이 이렇게 신경을 써주시니 제가 안심하고 중동에 다녀오지 않았겠습니까?"

"감사합니다."

"뭘요."

둘 사이에는 무언의 스파크가 튀고 있었다.

"앉아."

할아버지의 말에 태수가 자리에 앉았다.

"유 전무님께서는 볼일 다 보셨으면 이만 나가주시지요. 회장님과 그동안의 이야기를 나누고 싶습니다."

그의 목소리가 차갑게 울리고 있었다.

"네, 전 그럼 이만 나가보겠습니다."

"그러게."

유 전무가 할아버지와 그에게 고개를 숙여 인사를 하고 자리에서 일어섰다. 유 전무가 그를 차갑게 쏘아보다 나가는 것이 그대로 느껴졌다.

"우리 차나 한잔 마시자."

"네."

할아버지가 인터폰을 누르셨다.

"임 비서, 커피 두 잔 가져와."

[네.]

"커피 괜찮으시겠어요? 심장 수술까지 하시고."

"이건 수술이 아니고 시술이다."

할아버지는 아무렇지 않다는 듯이 심장을 툭하고 치셨지만 여간 걱정이 되는 게 아니었다.

"3년이나 나가 있으면서 이 할아비는 안 보고 싶었던 거야?"

"여전하신 것 같아서 좋습니다."

"그래, 너도 여전히 오글거리는 말에 대답을 못 하는 걸 보니."

"하하하. 제가 그랬나요?"

그는 멋쩍게 웃음을 보였다.

"유 전무는 여기 웬일로 왔습니까?"

"네가 온다고 하니 유 전무도 긴장이 되겠지."

"할아버지께서 너무 유 전무를 키워주신 건 아니십니까?"

"글쎄다. 내가 키웠다기보다 본인이 알아서 큰 거지. 너처럼 말이다."

"유 전무는 대원을 잡아먹을 사람입니다."

"네가 지키면 되지."

할아버지는 언제나 회사에 관해서는 걱정이 없어 보였다. 너무 유 전무를 믿으셨다. 그게 태수는 언제나 걱정이었다. 그는 할아버지의 곁에서 떠나야 할 1순위였다. 그동안은 그도 없었고 태민은 너무나 어렸기 때문에 유 전무로부터 할아버지를 보호하지 못했지만 지금은 상황이 달랐다.

똑똑!

노크 소리가 들리더니 여비서가 들어왔다.

"임 비서는?"

할아버지는 여비서를 향해 물으셨다.

"몸이 안 좋다고 해서 제가 대신 들어왔습니다."

"인터폰은 임 비서 목소리였는데?"

"갑자기 아프다고 해서……."

여비서가 아주 당황한 눈치였다.

"알았어. 여기 두고 가게."

53

여비서가 커피 두 잔을 놓더니 여전히 당황한 얼굴로 밖으로 나갔다.

"임 비선가 하는 사람이 아프다네요."

"그래, 뭘 좀 물어보려고 했는데 아프다니……."

"뭘요?"

"네가 돌아왔으니 이제부터는 3년 전의 네 약속을 지켜야지?"

그랬다. 3년 전 중동으로 가기 전에 그는 무슨 일이 있어도 돌아와서는 결혼을 하겠다고 했었다.

"임 비서가 파일을 가지고 있는데 갑자기 아프다니 임 비서가 네 편인 것 같구나."

"무슨 말씀이신지 모르겠습니다."

"모르긴, 네 녀석 예비 신붓감 파일을 임 비서가 가지고 있단 말이다."

진짜로 임 비서에게 감사를 해야 할 상황인 것 같았다. 이제 그가 돌아왔으니 할아버지의 신부 찾기가 지금 바로 시작이 된 것이었다.

"할아버지, 전 아직 짐도 풀지 않았습니다."

"짐이야 오늘 풀면 될 것이고 이번 주부터 주말은 완벽하게 비워놔."

"네."

오늘이 목요일인데 그래 봐야 내일모레부터였다. 그는 말이 더 길어질 것 같아서 짧게 대답했다. 태수는 앞으로의 일이 걱정이 되기는 했지만 당분간은 결혼할 마음이 없다는 걸 할아버지께 알리고 싶지는 않았다.

할아버지의 건강 상태가 좋지 않았고 또 지금은 3년 전의 약속을 운운하시며 다시 결혼 타령을 하시니 당분간은 할아버지의 마음을 상하게 하고 싶지는 않았다. 그가 쉬는 날 선을 보면 그뿐이었다.

대원건설 하면 아름다운 외관도 그렇지만 현대적인 인테리어와 창의적인 문화공간이 많은 내부 인테리어가 유명했다. 특히 로비는 하나의 갤러리와 같이 유명한 작가들의 조형작품들이 많았고 엘리베이터도 유리로 되어 있어서 회사 전체의 모습을 작품 감상하듯이 볼 수 있었다.

다른 건설사에서 외형적인 걸 치중한다면 대원건설은 디테일이었다. 그래서 건설 불황에도 불구하고 대원건설의 아파트는 언제나 잘 분양이 되었고 빌딩들도 건축상을 받으며 승승장구하고 있었다.

그런 대원그룹의 사내 화장실은 얼마나 세련되게 만들어졌는지 말을 하지 않아도 알 것이다. 그러나 아무리 세련돼도 화장실은 화장실일 뿐 하루 종일 있을 수는 없었다. 이태리 직수입품 변기에 앉아 서희는 발을 동동 구르고 있었다.

회장실에서 박 실장과 반갑게 끌어안는 신 사장을 보고는 서희는 탕비실로 숨었다. 어찌나 동작이 빨랐는지 자신이 생각해도 놀라울 정도였다. 그리고 회장의 인터폰을 받고 나자 서희는 더 이상 사무실에 앉아 있을 수가 없어서 커피를 후배인 자경에게 맡기고 얼른 화장실로 도망을 왔다.

"신 사장님 봤어?"

"누구?"

"회장님 손자 신태수 사장님. 그전에도 멋있었는데 오늘 회장실에 들어가는 걸 보고 완전 심장이 멈추는 줄 알았어."

"왜?"

"너무 섹시한 거 있지? 중동에 있어서 그런지 구릿빛 피부에 카리스마 넘치는 포스하며 그 잘생긴 얼굴은 또 어떻고? 완전 내 스타일이야."

"나도 보고 싶다."

"보면 깜짝 놀랄걸?"

세상에 그녀보다 놀란 사람은 없을 것이다. 마음의 준비를 한다고 했는데도 오늘 그렇게 그의 모습을 보니 마음이 안정되지 않았다.

3년이 지났는데 그는 여전히 멋있었다. 놀랍도록 잘생긴 얼굴에 세월의 농염함까지 더해져서 그는 그녀의 마음을 떨리게 하고 있었다.

하지만 지금 그녀의 마음이 더 떨리는 이유는 그가 자신의 선을 훼방 놓은 여자임을 알아볼까 하는 마음 때문이었다. 그가 이곳의 사장이라는 걸 미리 알았다면 절대로 대원건설에 입사원서를 내지 않았을 것이다.

"봤을까?"

그녀는 멍하게 말했다.

"아니야, 그럴 리가 없어. 아아악."

낮게 소리를 지르며 그녀는 자신의 머리를 손으로 감싸고 변기에 앉은 채로 발을 동동 굴렀다.

똑똑.

"선배님, 여기 계세요?"

신입사원인 자경의 목소리였다.

"어? 어."

서희는 나가지도 못하고 화장실 안에서 대답을 했다.

"빨리 나오셔야 할 것 같아요."

자경의 목소리가 다급한 것 같았다.

"왜?"

"회장님께서 선배님 찾으세요."

설마 신 사장이 있는데 그녀를 부르는 게 아닌지 순간 손에서 식은땀이 났다.

"그래? 그런데 자경 씨, 신 사장님은 나가셨어?"

"네."

"알았어."

비로소 마음이 놓이는 서희였다. 화장실의 문을 열고 나오자 조금 멋쩍은 마음이었다.

"선배, 속이 안 좋은 거예요?"

자경이 걱정스러운 듯이 물었다.

"얼굴이 창백해요. 회장실에 다녀와서 의무실에 좀 가봐야겠어요."

"그럴게."

둘은 화장실에서 나와 회장실로 향했다.

"선배, 그런데 신 사장님 뵌 적 있어요?"

"아니, 왜?"

도둑이 제 발 저린다고 서희가 깜짝 놀라서 물었다.

"아니, 전 제 평생에 그렇게 멋진 남자는 처음 봐서요. 아까 회장실에 커피 들고 들어갔는데 떨려서 죽는 줄 알았거든요."

"나도 오늘 처음 봤어. 잘생기긴 하셨더라."

"그렇죠."

수다를 떨며 그들은 사무실 안으로 들어갔다.

"서희 씨 괜찮아?"

박 실장이 안 하던 짓을 하는 서희를 보며 걱정스러운 듯 물었다.

"네, 좀 체한 것 같아요. 아까 속이 울렁거려서 잠깐 화장실에 갔습니다."

"그랬군. 어서 들어가 봐. 회장님께서 찾으셔."

"네."

그녀는 회장이 무엇 때문에 그녀를 찾는 줄 알기에 예비신부들의 명단과 이력이 적힌 파일을 들고 들어갔다.

"회장님, 찾으셨습니까?"

"그래, 중요한 순간에 어디 간 거야?"

못마땅한 목소리였다.

"죄송합니다."

변명은 하지 않았다. 그게 서희의 스타일이었고 그런 서희를 회장은 신뢰했다.

"여기 있습니다."

"내가 왜 찾았는지는 아는군."

서류를 받으며 회장의 목소리가 조금은 누그러졌다.

"몇 명이지?"

"우선은 10명의 후보들을 선정했고 그중에서 신 사장님께서 마음에 드시는 분을 택하시면 될 것 같습니다."

"그래?"

회장이 지난번에도 보았지만 오늘은 더 신중하게 서류를 살피기 시작했다.

"혹시 마음에 들지 않는 후보라도 있으십니까?"

"아니, 임 비서가 아주 잘 골랐어. 난 다 마음에 드는데 녀석이 이 중에 하나라도 마음에 들어 했으면 좋겠군."

"혹시 마음에 들지 않으시더라도 또 다른 후보군이 있습니다."

"그래?"

"그래도 처음의 후보 10명의 집안이 다음 후보보다는 좋습니다."

"아무래도 그렇겠지. 뭐든 처음에 좋은 걸 배치하게 되거든. 하지만 난 집안보다는 사람 됨됨이가 좋았으면 하는 바람이야. 녀석이 워낙에 까다로우니까."

서희는 속으로 신 회장이 결코 사람 됨됨이만 볼 거라고는 생각지 않았다. 재벌가인데 당연히 같은 레벨의 신부를 맞이하고 싶지 않겠는가 말이다. 그건 사람됨을 떠나서 할아버지로서 당연한 바람일 것이다.

"이번 주말에는 누굴 만나지?"

"이번 토요일에는 신화그룹의 장하나 씨를 뵙고 일요일에는 일성그룹의 김수진 씨를 만나실 예정이십니다."

"그래?"

회장이 서류철을 그녀에게 다시 건넸다.

"알았네. 수고했어."

"감사합니다."

그녀는 서류를 받아 들고는 밖으로 향했다. 서희가 문고리를 돌리려는 순간 신 회장이 서희를 불렀다.

"임 비서, 주말에 뭐 하나?"

뭔가 불안한 예감이 들어 그녀는 온몸에 소름이 돋기 시작했다.

"주말에……."

"주말에 별일 없으면 우리 태수 녀석 선 자리에 함께 가줘. 녀석이 데리고 온 사람들이 죄다 머리 시커먼 남자들뿐이라서 섬세하게 못 챙길 것 같아. 그리고 이번 선 자리는 임 비서가 알아봤으니 끝까지 살펴봐 줬으면 하네."

주말에 조카를 본다는 말을 하려고 했지만 그녀의 말은 단칼에 잘려 버렸다.

"그게……."

"부탁하네. 이번에는 3년 전처럼 엉뚱한 여자가 나타나서 방해를 하면 안 되니까."

회장도 알고 있었다. 3년 전 그 일을 말이다.

"그리고 요즘 여자들이 뭘 좋아하는지도 좀 알려주고."

"제가요?"

"그럼. 내가 믿을 사람은 임 비서뿐이네."

하늘이 노랗게 변하고 있었다. 이제 그에게 연애코치까지 하라고 한다. 가까이 있으면 분명히 그녀를 알아볼 것이 뻔했다.

"내가 죽기 전에 증손자 얼굴을 봐야 할 텐데……."

회장이 이렇게 말을 하면 서희의 마음이 언제나 흔들렸지만 이번만은 예외였다. 진짜 싫었다.

"회장님……."

Rrrrrrr.

때마침 전화벨이 울렸고 회장은 그녀에게 나가라는 손짓을 했다. 끝까지 안 된다고 말을 해야 하는 건데 하늘도 그녀를 도와주지 않고 있었다.

"많이 안 좋아?"

"네?"

박 실장이 핏기 하나 없이 회장실에서 나온 서희를 보며 걱정스레 물었다.

"아닙니다."

"아니긴, 잠깐 의무실에 다녀와."

"네."

솔직하게 지금은 머리가 더 아팠다. 두통약이라도 먹어야 할 것 같았다. 서희는 서류를 자리에 두고 사무실에서 나와서 의무실이 있는 1층 로비에 가기 위해 엘리베이터를 탔다.

띵!

33층에서 엘리베이터가 서더니 신 사장과 그의 일행들이 엘리베이터에 올랐다. 서희는 신 사장과 정면으로 눈이 마주쳤다. 너무 놀란 나머지 인사를 해야 하는데 등을 돌려 버렸다.

"사장님, 오늘 일정은 여기까지입니다. 모두들 시차 때문에 힘들어 하고 있습니다."

"알았어. 그럼 오늘은 다 퇴근하도록. 압둘라는 나와 함께 갈 데가 있어."

그들은 자신들의 이야기를 나누고 있었고 서희는 계속 뒤를 돌아 있는 채로 1층까지 갔다.

띵!

"안 내리십니까?"

뒤에서 들리는 남자의 말에 서희는 얼굴을 숙인 채로 엘리베이터에서 내렸다. 그런 그녀의 모습을 신 사장이 이상하게 본다는 것도 모르고 말이다.

서희는 어떻게 의무실에 들어왔는지도 모르고 멍하게 한참을 서 있었다. 그리고 의무실 선생님께 두통약을 받아 먹고는 잠시 의무실의 침대에 누워 있었다. 도저히 몸이 떨려서 움직일 수가 없었다.

"어떻게 하지?"

주말을 생각하니 가슴이 답답했다. 진짜로 답이 없었다. 그냥 사표를 내자니 대출금이 걱정이고 얼굴에 철판을 깔자니 그가 알아볼까 봐 걱정이었다. 회장까지 3년 전에 그녀가 깽판을 친 내용을 알고 있는데 그가 좋게 기억할 리가 없었다.

두통약이 소용이 없을 정도로 머리가 계속 아팠다.

Chapter 2

3년 만에 찾은 그의 사무실은 변한 게 없었다. 여전히 미숙한 상태였고 그의 마음에 들지 않는 공간이었다. 남들이 보기엔 꽤 시대에 앞선 곳이었지만 그가 보기엔 그의 애송이 시절을 생각나게 하는 곳이었다.

그래서 그는 부하직원들을 보내고 압둘라와 함께 그의 사무실을 다시 찾았다.

"이곳을 다시 바꾸었으면 하네."

"어떤 식으로 바꿀까요?"

그는 옆에 기획팀이 들어갈 자리에 벽을 허물고 그가 그들과 함께 할 수 있는 구조를 만들고 싶었다. 중동에서는 사장실 따로 없이 그들과 같이 일을 했기 때문이었다.

"기획팀 사무실을 트고 직원들의 책상은 없애고 회의실을 꾸미도록 해. 회의실에 프레젠테이션을 할 수 있는 기기들을 갖추도록 하고 각자의 책상에 노트북을 비치시키도록 해. 회의실 겸 사무실로 쓰게 하고 보안을 유지해야 하니까 출입구 쪽에 여비서 둘을 앉혀서 사람들의 출입을 통제시키도록."

"알겠습니다."

"중동에 나가 있었던 친구들은 이쪽에 연고들이 거의 없어서 보안상은 문제가 없지만 회사에 있던 친구들은 그렇지 않아. 모두가 유 전무의 손아귀에 있다고 해도 과언이 아니지."

"어쩌실 생각이십니까?"

"내 사람을 만드는 게 중요하지만 내 힘을 기르는 게 우선이니까 당분간은 우리끼리 준비를 하는 걸로 해. 그전에는 애송이의 모습이었지만 지금은 아니란 걸 이사회에 각인시키는 게 중요하니까."

압둘라가 그의 지시를 받아 적었다.

"집은 구했나?"

"일단은 숙소를 구했습니다. 인원이 10명이다 보니 회사 근처에 빌라 2채를 구해서 생활하기로 했습니다."

"한국에 집이 있는 친구들이 많을 텐데?"

"모두 당분간은 같이 있는 게 일에 효율성이 있을 것 같고 모두 결혼을 하지 않은 상태라서 괜찮을 것 같습니다."

"알았네."

태수는 신입사원들을 데리고 중동에 갔었다. 처음엔 어수룩한 그들이었지만 지금은 잘 훈련이 된 사냥개가 되었다. 그가 떠나기 전에 이미 그의 편이었던 사람들이었다.

유 전무는 일부러 미혼의 신입사원들을 골라 그와 함께 중동에 보냈었다. 할아버지는 그 당시 유 전무의 말만을 듣고 태수가 맨땅에 헤딩을 할 게 뻔한데도 베테랑 급의 사원을 보내지 않으셨다. 강하게 키우려는 뜻인 줄은 알았지만 정말 서운한 마음이 들었던 건 사실이었다.

그렇게 고생을 하며 불모지나 다름없던 중동에서 한국 건설사의 이름을 알리기에 성공한 그들이었다. 그게 지금 그를 이만큼 성장시켜 놓은 경험이었고 그만큼 그의 직원들도 성장해 있었다. 이곳에서 사냥이 어떤 것인지 보여줄 때였다. 그러자면 일단은 천천히 준비할 필요가 있었다.

태수가 압둘라와 이런저런 이야기를 하고 있는 동안 반가운 태민이 들어왔다.

"형."

"회사야."

"신 사장님, 아직 퇴근 안 하셨습니까?"

"너는?"

"저야 항상 하고 싶을 때 퇴근하는 사람인데요."

태민의 이런 우유부단함이 태수는 마음에 들지 않았다.

"이제는 정신 바짝 차려야 해."

"네, 사장님."

할아버지도 안 무서워하는 녀석이었지만 그래도 그의 말이라면
잘 들었다.

"집으로 갈 거야?"

"응, 지금 출발하려고."

"같이 가. 내가 모시고 가지요. 그런데 사무실엔 왜 왔어?"

"어, 약간 바꾸고 싶어서."

태민은 태수와 압둘라를 번갈아 쳐다보더니 고개를 흔들었다.

"왠지 대공사가 이루어질 것 같은데?"

"아냐, 칸막이만 설치하면 돼. 공사를 할 동안은 내가 대회의실
을 좀 쓸 거야."

"그래. 그렇게 총무팀에 말해놓을게."

"지금 말해. 공사는 내일부터 들어갈 거니까."

"오케이."

태민은 총무과에 전화를 하고 있었고 압둘라 또한 공사에 관해

담당자와 통화 중이었다. 태수는 창밖을 쳐다보며 3년 전의 모습과 변함이 없는 도심을 내려다보았다. 모습은 그대로였지만 지금 그는 예전의 신태수가 아니었다.

정상적인 퇴근 시간이 지나서 그들의 일이 끝이 났다. 태수는 태민과 압둘라와 함께 지하 주차장으로 가기 위해 다시 엘리베이터를 탔다.

"어?"

엘리베이터 안에는 아까도 그들과 함께 엘리베이터에 탔던 여자가 타고 있었다. 그래서 태수는 순간적으로 놀라움을 표시했다.

수천 명의 사원들 가운데 유독 그의 눈에 띄는 여자가 태수는 신기했다. 여자는 내성적인지 그들의 얼굴조차 제대로 보지 못하고 있었다. 상당히 미인이라 남자사원들에게 인기 있겠다는 생각이 들었다.

"임 비서."

태민이 아는 여자인 것 같았다. 여자는 당황한 얼굴로 그에게 얼른 인사를 하고 다시 얼굴을 숙였다.

"퇴근하는 거예요?"

"네, 이사님."

순간 태수는 그녀의 목소리가 낯설지 않음을 느꼈다. 어디선가 이 나른한 목소리를 들었는데 기억이 나지 않았다. 그래서 옆으로 고개를 돌려 그녀를 쳐다보았지만 고개를 숙이고 있어서 제대로 볼 수가 없었다.

"왜 혼자 내려가요?"

"핸드폰을 놓고 가서 다시 올라갔다가 내려가는 길입니다."

"꼼꼼한 임 비서가 웬일로?"

"……."

자꾸만 여자의 목소리가 신경이 쓰였다. 그래서 다시 그녀 쪽으로 고개를 돌리는데 엘리베이터가 멈추고 그녀가 빠르게 빠져나갔다.

"아는 여자야?"

"어, 할아버지의 오른팔."

"박 비서님은?"

"밀렸어. 밖에서의 유 집사님이라고 보면 돼. 그래서 잘 보여야 할 1순위지. 안 그러면 삶이 괴로워지거든. 신 사장님도 잘 보이는 게 좋을 겁니다."

할아버지가 아까 전에 그렇게 애타게 찾던 비서가 방금 그녀였던 것이다. 어쩐지 임 비서라는 여자가 예사롭게 보이지 않고 그의 눈에 띄더라니, 다 이렇게 연관이 있었던 것이었다.

"압둘라도 집으로 함께 가지. 저녁 먹고 가."

그는 태민과 압둘라와 같이 성북동 본가로 향했다.

부딪치지 않으려고 그렇게 애를 썼는데 이렇게 자꾸만 부딪치고 있었다. 빌어먹을 핸드폰을 놓고 가는 바람에 그녀는 로비에 자경을 세워두고는 회장실로 다시 들어갔었다. 책상 위의 핸드폰을 들고 엘리베이터를 타고 무사히 내려오는가 싶었는데 또 신 사장과 마주쳤다.

어찌나 놀랐는지 처음에 엘리베이터에서 봤을 때보다 더 놀랐다. 얼마나 운이 없으면 2번이나 그와 마주칠 수가 있을까? 머피의 법칙이 따로 없었다. 거기에 신 이사가 말까지 걸고 아주 속이 새까맣게 타들어갔었다.

"악연이야."

하지만 다행인 건 그가 그녀를 첫눈에 알아보지는 못한 것 같다는 것이었다.

"후."

"뭔 한숨을 그렇게 쉬세요. 핸드폰 없어요?"

"아니."

그녀의 모습을 본 자경이 걱정스레 물었다.

"찾았어."

"그런데 얼굴이 왜 그러세요?"

"오늘은 컨디션이 별로야."

"그런 것 같아 보여요. 집에 가실 때 약국에 꼭 들러서 약 사 먹고 주무세요."

"알았어."

자경과 그녀는 지하철로 같이 퇴근을 했다. 한 정거장 차이라서 그들은 퇴근 시간 이후에 같이 집으로 가든지 아니면 간단하게 저녁을 먹고 들어가기도 할 만큼 친했다.

"오늘 수고 많으셨어요."

"그래, 내일은 더 바쁜 날이니까 오늘은 푹 쉬고 내일 봐."

"네, 선배는 꼭 약 먹고 주무세요."

"그래."

집으로 오는 도중에 그녀는 약국에 들러 태어나서 처음으로 청심환을 샀다. 이렇게 불안한 마음을 갖는 건 처음이었다. 그냥 신 사장이 몰라보면 좋겠지만 그런 행운이 그녀에게 따를지 알 수 없었고 지난 일을 빌미삼아 그만두라고 한다면 당장 대출금이 걱정이었다.

"모를 거야."

그녀는 청심환을 먹으며 중얼거렸다.

"너 자꾸 왜 혼잣말을 해?"

"어?"

약국에서부터 커피숍까지 어떻게 왔는지 기억도 나지 않았지만 지금 그녀는 커피숍의 카운터 민아 옆에 서 있었다.

"그리고 청심환은 뭐고?"

"피곤해서."

"피곤한데 손까지 떨어? 뭔가 이상해."

"아니야."

피곤한 발걸음으로 집에 도착한 서희는 들어오자마자 침대 위에 쓰러졌다.

"내일은 내일의 태양이 뜰까?"

미칠 것 같았지만 그녀의 눈꺼풀은 그대로 내려앉았다. 하루가 너무 길었다. 내일의 태양이 뜨지 않기를 바라며 서희는 그렇게 잠이 들었다.

그러나 태양은 언제나 그 시간에 떴다. 그녀의 바람 따위는 아무것도 아니었다. 따가운 햇살에 인상을 쓰고 일어난 서희는 지우지 않은 화장에 놀랐다. 하지만 평소 진한 화장을 하지 않아서 그나마 베개가 엉망이 되지는 않아 다행이었다.

그녀는 샤워를 하고 서둘러 출근했다. 오늘은 회의가 많은 날이었다. 신 사장이 돌아와서 참여하는 회의부터 중역회의까지 오늘은 회의만 3건이었다. 몸이 좋지 않으신 회장님을 보필하기 위해선 그녀가 회의에 같이 참석해서 요점을 정리하고 나중에 회장님에게 다시 설명을 했다.

회장님의 기억이 요즘 안 좋으셨다. 그동안은 당연히 회장님을 도왔지만 오늘은 회의실에 들어가는 것 자체가 불안했다. 하지만 이제는 어쩔 수가 없는 일이었다. 더 이상 피할 수도 없었다.

"몰라. 될 대로 되라."

그녀는 회의실에 들어가기 전에 회장실에 들러 신 회장을 모시고 회의실로 향했다. 신 회장은 손자가 돌아와서 그런지 어떤 때보다 들떠 있는 것 같았다.

"오늘은 날씨도 좋고 아주 출발이 좋아. 안 그런가?"

복도의 창문으로 비치는 푸른 하늘을 보며 신 회장이 말했다.

"네, 오늘 날씨가 아주 화창합니다."

"그런데 왜 임 비서의 얼굴은 흐린 날인가?"

"아닙니다."

"아니긴, 어제부터 아주 먹구름이 가득한 장마철인데."

"시정하겠습니다."

"사람의 감정이라는 게 시정을 할 수 있는 게 아니지만 이렇게 쾌청한 날에 인상을 써서야 되겠는가? 안 좋은 일이 있더라도 긍정적인 생각을 해."

"네, 알겠습니다."

잔소리를 하는 분이 아닌데 그녀의 표정이 굳어 있긴 한 모양이었다. 그녀와 회장이 회의실에 도착을 하자 모두가 기립을 했다. 넓은 회의실에 신 사장의 중동 실적에 대한 보고회 겸 환영식에 많은 직원들이 참석하고 있었다.

이 회의의 주체는 신태수 사장이었다. 다른 사장들 같았으면 파티 형식으로 환영식을 했을 텐데, 그는 프레젠테이션 형식의 보고회를 가졌다. 아주 적극적인 경영 참여를 하겠다는 선전포고 같은 것이었다.

유 전무는 회장의 옆에 앉아서 날카롭게 신태수 사장을 쳐다보고 있었다. 작은 흠이라도 잡고 싶은 모양이었다. 유 전무의 주변으로 그의 충신들이 줄줄이 앉아 있었다. 신 회장은 유 전무의 실력을 높이 평가하고 키워주었지만 유 전무는 언제든지 대원을 통째로 먹을 생각뿐이었다.

유 전무의 야심은 대단해서 일반 사원들까지 그가 어쩌면 차기 회장이 될지도 모른다는 설이 돌기도 했었다.

"신 사장의 보고 내용을 잘 정리해."

"네."

신 회장이 그녀의 귀에 대고 말했다. 그만큼 손자의 일에 신경이 쓰이시는 것 같았다.

"반응은 어떤 것 같아?"

"아주 좋은 듯합니다."

사람들을 쳐다보며 초조한 마음이 드시는지 신 회장은 연신 직원들의 반응을 살피고 있었다.

"너무 걱정 안 하셔도 좋을 것 같습니다."

"그래."

그녀의 한마디에 신 회장의 얼굴에 미소가 걸렸다. 그런 그녀를 유 전무가 아까부터 날카롭게 쳐다보고 있었다. 언제나 그녀를 저런 눈빛으로 보는 유 전무였다.

유 전무에게는 말단 직원일 뿐인데도 신 회장의 신임을 얻고 있다는 이유만으로 그녀는 언제나 유 전무의 경계의 대상이었다. 언제나 그녀가 유 전무에 관한 이야기를 하고 있다고 생각을 하는 것 같았다. 사실 경계라기보다는 눈엣가시가 맞을 것이다.

"중동은 생각보다 호락호락한 곳이 아닙니다."

그의 목소리가 듣기 좋게 강당을 울리고 있었다. 애써 귀로만 듣고 있던 신태수 사장의 보고회였다. 눈이 마주칠까 봐 걱정이었고 두려웠다. 하지만 저음의 그의 목소리 또한 그녀에게는 위험천만했다.

이유를 알 수는 없지만 심장이 두근대고 있었다. 매력적인 보이스 때문에 그러는 것이라고 애써 생각하고 있었지만 떨림은 멈추질 않았다. 그녀는 계속해서 그의 말을 들으며 요점을 정리하고 직원들의 반응을 살폈다.

그러다가 실수로 그를 쳐다보고 말았다. 보지 말았어야 했는데 실수였다. 그리고 그녀는 자신을 바라보고 있는 검은 눈동자와 마주했다. 그는 아무렇지 않게 발표를 하며 그녀를 보고 있었지만 그의 강렬한 시선에 붙들려 그녀는 시선을 돌릴 수가 없었다.

그의 쌍꺼풀이 살짝 진 눈동자가 그녀에게 고정되어 있었다. 왜 그가 그녀를 그렇게 뚫어지게 보며 이야기를 하고 있는지 알 수는 없었지만 참 묘한 경험이었다. 확실한 건 그는 그녀를 알아보지 못하고 있었다. 그건 그의 눈빛이 설명을 해주고 있었다.

우레와 같은 박수가 터지자 서희는 그제야 그에게서 눈을 뗄 수가 있었다.

"저 녀석이 아주 제법이지?"

"네."

회장은 박수를 치며 아주 흐뭇해 있었고 유 전무는 똥 씹은 얼굴을 하고 있었다. 신 회장의 옆으로 신태수 사장이 다가왔다. 서희는 자기도 모르게 고개를 숙였다.

"아주 잘했다."

"감사합니다."

칭찬에 인색한 신 회장인데 이번엔 정말로 만족한 듯했다.

"아참, 내일 우리 임 비서가 따라가서 널 도와줄 거다."

"할아버지, 그건 제가 알아서……."

"잔말이 많다."

한마디로 손자의 입을 막은 신 회장은 그녀와 함께 회장실로 돌아갔다. 머리가 복잡하긴 했지만 일단 신 사장이 그녀를 못 알아본 것에 아주 만족했다.

하루가 어떻게 간 줄 모르게 흘러가고 있었다. 오늘 신 사장을 회의에서만 3번을 보았다. 그는 이상하게 자꾸 그녀를 보고 있었다. 그녀를 알아보고 그러는 것이 아니라 약간은 호기심이 어린 눈빛이었다. 그녀가 내일 그를 따라간다고 하니 뭔가 궁금하기는 한 것이 분명했다.

퇴근 후에 그녀는 자경과 함께 맥주를 한잔하기로 했다. 회사 근처의 작은 호프집은 그녀와 자경이 가끔 들르는 곳이었다.

미국의 선술집처럼 그곳은 유난히 외국인들이 많이 찾는 곳이었다. 그녀는 회사 사람들이 많은 곳보다 이렇게 전혀 모르는 사람들이 있는 곳이 편했다.

"올 때마다 느끼지만 여기는 완전 외국 같아요."

"그렇지? 나도 그래서 여기가 좋아. 회사 사람들도 없고 마음 편하게 한잔할 수도 있고."

"저도요."

호프집 안은 조명이 그리 밝지 않았다. 약간 어두운 조명이 여자를 예뻐 보이게 하는 게 맞는지 이곳에 있으면 외국인들이 말을 많이 걸어왔다. 하지만 그런 건 관심이 없는 서희였다.

"선배, 요즘 고민 있어요?"

"왜?"

"얼굴 표정도 그렇고 자꾸 체하는 것도 그렇고."

"뭐 대출금도 갚아야 하고 머리 아플 일이야 많지."

"사과나무에 대출금 많아요?"

"아니, 그냥 조금 있는데 다 갚아야 마음이 놓이지 않겠어?"

"하긴, 빚이 있는데 마음이 편하진 않죠. 그런데 진짜 선배는 남친 없어요?"

자경의 말에 서희는 그저 미소만 지었다. 그리고 앞에 놓인 맥주를 한모금 마셨다.

"시원하니 좋네."

"딴소리는……."

그때였다. 자경이 말을 멈추고 출구 쪽을 보았다.

"왜?"

그리고 그녀도 말을 잊었다. 호프집 안으로 한 무리의 남자들이 들어오고 있었다. 서희의 눈에는 신 사장만 보이고 있었다. 그는 아직 그녀를 보지 못한 듯했다.

명품 슈트로 쫙 빼입은 남자들을 호프집 안의 모든 사람들이 쳐다보았다. 서희도 그들을 이해했다. 모두가 진짜 눈에 띄는 외모였기 때문이었다. 신 사장은 더더욱 눈에 띄고 말이다.

대기업의 사장 같지 않게 그는 진짜 자신의 팀을 아끼는 것 같았다. 이렇게 술자리까지 함께하고 하는 걸 보면 말이다.

주인은 그들이 들어오자 테이블을 붙이기에 바빴다. 요즘처럼 경기가 좋지 않을 때에 단체 손님은 정말 고마운 사람들이었기 때문이었다.

그들이 자리를 잡을 동안 자경과 서희는 말없이 그들을 쳐다보고 있었다.

"나가자."

눈치를 보며 서희가 말했다.

"출구 쪽에 있으니까 인사는 해야겠죠?"

안면이 있는 상사를 그냥 지나칠 수는 없는 노릇이라 아주 난감했다. 왜 이렇게 자꾸만 부딪치는지 알 수가 없었다.

"일단은 신태수 사장이 자리를 비우면 그때 움직이자."

그게 서로 아는 체를 하지 않고 나가는 방법인 것 같았다.

"네."

그다음부터 맥주가 코로 들어가는지 입으로 들어가는지 모를 지경이었다.

"근데 선배, 잘생기긴 한 것 같아요."

"……."

"다들 인물이 안 빠져요. 물론 신 사장님이 가장 잘생기긴 했지만 저기 외국 남자도 진짜 멋진 것 같아요."

"압둘라."

"네?"

"저 남자 이름이야."

"선배는 어떻게 알아요? 저는 왔다 갔다 하면서 본 게 단데……."

자경이 아주 아쉬워하고 있었다.

"신 사장님 비서야. 내일 신 사장님 모시고 어딜 가야 해서 저 사람하고 아까 잠깐 전화로 통화했어."

"번호까지 딴 거예요?"

자경이 아주 부럽다는 듯이 서희를 바라보았다.

"아니, 내선 전화."

"그래요, 그래도 선배는 직접 통화라도 해봤으니 좋겠어요. 결혼은 했을까요? 아니, 여자들이 줄을 서 있겠죠?"

자경의 말이 그녀의 귀에는 들리지 않았다. 다만 빨리 신 사장이 자리를 뜨기를 바랄 뿐이었다. 하지만 그녀의 바람은 그저 바람일 뿐 현실은 그렇지 못했다.

"선배, 그 사람이 와요."

"누구?"

"압둘라."

"뭐?"

서희는 있는 대로 고개를 숙였다. 이건 꿈일 것이다. 제발 그녀들을 지나쳐 화장실로 가주길 바라는 마음이었다.

"안녕하십니까?"

약간의 외국식 악센트가 섞인 그의 음성은 매력적이었다.

"네."

어두운 조명 아래 압둘라의 피부는 더 짙은 색으로 보였다. 압둘라의 굵은 목은 그가 얼마나 운동을 했는지를 말해주고 있었다. 솔직하게 자경이 말했듯이 압둘라는 섹시했다.

"사장님께서 술값을 계산해 주신다고 합니다."

서희는 힐끗 사장이 앉은 자리를 쳐다보았다. 그는 그녀들과 등을 돌리고 앉아서 그의 표정은 볼 수가 없었다.

"잘 마시겠다고 전해주세요."

"한잔 받으시겠어요?"

눈치가 없이 자경이 그에게 말을 걸었다. 순간 서희는 자경에게 한마디를 할 뻔했다.

"그럴까요?"

갈 줄 알았는데 압둘라가 그녀들과 동석을 하게 되었다.

"한국에 올 때마다 느끼는 거지만 한국은 정말 미인들이 많은 것 같습니다."

"호호호, 정말요? 그런데 어쩜 그렇게 한국말을 잘하세요?"

"전 한국에서 대학을 나왔습니다."

"아, 그러시구나."

자경은 입이 귀에 걸린 채 압둘라와 이야기꽃을 피웠다. 하지만 지금 서희는 완전히 좌불안석이었다.

"여기서 뭘 하나?"

언제나 예감은 틀리지 않았다. 어째 불안불안하더라니 일이 터지고 말았다. 자경과 서희 그리고 압둘라가 자리에서 일어났다.

"오늘은 우리 압둘라가 날을 잘 잡은 것 같군. 이렇게 미인들과 어울리는 걸 보니."

"저희는 이쯤에서……."

서희는 자리를 뜨고 싶었지만 자경이 말을 잘랐다.

"신 사장님께서도 앉으세요."

아예 자리를 비켜주고 있는 자경이었다. 성격이 좋은 건지 생각이 없는 건지 어쨌든지 이제 신 사장이 합석하는 건 그의 마음에 달린 것이다.

"나 말인가? 그럼 불편할 텐데?"

"아닙니다. 저희도 둘만 와서 심심하던 차였습니다. 안 그래요,

선배?"

"……."

자경은 아주 들떠 있는 상태였고 신 사장은 10명의 직원들이 있는 쪽으로 우리를 데리고 갔다.

"대원의 대표 미녀들이 합석을 했으니 우리 불쌍한 노총각들을 위해 건배 한 번 합시다."

신 사장은 자신의 부하들과는 스스럼없이 지내는 것 같았다. 중동 라인이라고 회사에서 불리는 사람들이었다. 중동에서 단기간에 큰 성과를 얻은 이들이었다.

중동으로 신 사장이 갈 때 유 전무가 모두를 신입사원들로 채워서 보냈는데 그들이 지금은 아주 훌륭한 인재들이 되어 있었다. 그게 유 전무가 신 사장을 경계하는 이유 중에 하나였다. 애송이들을 이렇게 프로들로 만든 신 사장이 유 전무로서도 반가울 리가 없었다.

"한잔하세요."

그녀의 옆에 앉은 남자가 그녀의 잔에 맥주를 따라주었다. 그녀는 잔을 받으며 자신을 바라보는 신 사장의 시선을 느끼고 있었다. 꼭 뭐라고 말을 할 것만 같았다. 하지만 그는 자리가 끝이 날 때까지 그녀에게 직접적으로 말을 걸지는 않았다.

자경은 압둘라 옆에 앉아서 이야기를 끝없이 하고 있었다. 어지

간히 그가 마음에 든 모양이었다. 한숨이 나오는 상황이었지만 그렇다고 일어날 수도 없는 상황이었다.

모든 걸 포기한 그녀가 잠시 화장실을 가기 위해 일어났다. 신 사장의 알 수 없는 시선에서 잠시나마 도망치고 싶었기 때문이었다.

화장실에서 잠시나마 있을 생각이었는데 다른 손님들이 화장실로 들어와서 어쩔 수 없이 그녀는 밖으로 나왔다. 그때였다. 누군가 화장실에서 나오는 그녀의 손을 잡았다.

"어머!"

놀란 그녀가 소리를 지를 뻔했지만 그녀의 손을 잡은 게 신 사장인 걸 알고는 입을 다물었다.

"사장님."

그는 그녀의 부름에 대꾸도 하지 않고 그녀를 데리고 뒷문을 통해 밖으로 나갔다. 그가 손목을 어찌나 강하게 잡았는지 피가 안 통했다.

"사장님."

그녀의 부름에도 그는 사람들이 없는 곳까지 그녀를 데리고 갔다. 그리고 건물 옆 후미진 장소에서 그녀의 손을 놓아주었다.

"할아버지가 날 감시하라고 하시던가?"

"네?"

신 사장의 엉뚱한 말에 이번에는 서희가 화가 났다.

"왜 그런 부탁을 저에게 하셨다고 생각하십니까?"

서희는 아픈 손목을 어루만지며 그에게 말했다.

"그야, 내가 장가가기를 원하시니까."

"회장님은 그런 걸 시키신 게 아닙니다. 그저 선을 보실 때 도와주라는 말뿐이셨습니다."

"그걸 왜 임 비서가 도와야 하지?"

하긴 선을 잘 보는 건 순전히 그의 문제였다.

"그러게요. 왜 그런 골치 아픈 일을 저에게 시키셨을까요?"

화가 나서 말을 하기는 했지만 서희는 아차 하는 생각이 들었다.

"그러니까 저는……."

"아니, 당신 말이 맞아. 그런 걸 시키신 할아버지가 문제인 거지. 왜 할아버지가 노련한 박 실장이 아닌 임 비서에게 그런 일을 시키셨을까?"

"박 실장님은 회사 일로 요즘 정신이 없으십니다. 회장님께서 몸이 좋지 않으시니 그걸 다 박 실장님이 처리를 해야 하시니까요."

"그렇군."

그녀는 지금 건물 벽과 그 사이에 갇혀 있었고 한여름의 모기 떼가 그녀의 다리를 물어뜯고 있었다.

"이만 볼일이 끝나셨으면 들어가겠습니다. 아니, 집에 가도 되겠습니까?"

그가 가까이 있는 것만으로 미친 듯이 뛰는 심장 때문에 숨이
턱까지 막히고 있었다.

"물론. 그런데 말이야, 우리 어디서 본 적이 있나?"

그의 눈이 가늘어지며 마치 그녀에게 뭔가를 확인하려는 것처
럼 얼굴을 가까이 들이댔다.

"아니오."

서희는 단칼에 말을 잘랐다.

"그렇지. 내가 이런 미인을 봤다면 기억을 못 할 리가 없지."

"감사합니다."

"진짜로 본 적이 없지?"

"네."

그가 고개를 갸우뚱거렸다. 믿지 않는 눈치였지만 그는 아주 신
사처럼 두 손을 옆으로 들어 보이며 그녀에게 길을 터주었다.

다시 호프집 안으로 들어간 서희는 사람들에게 서둘러 인사를
하고 자경을 남겨둔 채 그 길로 집으로 돌아갔다. 7월의 더위가 그
녀의 속까지 들어온 듯 온몸에 열이 나기 시작했다. 다시는 이런
식으로 그와 마주치고 싶지 않았다.

Chapter 3

아침부터 7월의 더위를 식혀주는 단비가 내리고 있었다. 성북동 본가의 오래된 유리창에 빗방울이 시원스레 흘러내렸다. 입김을 불어 주먹을 쥐고는 도장을 찍듯이 찍고 손가락으로 발가락을 찍었다.

어릴 때 이러고 놀았는데 다 크고 나서는 오랜만에 유리창에 발바닥 모양을 만들었다. 성북동 집에 오면 마음이 편했다. 어릴 때부터 이곳은 그녀의 놀이터였다. 학교가 끝이 나면 단짝인 태민을 졸라서 집에 놀러 오곤 했었다.

항상 바쁜 부모님은 낮에는 그녀의 과외를 시키기에 바쁘셨는데 그녀가 졸라서 모든 과외를 태민과 같이 받았었다. 그래서 지금의 집보다 성북동 대원건설의 본가가 그녀에겐 추억이 깃든 곳이었다.

오늘도 불쑥 찾아왔는데도 모두가 그녀를 반갑게 맞아주었다.

"재미있냐?"

태민이 그녀의 뒤통수에 대고 말을 했다.

"넌 아무 때나 오냐? 지금이 몇 신데 벌써부터 와."

하품을 하며 태민이 말했다.

"9시."

"참 팔자 좋다. 토요일에도 쉬고."

"너는?"

"난 출근해야지. 이제 보는 눈이 하나 더 늘었는데."

"오올, 멋진데?"

160cm의 아담한 키에 굉장히 귀여운 얼굴을 한 희진은 어릴 때부터 태민과는 친구였다. 오늘 이렇게 그녀가 아침부터 온 건 태수에게 도시락을 건네기 위함이었다.

"오빠도 늦게 출근해?"

"알면서 뭘 물어."

"오빤 왜 하는데?"

"오늘은 사무실 리모델링 때문에 대회의실로 출근해. 그 팀이 당분간은 거기서 일을 할 거야."

"그래?"

"응, 어디 우리 희진이 얼마나 컸나 보자."

태민이 어느새 그녀의 옆으로 와서 희진을 안아 들었다.

"뭐 하는 거야?"

"얼마나 살이 올랐는지 봐야지."

"왜?"

"그래야 잡아먹을 때를 정하지."

"미친놈."

"어, 여자가 하는 말 좀 봐라."

"내려놔."

그는 희진을 안아 들고는 소파에 가서 자신의 무릎 위에 그녀를 앉힌 채로 앉았다.

"너, 진짜 이럴 거야?"

"내가 뭐?"

"내려놔."

"이건 뭐야?"

그녀의 말은 들은 척도 하지 않고 그가 보온병을 열었다.

"커피네, 잘됐다."

그가 커피를 보온병 뚜껑에 따르려고 했다.

"안 돼."

"왜?"

"그거 태수 오빠 꺼야."

그런데 다른 때와 다르게 태민의 표정이 순식간에 굳어버렸다.

"야, 친구끼리 이거 하나를 양보 못 하냐?"

정말로 서운한 눈치였다.

"먹어라."

그녀는 포기를 하고는 그의 무릎에 앉은 채로 그가 커피를 마시는 걸 보았다.

태민의 장난이 어느 때부터인가 농도가 진해지기 시작했다. 다른 사람들이 보면 연인으로 오해할 행동들을 그는 서슴지 않고 했다. 물론 그가 그녀에게만 스킨십을 하는 건 아니었다. 하지만 다른 친구들에 비해 좀 과할 때가 있었다. 특히나 이렇게 둘이 있을 때는 더했다.

"너도 마실래?"

"아니."

"한잔해. 맛있다."

"싫어."

그녀가 새벽부터 일어나서 김밥을 싸고 커피를 타온 단 하나의 이유는 그녀의 영원한 우상인 태수 오빠를 보기 위해서였다. 3년을 보지 못했다. 아니, 솔직하게 1년 만에 보는 것이었다. 그전에는 태수 몰래 중동으로 가서 먼발치에서 보고만 왔었다.

그녀가 3년 전에 그의 선을 훼방 놓고 난 뒤에 태수가 엄청나게 화를 내서 그 근처에도 가지 못했었다. 그리고 3년이 지난 지금 그녀는 공소시효가 끝이 났다는 판단이 들었기 때문에 이렇게 온 것이었다.

"이거 뭔데?"

"도시락."

"그래? 네가 쌌어?"

그녀의 대답이 나오기도 전에 그는 쇼핑백에서 도시락을 꺼내 들었다.

"뭐 해?"

"먹으라고 싸 온 거 아냐?"

"누가 너 먹으래?"

진짜 아주 도움이 안 되는 인간이었다. 희진이 태민의 손에 들린 도시락을 빼앗으려고 했지만 팔의 길이 차이로 손에 잡히지 않았다.

"너, 먹기만 해봐."

"어쩔 건데?"

"야!"

그때였다. 서재 안으로 신 회장이 들어와서 그녀와 태민을 바라보고 있었다.

"내가 나가야 하는 거야?"

"아니오."

웬일로 둘이 동시에 말을 했다. 태민의 무릎에서 내려온 희진이 회장의 옆으로 쏜살같이 달려갔다.

"태민이가 내가 오빠 주려고 싸온 도시락을 뺏어 먹으려고 해서 이렇게 된 거예요."

"그래?"

신 회장이 미소를 지었다.

"태수는 출근했는데?"

"태민이랑 같이 저도 가려고요."

"알았다. 그리고 시끄러우니까 싸우지 좀 말고."

이렇게 말을 하며 신 회장이 서재를 나갔다.

"너 할아버지 말씀 들었지? 싸우지 말라고 하시잖아. 시비 좀 걸지 마."

"알았다. 꼬맹아."

태민이 희진의 코를 살짝 잡았다가 놓았다. 꼬맹이란 소리는 희진이 듣기 싫어하는 1순위의 말이었다.

"너, 신태민, 진짜 죽는다."

"그만하고 빨리 나가자. 나 회사 출근해야 해."

"응."

태민의 한마디에 바로 상황이 종료되었다. 그리고 그녀는 그의 뒤를 쪼르르 따라가기에 바빴다.

"빨리 운전해."

차에 타고 나서부터 계속해서 조르는 희진이었다.

"차가 막히는 걸 어쩌라고."

"아니, 토요일인데 인간들이 집에서 안 쉬고 뭐 하는 거야?"

그녀의 투덜거림에 태민이 웃었다.

"그렇게 급하냐?"

"응."

빨리 태수의 얼굴을 보고 싶은 희진이었다.

"우선은 내 사무실에서 기다려. 내가 형에게 전화할게."

"알았어."

태민은 항상 그녀에게 자상했다. 장난을 심하게 치기는 하지만 그걸 참을 만큼 잘해주는 것도 사실이었다.

태민의 사무실에 도착해서 커피를 마시고 있는데 갑자기 태수가 들어왔다.

"오빠."

그녀가 너무 반기자 태수가 피식 웃었다. 그 모습이 어찌나 멋이 있는지 심장이 욱신거릴 정도였다. 유치원 때부터 태수는 언제나 그녀에게 백마 탄 왕자님이었다.

"형, 왜 왔어?"

태민이 얄밉게 끼어들었다. 저 녀석은 항상 그랬다.

"부탁할 게 있어서."

"뭐?"

"이거, 사무실에 필요한 사무기기인데 네가 여기 사장이랑 친구니까. 어렵겠지만 내일까지 부탁 좀 할게."

"알았어."

"당장 처리해 달라고 했는데 시간이 걸린다고 하네."

그는 태민에게 서류를 건네고는 나가려고 했다.

"오빠, 도시락 가져가세요."

"미안한데 나 오늘 점심 약속이 있어. 먹은 거로 할게."

거절도 어찌 저렇게 멋지게 하는지 새벽부터 일어나서 김밥을 싼 게 후회가 되지 않았다.

"커서까지 싸우지 말고."

"네, 오빠."

"희진이는 다음에 또 보자."

태수가 그녀에게 윙크를 날리고 자리를 떴다.

"봤어?"

"뭘?"

"우리 태수 오빠가 나에게 윙크를 했어. 드디어 나의 마음을 받아주는 것 같아."

"희진아, 너 서른 살이야."

"알아."

"정신 차릴 때도 되지 않았니?"

"내 사랑은 내공이 쌓여서 흔들리지 않아."

"지랄."

"네가 뭐라고 욕해도 나의 사랑은 태수 오빠의 것이다."

그녀가 태수가 나간 문을 바라보고 서 있는 동안 태민은 아무 말 없이 도시락을 까서 먹고 있었다.

"짜다."

"먹지 마."

"그래도 내가 억지로 먹어준다."

오늘도 태민이는 얄밉게 그녀에게 말을 하고 있었다.

"귀신은 뭐 하는지 모르겠다. 신태민 안 잡아가고."

"헛소리 그만하고 김밥이나 먹어."

그렇게 그들은 오늘도 투닥거리며 김밥을 먹었다.

토요일 아침, 평소 같으면 요가 강습을 받으러 집 근처의 강습소에 갈 시간인데 침대에 누워 천장만 바라보고 있었다. 이렇게 쉬는 날이면 서희의 스케줄은 요가 강습을 갔다가 사과나무에 가서 유리를 데리고 집으로 와서 간식을 해 먹이고 하루 종일 작은 천사 유리와 노는 것이었다.

하지만 오늘은 민아에게 약속이 있어서 유리를 못 본다고 얘기를 하고는 이렇게 천장을 쳐다보고 누워 있었다. 커다란 티셔츠 하나만을 입고 머리는 산발을 해가지고 그녀는 넋이 나간 표정으로 멍하게 있었다.

'우리 어디서 본 적이 있나?'

그의 말이 머릿속을 맴돌고 있었기 때문이었다. 확실히 그는 그녀를 기억하지 못하고 있었지만 조금 더 만난다면 그녀를 기억할 것만 같았다.

"내가 죄를 지은 것도 아닌데 왜 자꾸만 이렇게 신경이 쓰이지?"

정말 미칠 것만 같았다. 자리를 털고 일어난 서희는 샤워를 하고 장롱에서 가장 예쁜 옷을 고르기 시작했다. 기가 죽고 싶지 않았다.

"저녁때 성북동에 가서 신 사장이랑 같이 가면 된단 말이지."

검은색 정장을 고집하는 서희였지만 오늘은 연한 소라색 미니스커트에 흰색 블라우스를 입고 프렌치 트위스트로 머리를 해서 완벽하게 깔끔하면서도 세련된 느낌을 주었다. 거기에 매일 쓰는 검은색 뿔테 안경 대신에 무테로 바꾸어 조금은 산뜻한 느낌을 주었다.

그가 그녀를 못 알아보는 이유는 그녀가 안경을 쓰고 있기 때문인 것 같았다. 물론 그녀의 생각이긴 하지만 말이다. 진한 화장은 그때의 일이 기억이 날까 봐 신 사장이 돌아온 이후에는 한 번도 하지 않았다.

아주 약한 핑크 톤의 메이크업만을 한 서희는 사과나무로 향했다. 유리가 마음에 걸렸기 때문이었다.

"오호, 이게 누구신가?"

민아가 그녀를 보자마자 감탄 어린 반응을 보였다.

"뭐, 평소랑 똑같지 뭐."

"이 수상쩍은 냄새는 뭐지?"

"아무 냄새도 안 나."

"어쩐 일이야."

"유리는?"

"주방에서 자고 있어. 오늘은 보시다시피 사람이 많다."

토요일 오전인데도 손님이 꽤 있었다.

"아르바이트 불렀어."

"유리 때문에?"

"그것도 그렇고 주말엔 바빠서 고정적으로 오는 학생이 있어.

그리고 오늘은 한 명 더 불렀지."

"잘했다."

잘돼서 다행이긴 했지만 그래도 갈 곳이 없는 유리가 가장 걱정
이었다.

"힘들더라도 올해만 버티자. 내년부터는 유리도 크니까 괜찮아
질 거야."

"너 둘째 생기는 거 아냐?"

"농담이라도 그런 말은 하지 마라. 유리도 감당이 안 돼서 이러
고 있는데."

"내년에는 내가 가게로 들어올 테니까. 넌 집에서 유리나 봐."

"그만두게?"

"대출금 다 갚으면 그렇게 하려고. 바리스타 자격증도 있겠다.
월급보다 조금 덜 벌더라도 유리를 위해서 그게 나을 것 같아. 우
리가 엄마, 아빠 정 모르고 자랐다고 유리까지 저렇게 키울 수는
없잖아."

서희의 말에 민아의 눈에 눈물이 고였다.

"울지 말고 저기 손님 나가신다, 테이블이나 치워."

"말이라도 고맙다. 서희야."

민아는 이렇게 말을 하고는 눈물을 훔치며 테이블을 치우러 갔
다.

"어서 오세요……."

인사를 하는 그녀의 눈앞에 압둘라와 안면이 있는 회사 직원이
서 있었다.

"임 비서님?"

"안녕하세요. 여긴 어쩐 일로?"

트레이닝복의 압둘라와 그 뒤의 직원은 땀이 흥건하게 젖어 있
었다.

"저희 숙소가 이 근처여서요. 지금은 농구내기에서 져서 커피
를 사러 왔고요."

"그러시구나. 여기는 친구가 하는 카페예요. 가끔 도와주러 나
오기도 해요."

그가 웃자 건강한 하얀 이가 드러났다.

"아이스커피 10잔 주세요."

"다음 주에도 꼭 오세요."

"네, 그럴게요. 그런데 오늘은 이렇게 예쁘게 하고 남자친구 만
나러 가시나 봐요?"

"아뇨, 저녁에 중요한 볼일이 있어서."

"오늘 너무 예쁜데 데이트가 아니라면 진짜 아까운데요."

압둘라의 말에 서희가 웃음을 지었다.

"그렇게 웃으니까 보기 좋아요."

"감사해요."

압둘라와 직원이 커피를 사들고 나가자 서희는 유리와 주방에서 놀았다. 그림도 그리고 노래도 부르고 책도 읽어주다 보니 시간이 5시가 가까웠다. 7시까지 강남의 리치호텔을 가야 하니까 지금 성북동으로 출발해야 했다.

서희는 택시를 타고 성북동 신 회장의 본가로 향했다. 올 때마다 느끼는 것이지만 정말로 사는 세계가 다른 사람들이었다. 택시에서 내려서 정문을 통과해 본관까지 가는 데도 10분 이상은 걸리는 것 같았다.

전통한옥 구조인 이곳은 서희도 참 마음에 들었다. 한국적인 멋도 있으면서 안으로 들어가면 완전히 다른 현대적인 집이었다.

"안녕하십니까?"

그녀가 유 집사를 보고 정중하게 인사를 했다. 집사지만 품위가 있는 사람이었다.

"안에서 기다리고 계십니다."

"네."

유 집사를 따라 본관의 거실로 향했다. 집 안에서 숲의 향이 났다. 소나무로 집을 지어서 그런 것 같았다. 은은하게 나는 나무향이 그녀의 기분을 좋게 만들었다. 거실에 도착하자 신 회장과 신 사장 그리고 신 이사가 앉아 있었다.

어떻게 이렇게 큰 집에서 이렇게 많은 사람들의 시중을 받으며 저렇게 편안한 얼굴일 수 있을까라는 의문이 생겼다. 그녀라면 굉장히 불편했을 텐데 확실히 태생부터가 다른 사람들이었다.

"임 비서 왔나?"

"네, 회장님."

"오늘은 사람이 달라 보이는구만. 아주 예뻐."

"감사합니다."

서희의 얼굴이 붉어졌다. 회장의 칭찬이 부끄러워서가 아니라 그녀를 말없이 바라보고 있는 신 사장 때문이었다.

"내가 오늘 임 비서에게 신 사장을 부탁한 건 앞으로 신 사장의 팀이 꾸려지면 임 비서가 신 사장 옆에서 도와주라는 의미야. 단순히 선보는 것만 신경 쓰는 거 말고."

서희는 숙였던 고개를 들고 신 회장을 바라보았다.

"회장님, 전······."

"내 말 끝까지 들어. 이제 난 기력도 쇠하고 해서 경영에 거의 참여를 안 할 거야. 자네도 알다시피 유 전무의 기세가 하늘 높은 줄 모르게 올랐고 신 사장은 아직 그렇지 못하니 자네가 잘 도와주라는 의미야. 그러기 위해서는 가정이 우선 편안해야지."

신 회장이 부탁을 하는 바람에 서희는 가만히 듣고 있을 수밖에 없었다.

"나한테는 박 실장이 있고 우리 태민이한테도 좋은 사람들이 있지만 아직 태수에게는 그런 사람이 없으니 내가 그게 걱정이야. 물론 우리 태수가 알아서 잘하겠지만 지금은 믿을 수 있는 사람이 하나라도 태수 곁에 있는 게 중요하지. 내 말 알아듣겠나?"

"네."

"그래, 말이 통할 줄 알았지. 내 말은 이제 끝이야. 어서 태수 데리고 나가. 약속 시간이 7시라고 하지 않았나? 둘의 얘기는 차 안에서 하고. 난 쉬어야겠어."

유 집사가 회장님이 일어서는 걸 도왔다.

"요즘 아주 약해져서 남의 도움 없이는 움직이지 못하겠더군."

신 회장이 거실에서 나가자 그녀는 신태수 사장과 함께 회장님의 검은색 벤츠 리무진을 타고 리치호텔로 이동했다.

"오늘 만나실 분의 프로필입니다."

그녀가 태수에게 서류를 건넸다.

"장하나, 나이 31세. 신화그룹의 딸이라 북경대를 나와서 지금은 신화그룹의 글로벌 마케팅 팀장을 맡고 있음. 와우."

"빼어난 미모의 소유자로 두뇌까지 명석한 분이십니다. 취미로는 골프가 있고 스킨스쿠버를 즐기신다고 합니다."

"단점은?"

"네?"

"이 여자의 단점, 허점 뭐 그런 거 말이야. 사람이 완벽할 수는 없잖아?"

"거의 완벽에 가까우십니다."

단점이 없는 사람은 없었다. 하지만 그 사실을 알고 간다면 이해하는 게 아니라 그것만 보여서 나중에는 꼬투리를 잡기 마련인 것이다.

"그리고 있다 하더라도 그건 신 사장님이 찾으시면 됩니다."

"오호, 만나서 관심 있게 봐라?"

"네."

그는 한참이나 말없이 서류를 살펴보았다. 그리고 리치호텔에 거의 다 와서 그녀에게 질문을 던졌다.

"나에 대해서 분석해 봐. 이 여자가 나와 맞는다고 생각하고 골랐다는 증거를 나에게 보이라고."

그는 그녀를 시험하고 있었다.

"신태수, 대원건설 신성호 회장의 장손. 나이 33세. 키 187cm, 몸무게 80kg, 영어, 일어, 아랍어에 능통하고 중국어, 프랑스어를 구사할 줄 알며 한국대를 우수한 성적으로 졸업. 매운 음식을 싫어하고 닭가슴살은 더더욱 싫어하며 즐겨 하는 운동으로는 농구, 대학 때 럭비 팀 주장을 지낼 만큼 운동 실력이 좋음."

"더."

"여자는 키가 크고 마른 체형을 좋아하고 스포츠를 좋아하는 활동적인 여성을 선호함. 클럽에 가서 미친 듯이 놀 줄도 알고 술도 남자 못지않게 마시며 일도 잘하는 커리어우먼 스타일을 원함."

"그만, 그런 여자인가? 이 서류의 여자들이?"

"최대한 맞추려고 노력했습니다. 거기에 회장님이 원하시는 집안이 좋은 여자분들입니다."

"완벽하겠군."

"네."

"알았어. 내가 믿어보도록 하지."

"감사합니다."

그 후로 그들은 호텔에 도착해서 레스토랑에 갈 때까지 아무런 말이 없었다. 그는 예약석에 앉았고 서희는 그 뒷자리에 앉았다. 그와 등을 마주 대는 자리였다. 이게 회장님의 뜻이라서 그녀도 어쩔 수가 없었다.

이번 선의 문제점을 찾아서 다음에 실수를 하지 않도록 도우라는 말씀이셨다.

잠시 후에 여자가 도착을 했다. 서희는 커피 한 잔을 주문하고는 그의 뒤에서 그녀와 그의 대화를 듣고 있었다.

"안녕하십니까?"

여자가 도착하자 그는 매너 있게 일어나서 여자를 맞이했다. 여기까지는 아주 좋았다.

"제가 조금 늦었죠? 주차장에 차가 너무 많아서 차를 대는 데 시간이 걸렸어요."

"직접 운전하십니까?"

"네, 요즘 카레이싱을 하는데 운전하는 게 재미있어서 기사 없이 제가 몰고 있죠."

"그러시군요. 운동을 좋아하시나 봅니다."

"네, 전 너무 좋아해요. 아무 운동이나 다 좋아해요."

일단 여자분이 운동을 아주 좋아한다고 하니 다행이었다.

"운동 좋아하세요?"

"네."

일이 슬슬 잘 풀리고 있었다.

"하지만 여자들이 운동을 하는 건 그렇게 좋아하지 않습니다."

"왜요?"

"전 가정적인 조용한 여자가 좋으니까요."

정말 맘에도 없는 소리를 마구 지껄이고 있는 신 사장이었다. 지금 선을 보는 여자가 마음에 안 드는 게 틀림이 없었다. 서희는 뒷골이 땡기기 시작했다. 신 회장이 이런 사실을 안다면 뒷목을 잡을 상황이었다.

"아니, 3년 전에는 웃으며 잘하더니만."

그녀는 조그만 소리로 구시렁거리고 있다가 입을 다물었다. 혹시 듣기라도 하면 큰일인데 입이 주책이었다.

"그럼, 일하는 여자도 싫으시겠네요?"

"네, 전 퇴근하면 아내가 집에서 반갑게 맞아주는 게 좋습니다. 부모님이 일찍 돌아가셔서 그런지 제가 좀 애정 결핍입니다."

여자가 말을 하면 신 사장은 무조건 반대로 얘기를 하고 있었다. 여자의 말수가 점점 줄어들기 시작했고 신 사장은 말을 거의 하지 않고 있었다. 마음에 들지 않는 것이다. 서희는 그의 뒤에 앉아서 한숨만 쉬었다.

"식사 다 하셨습니까?"

"네."

30분도 되지 않아서 여자가 자리에서 일어났다. 그녀는 진짜로 화가 났는지 뒤도 돌아보지 않았다.

"임 비서."

여자가 시야에서 사라지자 그가 그녀를 불렀다.

"내일도 있나?"

"네, 내일은 점심에 일성그룹의 김수진 씨와 저녁에는 태일건설의 이샛별 씨와 약속이 잡혀 있습니다."

"그래, 알았어."

그가 아주 순순히 대답을 하고 있었다.

"내일까지는 어쩔 수 없지만 이번 후보군은 다시 짜주어야겠네. 내 취향은 아니야."

"알겠습니다."

분명히 정보에 의하면 커리어우먼인 여자들을 좋아했다. 거기에 스포츠까지 잘하는 완벽한 여자를 원하고 있었다. 그런데 오늘 그의 얘기를 종합해 보면 그는 가정적인 스타일의 여자를 선호하는 것 같았다.

"내일도 이렇게 나오는 건가?"

"네, 회장님의 분부십니다. 불편하게 느끼시면 조금 더 떨어진 곳에 앉겠습니다."

"아니야, 편한 자리에 앉아도 돼."

그는 이렇게 말을 하며 레스토랑을 나섰다.

"차가 없으니 데려다주지."

"아닙니다. 택시 타고 가면 됩니다."

"원래 이렇게 뻣뻣한가?"

"아닙니다."

"아주 아닙니다를 달고 사는군."

어쩔 수 없이 그의 차를 얻어 타게 된 서희였다. 뭐 물론 이 차는 신 회장의 차이니 그에게 미안할 필요는 없었다.

가는 동안 그는 말이 없었다. 물론 서희는 운전기사 옆에 앉고 그는 뒤에 앉았다. 호텔에 올 때는 그에게 할 말이 있었기 때문에 옆에 앉아서 갔지만 지금은 그런 상황이 아니었다. 이럴 때는 비서로서 행동하면 되는 것이었다.

"여긴가?"

"네."

서희는 사과나무 앞에서 차를 세웠다.

"커피숍이 집인가?"

"여기는 친구가 운영하는 곳입니다."

그가 갑자기 차에서 내렸다.

"사장님, 내리실 필요는 없습니다."

그는 서희의 말을 무시하고 사과나무 안으로 들어갔다. 이번에도 괜한 말을 한 것 같았다. 후회를 하며 서희도 그의 뒤를 따랐다.

"서희야 왔어? 조금만 기다려."

민아는 서희보다 먼저 들어온 사장의 주문을 기다리고 있는 중이었다.

"뭘 드릴까요?"

"민아야, 손님 아니셔."

"어?"

"우리 사장님."

민아는 놀라는 눈치였다.

"난 모델인 줄 알았는데 재벌이셨네."

민아가 어깨를 들썩이며 말했다.

"재벌도 커피는 마십니다. 아이스 아메리카노 2잔 부탁드립니다."

"네."

운전기사와 자신이 마실 모양이었다. 그는 그렇게 커피 2잔을 사들고 별말 없이 내일을 기약하며 카페를 나섰다. 그가 나가자 민아의 폭풍 질문이 쏟아지기 시작했다.

"겁나 잘생겼다는 얘기는 왜 안 했어."

"네가 우리 사장에 대해 알면 뭘 하게."

"저렇게 멋진 남자는 다 어디 숨어 있다가 내가 결혼을 한 뒤에야 나오니."

"아줌마!"

"내가 아줌마인 건 내가 너보다 더 잘 안다."

민아가 한숨을 푹 쉬고 있는데 영식이 유리를 안고 주방에서 나왔다.

"우리 마누라는 왜 이런 표정으로 날 보지?"

"방금 네 마누라가 눈을 배렸거든."

"오호, 연예인이 왔나 보지?"

"아니, 우리 사장."

"대원건설 사장이 왔다고?"

"응."

"왜 온 거야?"

서희가 어깨를 으쓱여 보였다.

"오지 말라고 해."

영식은 그리 기분이 좋은 것 같지 않았다. 어찌나 민아를 아끼고 좋아하는지 둘이 만난 지 20년이 된 지금도 아주 꿀이 떨어지고 있었다.

"그렇게 좋냐?"

"어?"

"민아가 그렇게 좋냐고?"

"그래 좋다."

영식의 얼굴에 미소가 가득했다.

"손님도 없는데 문 닫고 들어가자. 유리도 자는데."

"그럴까?"

9시가 다 돼가는 시간이었다. 토요일인데 오늘은 일찍 손님이 끊겼다. 영식이 가게의 문을 닫고 들어온다 했기에 민아는 유리를 유모차에 태우고 서희와 먼저 집으로 향했다.

"너희 사장이랑 같이 온 거야?"

"응."

서희는 하루 종일 긴장을 해서 그런지 두통이 오기 시작했다.

"왜? 그 사람이랑 사귀는 거야?"

민아는 아주 궁금한 게 많은지 그녀에게 쉴 새 없이 질문을 퍼부었다.

"뭐?"

"그 사람 선보는 데 따라다니고 있다. 그래서 주말에 쉬지도 못하고 우리 유리랑 놀지도 못하는 거야."

순간 욱하는 마음이 들어 민아에게 짜증을 내고 말았다.

"돈은 더 주냐?"

민아가 서희의 눈치를 보며 말을 돌렸다.

"수당은 나오겠지."

한숨을 푹 쉬며 서희가 말했다.

"그럼 됐지 뭐. 난 또 너희 사장이 너에게 관심을 갖고 있나 했지."

"다행히 아니시다."

서희가 자신의 관자놀이를 짚었다.

"사람 일은 모르는 거다."

"모르긴 뭘 몰라. 난 그냥 쉬고 싶은 생각뿐이다."

"넌 너희 사장 별로야?"

"난 아무 생각 없다."

"거짓말."

민아의 거짓말이라는 말이 자꾸만 그녀의 머릿속에서 울리고 있었다. 신 사장이 자꾸만 신경이 쓰이는 건 사실이었다. 그를 보면 두근거리기도 했고 오늘 그가 신화그룹의 장하나를 거절하는 걸 보고는 기분이 나쁘지는 않았다.

사실 조금은 그에게 끌리는 것 같기도 했지만 아직은 그가 자신의 일을 아는 게 조마조마한 마음이 더 컸다. 서희는 민아의 뒤를 따르며 복잡한 머리를 흔들었다. 이렇게 혼란스러운 감정은 살아오면서 처음 느끼는 것이었다.

Chapter 4

월요일 아침 상쾌하게 한 주를 시작해야 하는데 서희는 자신의 머리를 감싸고 있었다. 제일 먼저 출근을 해서 빈 사무실에 그녀 혼자였다. 어제는 잠도 오지 않았다. 이건 다 신태수 사장 때문이었다.

"나쁜 새끼!"

악다문 잇사이로 자연스럽게 이 말부터 나왔다. 어제 일을 생각하면 신 사장의 얼굴을 주먹으로 한 대 쳐도 시원치 않았다.

"아, 진짜!"

어제 오후의 첫 선은 그렇다고 해도 저녁의 일은 정말로 용서가 되지 않았다. 태일건설의 딸에겐 아주 큰 상처였을 것이고 그녀는 그가 아주 그녀를 가지고 논다는 생각이 들었다.

토요일에 신화그룹의 딸에게 한 것처럼 오후에 일성그룹의 딸에게도 똑같이 반대로 말을 했다. 두 명의 재벌가의 딸들은 비슷한 이미지여서 서희는 오후에도 토요일과 같은 반응을 보일 줄 알았다.

하지만 저녁에 만난 태일건설의 딸은 그녀가 보아도 아주 여성스러운 사람이었다. 그런데 이번에는 여자가 집에 있는 건 시대에 뒤떨어진 일이라며 태일건설의 딸에게 면박을 준 신 사장이었다.

"미친놈."

그의 뒤에 앉아 있던 서희는 자신도 모르게 이렇게 내뱉고 말았다. 진짜로 결혼을 할 마음이 없는 것이었다. 태일건설의 딸은 거의 울먹이며 자리를 떴다.

"도대체 이것도 아니고 저것도 아니면 어떤 여자를 원하십니까?"

"첫눈에 반해야지."

"신 사장님!"

"임 비서, 잘 들어. 임 비서가 할아버지의 사람이라고 해서 나의 취향에 대해 이래라저래라할 필요는 없어. 난 할아버지의 말씀대로 선을 보고 있고 이게 내가 할 수 있는 최선의 방법이야. 그리고 이 효자 노릇도 우리 팀이 꾸려지면 하지 않을 생각이고."

한마디로 지금은 팀이 꾸려지지 않아서 시간이 남기 때문에 할 아버지의 말을 듣는다는 것이었다.

"사장님, 사장님 말씀이 무슨 뜻인지 압니다만……."

"알면 됐어."

그렇게 말을 한 그는 자리에서 벌떡 일어나 레스토랑을 나가 버렸다. 치밀어 오르는 화를 참으며 서희는 그의 뒤를 따랐다. 그리고 화가 풀리지 않아서 뜬눈으로 밤을 지새웠다.

"좋은 아침입니다."

자경이 그녀를 발견하고는 인사를 했다. 서희는 대답 대신에 미소로 답했다.

"오늘도 불쾌지수가 높아 보이네요."

"그렇게 보여?"

"네, 화장실에 가셔서 머리 좀 다시 묶으세요."

"왜?"

"산발이에요. 막 쥐어뜯은 머린데요."

한숨을 쉬며 그녀는 화장실로 직행을 했다. 거울에 비친 그녀의 모습은 정말 가관이었다. 머리를 어찌나 쥐어뜯었는지 다른 사람에게 머리채를 신나게 잡힌 모습이었다.

"내가 미쳐."

그녀는 머리를 깔끔하게 다시 묶고는 사무실로 향했다. 그녀가 들어가자 박 실장도 출근해 있었다.

"서희 씨?"

"네."

박 실장이 그녀를 불렀다. 아침부터 그녀를 부르는 일은 거의
없는 박 실장이었다. 그는 일도 꼼꼼히 처리를 했지만 부하직원들
을 불편하게 만드는 사람도 아니었다.

"지난주부터 신 사장님께서 사장실을 정비하고 계시는 거 알고
있지?"

"네."

"회장님께서 회장실에 있는 서희 씨와 자경 씨를 사장실로 인
사 발령을 내셨어."

"자경 씨도요?"

"그래. 나는 너무 아쉽지만 어쩔 수 있나, 윗분의 지신데. 다음
주면 사장실이 리모델링이 되니까 그때까지 인수인계하고 다음
주부터는 사장실로 출근하게."

"……."

"그리고 송별회는 이번 주 금요일에 할 거야."

"알겠습니다."

"자경 씨도 좀 불러줘요."

"네."

서희는 좀처럼 이해할 수가 없었다. 이렇게 회장실의 인력이 다 빠져나가면 누가 회장님을 돌본다는 말인가? 물론 그간에 회장이 그녀를 사장의 일에 매진하라고 한 게 다 앞날을 위한 준비라고는 하지만 그래도 이건 아닌 것 같았다.

자경이 박 실장에게 간 사이에 그녀는 용기를 내서 회장실로 들어갔다.

똑똑.

문을 두드리고 들어가자 신 회장이 피곤한지 소파에 앉아서 눈을 감고 있었다.

"회장님."

그녀의 부름에 회장이 천천히 눈을 떴다.

"무슨 일인가?"

"드릴 말씀이 있습니다."

"그래? 말해보게."

그가 피곤한 듯 인상을 찡그렸다가 풀었다.

"자경 씨까지 회장실을 비우면 안 된다고 생각합니다. 저든 자경 씨든 둘 중에 하나는 그래도 회장님을 보필하는 것이……."

"아닐세."

"……."

회장이 그녀를 바라보며 미소를 지었다.

"자네 마음은 충분히 알지만 난 이제 곧 은퇴를 할 거야. 그러면 자네들은 어디든 다른 부서로 가겠지. 난 자네들이 다른 곳에 가는 것보다 우리 신 사장 옆에서 있어주길 바라는 마음이야."

그렇게까지 그녀들의 미래를 생각해 주시는지 몰랐다.

"젊은데 오래도록 대원에 있어야 하지 않겠나."

"회장님."

"모쪼록 우리 신 사장 잘 부탁하네. 사방에 적들이 깔려 있어서 힘이 들 거야. 그래서 결혼도 안 하고 자꾸만 회사에 집착을 하는 거지. 난 우리 태수가 대원을 이어가는 것도 중요하지만 인간으로서 행복한 삶을 살기를 바라네. 그건 내 옆에서 항상 날 잘 보살펴 준 자네들도 마찬가지고."

"……."

"오늘은 좀 피곤하군."

회장이 다시 눈을 감았다. 서희는 더 이상 할 말이 없어서 그냥 회장실을 조용히 나왔다. 회장의 말은 진심이었다. 그건 그대로 느낄 수 있었다. 다만 그녀가 신 사장에게도 충성을 다할지는 아직 자신이 없었다.

회장실만큼 커다란 유 전무의 사무실에 많은 사람들이 몰려 있었다. 말단 사원 때부터 대원건설과 함께한 그였다. 30년 가까이 이곳에서 일을 했고 사원으로서 오를 수 있는 최고의 자리인 전무까지 올라왔다.

4년 전 회장의 오른팔인 오승식 사장이 갑작스레 암으로 죽었을 때 그는 그 자리가 자신의 자리가 될 줄 알았었다. 하지만 믿었던 신 회장은 그 자리를 자신의 손자인 신태수 당시 이사에게 넘겼다. 스물아홉밖에 안 된 신출내기에게 자리를 빼앗긴 그는 그때부터 신 회장에게 등을 돌렸다. 믿었는데 그는 믿는 도끼에 발등을 찍혀 버렸다.

"유 전무님, 이번에 회장님의 건강이 너무 안 좋아서 어쩌면 신 사장이 차기 회장이 될지도 모른다는 소문이 주식시장의 찌라시로 돌고 있다고 합니다."

그의 영원한 오른팔인 조인동 이사가 아주 열변을 토하고 있었다.

"한 번 빼앗긴 자리인데 또 빼앗길 순 없습니다."

"조 이사의 말이 맞습니다. 이번에는 제대로 대응을 해야 합니다. 대원건설의 모두가 전무님이 오너가 되길 바라고 있습니다."

그의 왼팔인 김수철 이사도 침을 튀기며 말을 했다.

"자자, 모두들 너무 앞서가시는 겁니다. 아직 회장님은 건재하십니다."

일단은 그들을 이렇게 진정시키고 뒤에서 슬슬 작업을 시작할 생각인 유 전무였다. 너무 요란하게 그의 야망을 선보일 필요는 없었다. 빈 수레가 요란한 법이니까 말이다. 실속을 챙겨야 했다.

"여기서 이러지들 마시고 일들을 하세요."

그의 단호한 말에 모두가 재빠르게 사무실을 빠져나갔다.

"우 비서."

그는 인터폰으로 그의 손과 발이 되어주는 우 비서를 불렀다. 굉장한 글래머인 우 비서는 서른이 넘은 노처녀였지만 일에 관해서는 웬만한 남자들보다 잘 처리를 했다. 그 일이 안 좋은 일일수록 그녀의 능력이 제대로 발휘가 되었다.

"찾으셨습니까?"

"우 비서가 처리를 해줘야 할 일이 있어."

"뭔가요?"

그가 서류를 그녀에게 내밀었다. 오늘따라 붉은 립스틱을 칠한 그녀가 아주 섹시하게 보였다. 그의 그런 마음을 읽었는지 우 비서가 그의 넥타이를 잡았다.

"오늘 오실 거예요?"

"응."

"기다릴게요."

그녀는 이렇게 가슴 떨리는 말을 하고는 밖으로 엉덩이를 흔들며 나갔다.

"신태수의 목을 이번에는 확실하게 조여주지."

그는 자신의 개인 휴대폰을 들었다.

"여보세요?"

[삼촌.]

그의 조카인 희진의 목소리가 수화기 너머에서 들렸다.

"우리 희진이 뭐 해?"

[재미없는 일 하고 있죠 뭐.]

"힘들진 않고?"

[괜찮아요. 그런데 어쩐 일로 삼촌이 먼저 전화를 주신 거예
요?]

"부탁이 있어서."

[뭔데요?]

"신태수, 아직도 좋아하지?"

[물어서 뭐 하시게요? 저의 우상인데.]

"우상인 거야? 남자로서 좋아하는 거야?"

[삼촌, 3년 전처럼 괜히 방해하라고 조언해 주실 거면 전화 끊
어요. 그 이후로 오빠하고 얼마나 서먹해졌는지 아세요? 그리고
그때 술집 여자 같은 여자를 소개해 줘서 좀 곤란했다고요.]

"그때 일은 잊어."

3년 전에 그는 유진그룹의 딸과의 혼사를 막는 데 약간의 편법

을 썼다. 유진그룹은 건설사만 빼고 다 가진 국내 재벌 순위 3위 안에 드는 기업이었다. 그런 집의 딸과 결혼을 한다면 대원그룹의 미래의 총수로서는 날개를 다는 것이었다.

물론 계획은 아주 성공적이었다. 결국 화가 난 유진그룹 회장이 대원에 대한 압박을 해왔고 신 사장은 모르겠지만 그의 권유로 신 사장은 중동으로 가게 된 것이었다.

물론 중동에서 믿기지 않은 성과를 거두고 금의환향했지만 3년 전에 신태수가 유진그룹의 딸과 결혼했을 때의 시너지 효과보다 는 덜하다고 그는 생각했다.

[삼촌?]

"이번에는 삼촌이 신태수와 널 잘 연결해 줄 테니까."

[진짜요?]

"그래, 다른 사람보다는 네가 신태수와 잘 어울릴 것 같다."

[당연하죠.]

희진이 아주 뛸 듯이 기뻐했다.

"한 가지 약속해 줘야 할 게 있어."

[뭔데요?]

"신태수를 네 품 안에 가두는 것."

갑자기 수화기 너머의 희진이 조용해졌다. 갑자기 희진이 진지 해진 것이었다. 그만큼 희진은 신태수를 좋아하는 것이었다.

[결혼만 한다면 그건 가능해요. 난 오빠하고 24시간 같이 있고 싶은 사람이니까.]

"알았어. 삼촌만 믿어."

[삼촌, 그런데 뭘 어떻게 가둬요?]

"기다려. 뭘 할지는 알려줄 테니까."

[네.]

그는 핸드폰을 내려놓으며 미소를 지었다.

현태그룹의 회장인 그의 매형은 건설 쪽에는 관심이 없는 식품 업계의 대부였다. 희진과 태수가 결혼을 한다면 금전적으로나 다른 그 무엇도 지원을 받을 수 없을 것이다. 매형은 자수성가를 한 사람이라서 친족들이 그의 곁에 빌붙는 걸 가장 싫어했다.

하지만 이번에 유망했던 기업이 하나 나와서 그가 인수를 하도록 매형을 설득했다. 같이 사업을 하지는 않았지만 매형은 그의 사업적인 수완을 인정했고 이번 일을 적극적으로 검토하고 있었다.

대원건설이 나중에 그 기업을 다시 매입하겠다는 말에 더 인수에 관심을 갖는 것이었다. 유 전무는 대원건설의 외형을 더 부풀려야 한다고 생각을 했고 신 사장은 부산의 비치타운 사업을 시작하려고 했다.

비치타운을 하면 회사에는 도움이 되겠지만 그가 원하는 대원의 모습은 아니었다. 건설업계의 1위로는 만족이 되지 않았다. 그의 큰 그림에는 대원건설이 아닌 대원그룹이 있었다.

차라리 처가의 도움을 받는 쪽과 결혼을 하느니 그편이 훨씬 그에게 유리했다. 요즘 불안하게 신태수가 사장실을 개조하면서까지 열의를 보이고 있었다.

이런 노력을 하는 손자가 회장은 당연히 예뻐 보일 것이다. 어리바리한 신태민보다는 신태수가 얼마나 듬직해 보일지 그는 뻔히 알았다. 이번에는 기선 제압을 해야 했다. 신태수의 성과가 더 있어서는 안 될 것이다.

유 전무의 머리가 그 어느 때보다도 빠르게 돌아가고 있었다.

바쁘게 일주일이 지났다. 사무실은 거의 회의실과 같이 리모델링이 되었다. 10개의 책상이 서로를 마주 보게 배치가 되어 있었고 그 중앙에 그의 책상이 있었다. 그리고 그의 책상 정면에는 롤스크린이 설치가 되어서 언제든지 발표가 가능하게 되어 있었고 벽면에도 최첨단 장비들이 설치되어 있었다.

압둘라의 책상은 문 앞에 배치가 되어 사람을 통제하고 그와 가깝게 소통을 할 수 있게 했다.

"이제 전쟁 준비가 모두 끝이 났습니다."

그는 그의 팀원들 앞에서 이렇게 선전 포고를 했다.

"이제부터 이곳이 회사의 머리가 될 것입니다."

박수 소리가 요란했다. 그는 흡족한 미소를 지으며 그들 하나하나와 악수를 했다.

"이제부터 힘내서 우리의 실력으로 새 역사를 씁시다."

흥분이 되는 건 그도 마찬가지였다. 이제부터 시작이었다. 중동에 갈 때와는 다른 그가 되어 있었다. 그 당시 그는 유 전무의 술책에 넘어가야만 했다. 모르고 속은 게 아니라 힘이 없어서 속아준 것이었다.

하지만 지금은 달랐다. 그의 천부적인 사업 능력이 이제 빛을 발할 기회를 맞이했다.

"모두들 수고하세요. 그리고 임 비서와 김 비서는 내 방으로 와요."

그는 또 다른 방을 마련했다. 지금 그가 중동 팀과 일하는 곳에서 문 하나만 열면 다른 사장실과 같은 방이 있었다. 이곳은 중역들의 보고를 받기 위한 공간이었다. 그만큼 그의 일하는 공간은 비밀스러웠다.

"이곳으로만 사람들을 들여보내도록. 아까 회의실은 작업 공간이니 방해가 되지 않길 바라니까."

"네, 알겠습니다."

"둘의 자리는 엘리베이터 앞에 바로 위치할 거고 그곳에서 일을 하면 돼. 점심시간은 압둘라가 자리를 봐줄 거고 그렇지 않을 때는 둘이 교대를 하길 바라."

"네, 자리를 비우는 일이 없도록 하겠습니다."

"좋아, 질문은?"

"없습니다."

"그럼 나가보도록 해요."

"네."

김 비서가 나가자 임 비서가 자리에 남았다.

"할 말이 있나?"

"네, 이번 주말에도 선보는 자리가 있습니다. 어떻게 할까요?"

"이번에는 왜 나에게 묻지?"

"저의 오너가 바뀌셨습니다."

그건 임 비서의 말이 맞았다. 이제 그녀는 그의 사람이었다.

"그래, 그럼 선을 취소하면 되겠군."

"알겠습니다. 회장님께 그렇게 말씀을 드리겠습니다."

"뭐?"

보통이 넘는 여자였다. 그의 편인 동시에 할아버지의 지시를 받고 있긴 했지만 중립적이라는 생각이 들게 했다.

"이건 개인적으로 회장님께서 부탁하신 일이기 때문에 전 성사가 될 때까지 진행을 해야만 합니다. 그리고 지금은 신 사장님의 비서이기 때문에 신 사장님의 말씀도 들어야 합니다. 어느 쪽이든 한쪽이 멈추셔야 일이 끝이 날 것 같습니다."

"내가 할아버지의 말씀을 어길 거라 생각하나?"

"네, 지금도 충분히 어기고 계십니다."

"왜지?"

"진지하게 상대방을 만나지 않으시니까요."

"난 진지하게 만나는데?"

서희는 대답하지 않았다.

"내가 마음에 안 드는군."

"전 그걸 판단할 위치가 아닙니다."

"내가 어떻게 하길 바라나?"

"전 회장님의 부탁을 받고 선 자리를 고르고 있지만 신 사장님께서 정말 사랑하는 분을 만나시길 바라고 있습니다."

"왜지?"

"그렇게 된다면 진짜로 회장님께서 좋아하실 테니까요."

"할아버지를 좋아하는군."

"존경합니다."

"알았어. 이번 주말에 자리를 잡도록 해."

"네."

임 비서가 나가자 태수는 한동안 그녀가 나간 문을 쳐다보았다.

할아버지에게 진심으로 충성을 다하는 것 같았다. 그건 단순히 존경 이상의 것이었다.

"괜히 질투가 나는군."

압둘라가 갑자기 사장실에 들어와서 그는 다시 서류를 살피기 시작했다. 그에겐 아직 다른 것에 신경을 쓸 시간이 없었고, 특히 여잔 더더욱 아니었다.

주말엔 어김없는 코스가 리치호텔이었다. 다른 호텔로 잡고 싶어도 대부분 대원건설에서 지은 곳이어서 외국호텔을 선택하다 보니 최고의 시설을 갖춘 외국계 호텔은 리치호텔뿐이었다.

선을 너무 보고 다니다 보니 괜히 이렇게 작은 것에 신경을 쓰는 것이었다. 그리고 나름 붐비지 않고 조용한 편이라서 선을 보기엔 최적의 장소였다.

"출근 도장을 찍어야겠군."

그의 옆에서 걷고 있는 임 비서는 그의 농담에 대꾸할 마음이 없는 것 같았다. 지난 월요일 그의 사무실이 오픈을 하고부터 임 비서와 지금까지 거의 일주일을 함께 했는데 그녀가 웃는 걸 한 번도 보지 못했다.

"원래 그렇게 웃음이 없나?"

"네."

대답도 차갑기 그지없었다.

"원래 사장에게 미소를 지어야 하는 게 비서 아닌가?"

그는 엘리베이터에 올라서도 그녀에게 물었다.

"이제 나를 무시하는군."

"사장님, 도착했습니다. 오늘은 진심을 담아 상대를 봐주셨으면 합니다."

"그러지."

임 비서는 오늘도 목까지 단추가 채워진 단정한 흰색 블라우스에 네이비색 타이트 스커트를 입고 있었다. 그냥 완벽한 오피스룩이었다. 그의 앞에 있는 임 비서를 보며 그는 갑자기 그녀가 저 완벽하게 단정한 옷을 벗는다면 어떨까라는 아주 야릇한 생각을 잠시 했다.

그리고 피식 웃었다. 그간 일을 하느라 너무 오랜 시간 여자를 가까이하지 않은 탓이 큰 것 같았다. 아무리 봐도 마른 체구의 임 비서는 그의 스타일이 아니었다.

그는 가슴이 커다란 글래머를 좋아했고 가슴에 점이 있는 매력 있는 여자를 선호했다. 아니면 문신도 괜찮을 것 같았다.

"가슴의 점이라……."

순간 3년 전 그의 입술을 훔친 여자가 기억났다. 가끔 그의 꿈에 나타나 야릇한 시간을 보내기도 하는 그녀는 끝까지 찾을 수가 없었다. 그런데 이상하게 요즘 들어 그녀의 꿈을 자주 꾸곤 했다. 아마도 한국에 들어왔기 때문일 것이다.

임 비서가 그의 앞으로 빠르게 걸어가고 있었다. 임 비서의 몸매도 오늘 보니 그리 나쁘지 않았다. 아니, 예뻤다. 조금 살이 쪄야겠지만 말이다.

"사장님, 오늘은 정말 성심을 다해서 잘 보셨으면 합니다."

임 비서가 몇 번의 일 때문인지 자꾸만 말을 반복하며 그를 세뇌시키려 하고 있었다.

"왜, 이제 주말에 나오는 게 싫은가?"

"아닙니다."

"오늘은 신경을 좀 써보도록 하지."

태수는 오늘은 임 비서의 말대로 장난은 그만 치고 좀 더 진지하게 볼 생각이었다. 차라리 어느 정도 조건이 맞는 집안과 결혼을 해볼까 살짝 고민 중이었다. 언젠가 결혼은 해야 하고 지금 그는 이렇게 매주 선이나 보며 허송세월을 보낼 시간이 없었다.

그녀는 오늘도 그의 뒷자리에 앉았다. 그런데 정말 오늘은 그동안 보아온 선과는 다르게 아주 예의 있게 여자를 대했다. 금일산업의 둘째 딸인 서민지 씨는 의사였다. 겉으로 보기에도 꽤 미인이었다. 이제껏 보았던 재벌가의 딸들보다는 예쁘지 않았지만 그래도 여성스러운 용모였다.

오늘은 진짜 그가 진지하기까지 했다. 뒤에서 즐거운 웃음소리가 들려오기도 했다. 그러면 기분이 좋아야 하는데 서희는 그렇지 않았다. 알 수 없는 초조함이 그녀를 엄습했다.

"뭐지?"

서희는 따끔거리는 가슴에 손을 얹었다. 이상한 기분이 들었다. 그의 웃음소리가 또 한 번 들리자 서희는 그 자리에서 일어나고 싶은 충동을 가까스로 눌렀다. 그녀는 그의 연인이 아니라 비서였다.

"후~"

심호흡을 한 번 했다. 아무리 아니라고 해도 답답함을 계속해서 느끼고 있었다.

"임서희, 정신 차려. 여긴 일터야."

본분을 착각해서는 안 되는 일이었다. 그녀는 자신의 앞에 놓인 아이스커피 잔을 들었다. 커피가 잔 안에서 흔들리고 있었다. 서희는 얼른 잔을 다시 자리에 놓고는 스트로로 커피를 마셨다.

"이건 아니야."

그녀는 이렇게 말을 하고는 심호흡을 했다. 정신을 바짝 차려야 할 때인 것 같았다. 그들의 맞선이 끝이 나고 신 사장이 자리에서 일어났다. 둘이 꼭 다른 장소로 이동할 것만 같았다.

그래서 서희는 자리에 그대로 앉아 있었다. 눈치 없이 그를 따라갈 수는 없는 노릇이었다. 그들이 자리에서 일어나고 얼마 후에 그녀 역시 자리에서 일어나 혼자 레스토랑에서 나왔다.

"가면 간다고 문자라도 줄 것이지."

그녀는 이렇게 또다시 구시렁거리며 엘리베이터를 탔다. 요즘 자꾸만 혼잣말이 느는 것 같았다. 그녀는 택시를 타고 사과나무에 도착했다. 언제나 그녀를 따뜻하게 맞아주는 민아였다.

"매주 이렇게 일을 해야 하는 거야?"

"응."

"힘들어 보여."

"체력보다 마음이 심란하다."

"왜?"

"그냥 일만 하고 싶은데 비서라고 해서 개인적인 일까지 해야 하니까. 그리고 그 사람들은 우리하고 사는 세계가 달라. 그걸 보고 있으면 난 왜 이럴까라는 생각도 들고."

"우리 씩씩한 서희가 뭔가 감정적으로 상했구나?"

서희는 씩하고 미소를 지었다. 그리고 토요일 손님이 붐비는 시간이 지났다며 그녀에게 맥주 한 캔을 따서 건네고 자신도 한 캔을 땄다.

"근무 시간이야. 동업자."

서희가 맥주를 들고 씩 웃는 민아에게 한마디 했다.

"다 먹고살자고 하는 거다."

그러면서 민아가 그녀의 맥주 캔에 자신의 맥주 캔을 부딪쳤다. 어이가 없었지만 웃으며 서희는 맥주를 마셨다.

"그래, 지금은 이게 필요한 것 같다."

"그렇지?"

"그런데 안주는?"

"커피콩이라도 줄까?"

"미친년."

"그래, 이래야 서희지."

그렇게 얘기를 하며 민아가 꺼낸 건 유리가 좋아하는 새우깡이었다.

"먹어라, 유리 보기 전에."

"엄마 맞아?"

"응."

둘은 모처럼 웃으며 맥주를 비워갔다. 중간에 손님이 들어오면 무슨 일이 있었냐는 듯이 손님을 보고 그들은 각각 두 캔씩을 깔끔하게 비웠다.

"너무 모자란 술의 양이다. 집에서 한 잔 더 하자."

"그건 그렇고 이건 어디서 난 거야?"

"아까, 영식이랑 한바탕했거든."

"니들도 싸워?"

"사실은 아까 유리가 다칠 뻔했어. 너무 바빠서 영식이가 애를 못 본 거지."

"유리는?"

서희가 놀라 몸을 일으켰다.

"괜찮아, 다치진 않고 좀 놀랐어."

"미안하다."

"네가 왜?"

"내가 회사 일만 아니었어도 유리를 봤을 텐데……."

서희의 눈에 눈물이 맺혔다.

"야, 누가 들으면 크게 다친 줄 알겠다."

민아가 서희의 등을 치며 위로해 주었다. 그때였다. 손님이 들어왔는데 어디서 많이 본 사람이었다. 서희의 눈에 눈물이 그렁그렁해서 정확하게 사람의 얼굴이 보이지 않았다.

"아이스 아메리카노 3잔이요."

하지만 목소리는 신 사장이었다.

"어머, 안녕하세요."

서희보다 민아가 더 반가운 목소리로 그를 맞이했다. 서희는 얼떨결에 인사를 했지만 눈물이 볼을 타고 주르르 흘러내렸다. 그제야 그의 얼굴이 보였다. 그는 한쪽 눈썹을 들고는 아주 묘한 표정을 짓고 있었다.

아차 하는 생각에 그녀는 얼른 눈물을 닦았다.

"어쩐 일이십니까?"

서희는 목소리를 최대한 가다듬고 그에게 물었다.

"커피 사는 거 안 보이나?"

그러고 보니 커피를 3잔 주문을 한 것 같았다. 아무래도 방금 선을 본 금일산업의 딸과 잘된 모양이었다. 이 시간까지 헤어지지 않고 커피까지 사다 바치는 걸 보면 말이다.

"잠깐만 기다리세요."

민아가 주문을 넣으러 잠깐 뒤로 들어간 사이에 그가 서희에게 물었다.

"왜 울고 있지?"

"아, 그게……"

"바래다주지 않아서 서운했나?"

"아, 아니오."

"격하게 부인을 하는 걸 보니 서운했나 보군."

어이가 없었다. 혼자 넘겨짚어서 이렇게 말을 하는 사람일 줄은 몰랐다. 민아가 다시 자리로 오자 그는 얼른 말을 멈췄다.

"우리 잘생긴 사장님이 이렇게 자주 오시니 좋네요."

"감사합니다."

"우리 집 파이도 맛이 좋아요. 애플파이, 호두파이가 아주 인기가 좋답니다."

"그래요? 그럼 둘 다 주십시오."

민아의 장사 수완이 조금 는 것 같았다. 그때 커피가 나와서 서희가 얼른 커피를 챙겨 주었다. 빨리 보내고 싶은 심정이었다.

"이거 너무 짐이 많군. 임 비서가 조금 들어줄 텐가?"

"네."

그녀는 사장의 부탁을 거절할 수 없어 그가 주문한 커피를 대신 들었고 그는 파이를 양손에 한 판씩 들었다. 차에 다다르자 그가 서희를 보며 말했다.

"이거."

그가 그녀에게 아이스커피를 건넸다. 얼떨결에 그녀는 그에게 커피를 받았다. 그리고 한 잔은 그의 손에 나머지 한 잔은 운전기사에게 건넸다.

"타지."

그가 차 문을 열어주었다. 차 안에는 그녀의 생각과는 다르게 아무도 없었다.

"금일산업 따님은……."

"집에 데려다주고 오는 길이야. 임 비서를 만나러 왔지."

"저를요?"

"그러니 잠깐 타지. 집까지 데려다줄 테니."

서희는 얼떨결에 그의 차에 올랐다. 오늘은 앞좌석이 아닌 뒷좌석 그의 옆에 앉은 서희였다. 차 문이 닫히고 그가 운전사와 그들 사이에 차단막을 올렸다. 뭔가 중요한 말을 할 모양이었다.

"오늘은 내가 꽤 잘하지 않았나?"

칭찬을 받으려는 것도 아니고 이게 뭔 소린지 서희는 그의 얼굴을 보았다. 하지만 그의 얼굴을 보고는 동시에 후회를 했다. 그녀를 무심히 바라보는 그의 눈 속에 빠져들 뻔했기 때문이었다.

이렇게 마음이 그를 향해 빠르게 움직이고 있었다. 처음에는 그저 두려운 존재였는데 지금은 하나둘씩 처음에 그를 만났던 그날 그의 입술의 설렘처럼 그녀의 마음속에 숨어 있던 남자를 향한 관심이 드러나고 있었다.

"네, 잘하셨습니다."

고개를 얼른 돌리며 그녀가 말했다. 자신의 감정의 변화를 그에게 들킬까 걱정이 되었기 때문이었다. 속이 탄 그녀는 그가 사준 커피를 한 모금 마셨다. 그도 말없이 커피를 마셨다.

"저희 집은 여깁니다."

"그런가?"

하자만 그는 차가 그녀의 집 앞을 지나도록 내버려 두었다.

"사장님, 집이 지났는……."

"내가 할 말이 있다고 하지 않았나?"

"……."

그는 그녀를 보며 말을 했다. 차에 타서 두 번째로 그의 얼굴을 정면으로 바라본 서희였다. 잘생겼다는 말이 부족하게 생긴 사람이었다. 남성스러움과 고급스러움이 묘하게 섞여 있었고 그리고 섹시함까지 섞인, 미술로 말하자면 마블링 같은 매력을 가진 남자였다.

모든 게 다르지만 묘하게 섞여서 그 매력을 완성시켰다.

"오늘 금일산업의 따님은 마음에 드셨습니까?"

그녀는 정말 궁금했던 말을 물었다.

"좋은 여자더군."

"그럼, 내일 선의 일정은 취소할까요?"

"그래도 될 것 같아."

그의 말에 서희는 마음이 좋지 않았다. 아니라고 부정하고 싶지만 솔직하게 싫었다. 이제 그는 정말 한 여자의 남자가 되는 것이었다.

"알겠습니다. 이런 말씀을 하실 거라면……."

갑자기 그가 서희의 얼굴에 손을 댔다. 놀란 서희가 반사적으로 그의 손을 쳤다.

"죄송합니다. 좀 놀라서."

"머리카락이 내려와서 그랬는데 내가 실수를 한 것 같군."

"아닙니다."

"그럼 괜찮다는 건가?"

그들의 눈이 서로를 응시하고 있었다.

"그러니까……."

"그럼, 이건."

그가 그녀가 뭔가를 생각할 겨를도 없이 그녀의 얼굴을 잡고 입술을 삼켜 버렸다. 너무나 놀라서 서희는 잠시 숨 쉬는 것도 잊어버렸다. 그의 입술은 그녀의 입술에 갑자기 왔듯이 금세 떨어졌다. 하지만 그의 손은 여전히 그녀의 얼굴을 감싸고 있었다.

그의 눈이 그녀에게 많은 것을 묻고 있었다.

"사장님……."

이번엔 그냥 단순한 입맞춤이 아니었다. 그의 입술이 그녀의 입술을 삼킴과 동시에 그의 혀가 그녀의 입술을 벌리고 강하게 그녀의 입속으로 들어왔다. 참으로 오랜만에 하는 키스였다. 그와의 키스가 그녀의 마지막 키스였으니 딱 3년 만이었다.

여전히 그의 키스는 달콤했고 그녀의 심장을 뛰게 만들었다. 그의 강인한 혀가 그녀의 부드러운 입안을 휘저었다. 그녀의 입안이 이렇게 민감한 곳인 줄 서희는 오랜만에 느끼고 있었다. 그의 혀가 그녀의 혀를 건드리고 있었다. 서로의 혀가 그녀의 입안에서 얽혀들었고 그 느낌이 그녀의 아랫배를 찌릿하게 만들고 있었다.

키스만으로도 쾌감을 느낄 수 있다니 그의 스킬이 대단한 것 같았다. 그녀의 손이 그의 입술을 더 강하게 받아들이기 위해서 그의 목을 따라 올라가 자연스럽게 팔로 그의 목을 감았다. 그들의 입술은 접착제를 발라놓은 듯 떨어질 줄을 몰랐다.

조심스러운 키스가 아니었다. 서로의 이가 부딪치고 입안에서 쇠 맛이 날 정도의 거친 키스를 둘은 하고 있었다. 마치 이 시간이 지나면 다시는 못 할 것처럼 그들의 키스는 격렬했다. 키스는 계속 이어지는데 그의 손은 그녀의 목에서 그녀의 가슴으로 이동하고 있었다.

키스에 너무 정신이 팔려서 그의 손이 그녀의 블라우스 안으로 들어와 브래지어 위로 그녀의 가슴을 주무르고 있다는 것도 서희는 인지하지 못할 정도였다.

"글래머였어."

그의 입에서 흘러나온 말을 듣고서야 서희는 그의 손이 이제는 그녀의 브래지어를 위로 올리고 맨가슴을 만지고 있다는 것을 알았다.

"안, 안 돼요."

작게 저항을 했다. 쾌락 가운데서도 혹시나 운전석에 들릴까 걱정이 됐던 것이었다. 그녀의 눈은 그가 아닌 운전석 쪽으로 향해 있었다.

"왜지?"

그가 거친 숨을 내쉬며 그녀의 귓가에 이야기를 했다.

"운전석에 들리잖아요."

진짜 그게 걱정이었다.

"안 들려. 소리를 질러도 들리지 않게 설계되어 있어."

그가 그렇게 말을 하니 조금은 안심이 되었지만 그래도 지금 이 상황이 부끄러웠다. 계속해야 하는 건지 어쩐지 솔직하게 자신의 마음을 알지 못했다. 하지만 이성적으로는 안 된다는 말이 계속해서 울리고 있었다.

"그, 그만요."

그의 입술이 그녀의 목에서 점점 아래로 내려오자 그녀가 그를 막았다.

"왜지."

"이러면 안 될 것 같아요."

그의 입술은 여전히 그녀의 목덜미에서 맴돌고 있었다.

"가지고 싶어."

그의 뜨거운 고백에 서희는 '네'라고 대답을 할 뻔했다. 그의 손이 그녀의 가슴을 감싸 쥐며 그녀를 자극하고 있었다.

"하, 제발 그만요."

말은 이렇게 하고 있었지만 쉽게 그의 손을 뿌리치지는 않고 있었다. 생각과 몸의 반응이 따로 노는 상태였다.

"진짜 부드러워."

그의 입술이 그녀의 귀를 빨아들이고 있었다.

"진짜 가지고 싶어. 임 비서의 섹시한 몸을……."

"아하."

그녀의 입에서 저도 모르게 신음이 흘러나왔다.

"임 비서도 원한다고 말해."

"사장님, 전……."

하지만 이건 정말 아니었다. 금일산업의 딸을 마음에 들어 하면서 그녀에게 이러는 신 사장이 이해가 되지 않았다. 그리고 그런 그를 받아들이고 있는 자신도 이해가 되지 않았다. 그녀의 표정이 순간적으로 굳었다. 그리고 그의 품에서 빠져나오기 위해 그를 밀쳤다. 거부의 의사를 확실하게 표현하고는 옷을 정돈하기 시작했다.

"제가 맥주를 마신 게 실수였습니다."

"실수였나?"

"네."

그녀의 말에 그는 더 이상 아무런 말도 하지 않았다. 그리고 그녀가 어느 정도 정돈이 되자 운전사와의 차단막을 내렸다.

"아까 커피숍으로 가주게."

"네."

잠시 호흡을 가다듬은 그가 말했다.

"내일은 그냥 푹 쉬도록 해. 선은 앞으로 보지 않을 거니까."

"알겠습니다."

울고 싶은 심정이었다. 이렇게 무너지는 게 아니었다. 그녀의
시선은 도착할 때까지 창밖을 응시하고 있었고 그녀의 마음은 그
에게 향해 있었다. 3년 전의 짜릿했던 순간과는 조금 달랐다. 이
번엔 진짜 그녀가 그를 원하고 있었다.

Chapter 5

한 주를 시작하는 월요일이었다. 태수의 회의실은 그 어느 때보다도 생동감이 있었다. 중동에서부터 차근차근 정보를 수집하고 준비해 온 대형 프로젝트 때문이었다. 모두가 한국에 와서 자신들의 실력을 증명할 첫 번째 일이라서 열정을 쏟아내고 있었다.

대형스크린 화면 가득히 이번 부산에 건설이 될 '비치타운'에 관한 내용들이 떠 있었다. 한국에 들어와서 처음으로 맡은 대규모 사업이었다. 아니, 아직은 그들의 몫이 될지 아니면 다른 건설업체의 몫이 될지는 모르는 일이지만 말이다.

하지만 이렇게 대규모의 사업을 할 수 있는 건 건설사 중에 1위인 대원건설뿐이었다. 막대한 이윤이 남는 줄 알면서도 쉽게 손을 못 대는 이유가 대부분의 건설사가 자금의 압박을 받기 때문이었다.

하지만 대원건설의 경우에는 자금이 원활했기 때문에 이렇게 돈 놓고 돈 먹기 식의 대형공사는 따논 당상이었다. 그래서 더욱 매진을 하고 있었다. 하지만 지금 이 공사를 수주받을 수 있을지 없을지는 다른 건설사가 아니라 유 전무의 방해 공작이 어느 정도냐에 따라 달렸다.

"이번 비치타운 건설에 시공사들이 많이 신청을 하지 않았지만 걱정이 되는 건 현태그룹이 이번에 인수한 HS건설입니다. 현태그룹의 막강한 자금력이 흘러 들어갔다는 정보가 있습니다."

그의 핵심 브레인인 유홍수 과장이 계속해서 말을 하고 있었다.

"아직은 현태그룹에서 특별하게 HS를 인수했다고 발표하진 않았지만 이번 건설사 인수는 대원그룹을 견제하기 위한 수단이라는 말이 돌고 있습니다. 우수한 기업이었던 HS사를 현태그룹에서 사들이면 우리가 불리한 건 사실입니다."

"확실하게 HS건설은 경계를 해야 할 상황이지."

"그런데 또 다른 정보통에 의하면 HS로 유 전무가 간다는 소식이 있습니다."

"그거 반가운 얘기군."

"하지만 회사의 사정상 유 전무가 갑자기 쓸 만한 직원들을 데리고 빠져나가면 아주 좋지 않은 상황이 될 수도 있습니다."

"하긴 지금은 너무 이른 감이 있지."

유 과장의 지적대로 회사 경영에 있어서 아직은 유 전무가 필요한 상황이었다.

"그런데 말이야. 나는 자꾸만 유 전무가 그 회사로 가는 것보다 뭔가 다른 꿍꿍이가 있을 것 같아. 유 전무가 현태그룹으로 가려고 마음을 먹었다면 진작 갔을 것 같아. 이렇게까지 대원에 충성을 하고 자기 자리를 지키기 위해 노력하지는 않았을 거야. 지금 생각해 보면 건설에 관심이 없던 현태그룹에서 갑자기 HS건설을 인수하기 위해 준비를 하는 것도 이상하고."

그의 말에 모두가 고개를 끄덕였다.

"사장님의 말씀도 일리가 있다고 생각이 되는 게 HS건설에 대한 정보를 유 전무가 많이 알아봤다는 겁니다. 우리하고 상관이 없는데 마치 인수를 하기 위해 사전조사를 하는 것처럼 말입니다."

"그렇다니 더 썩은 냄새가 나는군."

태수의 입가가 한쪽으로 올라갔다. 유 전무의 모든 게 마음에 들지 않는 태수였다. 본능적으로 썩은 고기의 냄새가 유 전무에게서 풍겼다.

"언제쯤이면 썩은 유 전무 라인을 뿌리째 뽑아버릴 수 있을까?"

한동안 회의는 계속되었다. 수주가격을 얼마에 할 것인가를 두고 열띤 공방을 벌인 그들이었다. 수주금액은 아주 민감한 상황이었다. 너무 적게 써 넣으면 승산은 있을지 모르나 앞으로 남고 뒤로 밑지는 행위였다.

꼬르륵!

배꼽시계가 기가 막힌 타이밍에 울렸다. 시계를 보니 점심시간이었다. 직원들과 열띤 토론을 하다 보니 시간이 이렇게 지난 줄도 모르고 있었다.

똑똑.

회의실 안으로 서희가 들어와서 압둘라의 귀에 뭐라고 소곤거리고 있었다. 무슨 일인지 몰랐지만 토요일에 차 안에서 그런 일이 있은 후로 처음으로 얼굴을 보는 것이었다.

그런데 그가 아닌 압둘라에게 뭐라고 소곤거리다니, 그것도 그에게 보인 적이 없는 미소 띤 얼굴로 말이다. 갑자기 화가 치밀어 올랐다.

"뭐 하는 짓이지."

그는 조용히 혼잣말을 하며 쥐고 있던 볼펜에 힘을 주었다.

뚝!

볼펜이 두 동강이 나서 바닥에 떨어졌다. 하지만 그의 눈은 여전히 압둘라와 서희에게 가 있었다. 압둘라가 갑자기 그에게 걸어왔다. 유 과장에 이어 계산에 강한 김민호 과장의 수주금액에 관한 이야기가 계속되고 있었지만 그는 걸어오는 압둘라만을 보고 있었다.

"무슨 일이지?"

"오늘 점심에 유 전무님과의 점심 약속이 있답니다. 지금 가셔야 한다고 하네요."

깜빡 잊고 있었다. 오늘 그 능구렁이와 밥을 먹기로 했었다.

"알았어."

그가 자리에서 일어났다.

"흐름을 끊어서 미안하지만 점심 먹고 오후에 다시 시작합시다."

"네."

그는 회의실을 나와서 사장실로 들어가 옷걸이에 걸려 있는 재킷을 입었다. 그리고 사장실을 나서자 임 비서와 김 비서가 자리에서 일어났다. 태수의 눈이 안 보는 척하면서 임 비서를 힐끗 쳐다보았다.

언제나 검은색 정장 유니폼에 금색 이름표를 단 그녀는 모범적인 비서 스타일이었다. 머리도 깔끔하게 승무원 스타일로 묶었고 표정도 안정적이었다. 그녀는 지극히 스탠다드한 여비서의 모습이었지만 지금 그는 자꾸만 이상한 생각이 들었다.

그녀의 그런 단정한 모습을 자꾸만 흐트러트리고 싶었다. 그의 품에 안겨 신음하던 그녀의 모습을 본 이후부터는 더 그런 생각이 들었다. 보지 않으면 이런 생각이 들지 않는데 그녀가 왔다 갔다 하면서 그의 눈에 띄면 그때부터는 생각이 자꾸만 흐트러지고 있었다.

하지만 그를 약 오르게 만드는 건 임 비서는 별다른 변화가 없다는 것이다. 남자에게 차 안에서 키스를 당한 후였는데 그녀는 아무렇지 않아 보였다. 아니, 오히려 그를 무시하는 느낌이 들었다.

그게 그를 화나게 만들고 있었다. 사무실 앞 엘리베이터에 비치는 임 비서를 보며 태수는 눈을 가늘게 떴다.

"압둘라."

그와 함께 나온 압둘라를 쳐다보지도 않고 불렀다.

"네."

"여자와 많이 사귀어봤나?"

그의 순간적인 질문에 압둘라가 당황해서 말을 하지 못하고 있었다.

여전히 그의 눈은 엘리베이터에 비치는 임 비서를 향해 있었다.

"여자에게 첫 키스를 하면 다음 날 여자들의 반응은 어떤가?"

그의 말은 압둘라뿐 아니라 임 비서와 김 비서가 있는 자리까지 들릴 정도로 컸다.

"네? 왜 그런 질문을 하시는지…….."

압둘라가 당황한 듯 물었다. 하지만 그는 지금 압둘라가 당황하는 건 신경도 쓰이지 않았다.

"뭐, 다음 날은 좋은 기분이지 않을까요? 좋아하는 사람과 키스를 했으니까요."

"그럼 무덤덤한 반응을 보이는 이유는 뭔가?"

"남자가 마음에 들지 않아서가 아닐까요?"

압둘라의 답이 더 마음에 들지 않았다. 엘리베이터에 비치는 임 비서는 미동도 하지 않고 있었다. 압둘라가 그가 보는 줄도 모르고 임 비서에게 인사를 하자 그녀가 인사를 받았다. 미소까지 지으면서 말이다.

압둘라는 여자들에게 친절했다. 때로는 그게 오해를 받는 경우도 있긴 했지만 그가 봤을 땐 필요 이상으로 서희에게 잘했다. 매일 보면서 인사를 볼 때마다 하니 속에서 열불이 났다.

그때 엘리베이터가 도착을 했고 그의 뒤를 압둘라가 따랐다.

"눈치가 없어."

"네?"

"아니야."

그는 속이 터졌다. 그렇다고 임 비서에게 먼저 말을 걸기도 난감한 상황이었다.

회사 근처의 한식집에 도착한 그는 잠시 임 비서에 대한 생각을 접어두었다. 지금 그는 굶주린 하이에나의 굴 속으로 들어가고 있었기 때문이었다.

죽은 동물을 먹는 하이에나도 배가 고프면 살아 있는 먹이를 찾기 마련이었다. 정신을 바짝 차려야 할 순간이었다.

드르륵.

미닫이문이 열리자 그 안에 유 전무만 있을 줄 알았는데 그의 졸개들까지 모두 와 있었다.

"아이고, 신 사장님."

다른 사람들은 다 자리에서 일어났지만 유 전무는 상석에 그대로 앉아 있었다. 유 전무까지 다섯 명의 임원들이 있었다. 모두가 이사들이었다.

회사에는 다섯 명의 이사가 있었다. 솔직히 태민이를 빼면 이사들이 다 왔다고 할 수 있었다. 태수는 속으로 웃음이 났다.

유 전무의 태도를 보니 지금 그는 자신이 회장인 것같이 굴었다. 어림없는 얘기였다.

"앉으십시오."

태수는 비릿한 웃음을 지으며 그의 앞에 앉았다.

"거기 외국인 친구는 바닥에 앉기 불편한가?"

대놓고 압둘라를 무시하는 유 전무였다.

"……."

압둘라는 대꾸도 하지 않고 비웃음을 날리며 태수의 옆에 앉았다.

"요즘은 젊은 사람들이 참 예의가 없어. 하긴 외국인이니 한국의 예의범절을 알 리가 없겠지만 말입니다."

"그렇지."

유 전무의 왼팔쯤 되는 김수철 이사가 갑작스럽게 한마디 하자 모두가 고개를 끄덕였다.

"조용, 오늘은 우리 신 사장님께서 외국에서 돌아오시고 처음으로 하는 식사자리입니다. 말단 직원 하나로 분위기를 망쳐서는 안 되지요."

유 전무가 이사들을 말렸다.

때리는 시어머니보다 말리는 시누이가 밉다고 했다. 압둘라를 건드림으로써 그의 자존심을 건드리는 그들이었다. 물론 이전에는 이렇게 그를 대놓고 건들지는 않았다.

하지만 지금은 유 전무나 그나 둘 다 기선을 제압한 사람이 없었다. 지금은 서열을 가리는 시기였던 것이다.

밥이 들어오고 유 전무 쪽이 끊임없이 이야기를 이어나가고 있었다. 마치 자신들이 태수의 위에 있다는 말도 서슴없이 하고 있었다. 더 이상은 들어줄 수가 없는 상태였다.

"그런데 왜 사장님께서는 직원들을 꽁꽁 숨겨두시고 일을 하시는지 모르겠습니다."

유 전무의 오른팔인 조인동 이사가 말을 꺼냈다.

"저도 궁금합니다."

여기저기서 궁금하다는 둥 이상하다는 둥의 이야기들이 나왔다. 그들의 말을 무시하고 식사를 이어가던 태수가 밥 한 그릇을 비우고 수저를 상에 놓았다.

"이 집은 맛이 별로군."

"……."

그의 차가운 목소리에 모두가 말을 멈추었다.

"유 전무님의 성의를 봐서 한 그릇을 다 비웠지만 별롭니다."

그리고 태수는 유 전무의 눈을 차갑게 바라보며 말을 이어갔다.

"밥 먹으러 온 자리라서 억지로 한 그릇 비웠습니다. 다음부터는 밥을 먹을 때는 시끄러운 빈그릇들은 집에 놓고 오십시오. 안 그랬다가는 모조리 다 깨버릴지도 모르니……."

그가 자리에서 일어나자 압둘라도 자리에서 일어났다.

"오늘 유 전무님의 창과 방패는 잘 구경했습니다. 너무 낙후되어 버리셔야 할 것 같습니다. 아참, 그리고 제가 오늘 싸울 마음을 먹었다면 유 전무님은 제 칼에 죽었을 겁니다. 전 최고의 수입 칼을 가지고 있으니까요."

태수는 압둘라를 치켜세워 주었다.

"다음부터 절 직접 상대하시는 게 좋을 겁니다. 이렇게 빙 둘러서 간보지 마시고요."

"절 협박하시는 겁니까?"

유 전무가 정색을 하며 물었다.

"아니오, 제가 왜 유 전무님을 협박하겠습니까. 우리 회사에서 가장 많은 지지를 얻고 계시는 분인데 말입니다."

그가 차갑게 유 전무에게 말을 하고 돌아 나오려고 할 때 기대를 저버리지 않고 유 전무가 한마디 했다.

"적을 너무 많이 만들면 좋지 않습니다."

나가려던 태수가 다시 등을 돌려 그를 보았다.

"같은 수준일 때 적입니다. 지금 뭔가들 착각을 하고 계시는데, 제가 사장이라는 걸 잊지 마십시오. 인사권이 저에게 있다는 걸 이사님들은 아직 잘 인지를 못 하시는 것 같아 말씀드리는 겁니다. 그리고 다시 만날 때는 집에 두고 나온 정신들은 꼭 챙겨 오도록!"

그는 끝말에 힘을 주고 그대로 나왔다.

차에 오른 후 그에게 압둘라가 한마디 했다.

"괜찮을까요?"

"언제고 터질 일이야. 그래도 늙은 여우들이 사람들이 적은 곳에서 간을 먼저 본 거지. 여기서 참았다면 더 큰 곳에서 날 망신주려 했을 거야. 당분간은 앞에서는 건드리지 못해."

차가 출발을 했다.

"압둘라, 이제 시작이다."

"네."

이사들이 그를 건드릴 때 유 전무는 유심히 그를 살피기만 했지 건드리지 않았다. 언제나처럼 비열하게 그의 등 뒤를 노릴 것이다. 이럴 때일수록 정신을 바짝 차려야 했다.

쏴아~

세면대의 수도꼭지에서 물이 시원하게 뿜어져 나오고 있었다. 걸레를 빨려고 탕비실에 왔는데 그렇게 멍하게 있기만 했다. 심장이 터질 것 같았다. 그가 스쳐 지날 때마다 조마조마했다.

유 전무와 식사를 마치고 돌아온 그가 오늘은 전체 회식이라는 말을 했다고 압둘라가 그녀에게 말을 전했다. 그 뒤로 신경이 곤두섰다.

윙~

갑작스럽게 주머니 안에 있던 핸드폰이 울리기 시작했다. 신 회장에게서 온 것이었다. 서희는 정신을 차리고 얼른 물을 잠근 후에 회장의 전화를 받았다.

"네, 회장님."

[그래, 오늘 사장실 근무를 해보니 어떤가?]

"아직은 얼떨떨합니다."

[그럴 테지. 오늘은 별일 없었나?]

"오늘 점심에 유 전무님과 식사 약속이 있어서 다녀오신 것 말고는 하루 종일 회의실에서 계셨습니다."

[그래? 유 전무와는 별일 없는 것 같고?]

"무슨 일이 있어도 말씀을 하실 분이 아니니 저로서는 알 수가 없었습니다. 혹시 나중에 동행을 한다면 자세히 보고하겠습니다."

[임 비서.]

"네, 회장님."

회장의 한숨 소리가 전화기 너머로 들려왔다. 뭔가 그녀가 실수를 한 것 같았다.

[난 임 비서를 스파이로 신 사장에게 보낸 게 아니라 진심으로 잘 보좌해 주길 바라는 거네.]

"제가 말실수를 한 것 같습니다. 죄송합니다."

[아니야, 충분히 그렇게 생각할 수 있어. 그나저나 이번에 선은 어떻게 되었나?]

"지난주 금일산업의 서민지 씨는 아주 마음에 들어 하셨습니다."

[그래? 이상하군.]

"네?"

[아니야. 수고하게.]

"네."

뭐가 아니라는 건지, 서희는 회장의 말을 알아들을 수가 없었다. 하지만 한 가지, 회장의 뜻에 따라 그녀는 신 사장에게 충성을 해야 하는데 상황이 이렇게 껄끄럽게 되어버렸으니 답답할 따름이었다.

"선배."

탕비실 밖에서 자경이 그녀를 불렀다. 너무 오랜 시간 머물러 있었던 모양이다.

"어, 나가."

그녀가 나가자 자경이 미소를 지으며 그녀에게 화장실에 잠시 다녀오겠다는 말을 했다. 화장을 고치고 싶다는 말과 함께 말이다. 아무래도 압둘라에게 잘 보이고 싶은 마음인 것 같았다. 자경은 자신의 마음에 솔직했다. 그런 그녀가 서희는 부러웠다.

퇴근 시간 후에 그들은 근처의 삼겹살집으로 향했다. 사장실의 인원이 많다 보니 그들은 근처의 삼겹살집으로 장소를 잡았다. 인원도 인원이지만 오랜 외국 생활 탓인지 모두가 한국 음식을 찾았다.

"오늘 이렇게 회식 자리를 마련해 주신 우리의 신 사장님을 위하여 거국적으로 건배!"

모두가 소주잔을 들었다. 건설밥을 먹는 사람들이라서 그런지 주량들이 남달랐다. 자꾸만 잔에 술을 부어주니 어느 정도 술을 마시는 서희도 받아내기가 버거울 정도였다. 하지만 자꾸만 그녀를 무시하고 있는 신 사장 때문에 서희는 이를 악물고 술을 받아 냈다.

그날의 키스는 그에게 아무것도 아니었던 것이다. 그냥 한 번 그녀를 건드려 본 것이다. 그렇지 않고서는 금일산업의 딸과 그렇게 좋게 만나고 그녀에게 바로 키스를 할 리가 없었다.

하지만 그는 자꾸만 그녀를 건드렸다. 마치 그녀에게 관심이 있는 것처럼 행동할 때도 있었다. 그녀가 압둘라와 인사만 해도 그는 질투 어린 시선을 보내곤 했다.

그것도 착각일까? 아니면 그는 모든 여자들에게 그런 식으로 오해를 살 만한 행동을 하는 것일까? 서희는 지금의 상황이 혼란스러웠다.

"흥, 내가 그렇게 가벼운 여자인 거야?"

서희는 이렇게 낮게 말을 하며 술잔을 단번에 비웠다. 자경은 방금 전에 그녀의 옆에서 잠이 들어버렸다.

"우리 자경 씨는 술이 약하네요."

그녀도 취기가 올라왔지만 진짜 정신력으로 버티고 있었다.

"우리 서희 씨는 진짜 술을 잘 마시네요."

압둘라가 그녀의 잔에 술을 다시 부으며 말했다. 서희는 한 잔만 더 마시고 자경이를 핑계 삼아 일어날 생각이었다.

그런데 그때 신 이사가 명품으로 온몸을 도배한 굉장히 세련된여자와 함께 들어왔다. 여자는 민아처럼 작고 귀여운 이미지까지있어서 남자들이 좋아할 스타일이었다. 아니, 솔직히 눈에 띄는미인이었다.

"오빠!"

여자가 신 사장을 보고 오빠라고 부르는 소리에 서희는 술이 확깨버리는 느낌이었다. 더군다나 여자는 다른 사람들의 시선 따위는 안중에도 없는 듯 신 사장에게 거의 돌진해서 포옹을 했다.

"어쩐 일이야?"

"내가 오빠네 회식 있다는 소리를 듣고 태민이한테 가자고 졸랐어."

여자는 여전히 신 사장의 목을 안고 있었고 신 사장은 아무렇지도 않다는 듯 그대로 앉아 있었다. 순간 서희의 눈에 불꽃이 튀었지만 애써 시선을 돌렸다. 보지 않아도 시끄러운 여자의 목소리가그녀의 귀에 꽂혔다.

탁!

서희가 술잔을 테이블 위에 놓았다.

"한 잔 더 주시겠어요?"

"그럼요."

압둘라가 그녀의 잔에 술을 따라주었다.

"선배!"

그때 옆에서 자던 자경이 몸을 벌떡 일으켰다. 얼마나 놀랐는지 하마터면 들고 있던 잔을 놓칠 뻔했다.

"너무해."

모두의 시선이 갑자기 그들에게로 쏠렸다.

"내가 압둘라 좋아하는 것 다 알면서 어떻게 그래?"

"자경 씨 취했어."

서희가 당황해서 자경의 말을 막았다.

"선배, 내가 압둘라……."

"알았어."

이번에는 정말 실수를 할 것 같아서 서희가 자경의 입을 막았다.

"죄송합니다. 제가 데리고 가야겠어요."

그녀가 자경을 일으키려고 하자 압둘라가 갑자기 자경을 안아 올렸다.

"제가 데려다주겠습니다. 서희 씨는 좀 더 드세요."

압둘라가 아주 결연한 표정으로 말을 했다.

"집 주소 아세요?"

"가면서 물어볼게요."

"네."

서희는 순간 이걸 자경이 원할지도 모른다는 생각에 압둘라와 자경만을 보냈다. 택시를 타고 가는 그들을 보고 나서야 서희는 안으로 들어왔다. 그리고 다시 자리로 돌아오니 안은 더 가관이었다.

"자경 씨는 잘 갔어요?"

유 과장이 그녀에게 물었다.

"네."

"보기와 다르게 자경 씨는 술에 약하고 또 보기와 다르게 우리 서희 씨는 술에 강하네. 건설회사 직원이 맞긴 맞아."

옆에 있던 김 과장이 거들었다.

"조 대리, 이리 와."

"네."

"우리의 친목을 다지자고. 우리 사장님께서는 지금 아주 바쁘시니까."

갑자기 술자리가 3파트로 나뉘어 버렸다. 서희는 지금 유 과장, 김 과장 그리고 조 대리와 함께 술을 마시고 있었다. 하지만 그녀

의 온 신경은 신 사장과 그 옆에 거머리처럼 붙어 있는 여자에게
가 있었다.

"그런데 저 여자분은 누구예요? 진짜 고급지게 생겼네."

조 대리가 유 과장을 보며 물었다.

"현태그룹 딸."

유 과장도 술이 좀 된 듯 얼굴이 완전 불타는 고구마였다.

"네? 현태그룹 딸이요? 재벌이네."

김 과장도 거들었다.

"예쁘지 똑똑하지 재벌이지. 금수저를 입에 물고 태어난 전형
적인 재벌가의 딸이야."

유 과장은 술이 좀 된 듯 목소리가 점점 커졌다.

"어쩐지."

"그런데 저 예쁜 여자가 우리 신 사장님을 짝사랑하고 있다는
말씀."

정보가 아주 많은 유 과장이었다. 그냥 흘려듣기에는 신경이 거
슬리는 화려한 이력이었다. 그녀 따위는 상대가 안 될 만큼 말이
다 그럼 선보느라 애쓰지 말고 자기 좋아하는 재벌녀랑 결혼을 하
면 될 텐데 정말 신 사장이 이해가 가지 않았다.

"그럼 두 분이 결혼하시면 되겠네요."

서희가 불쑥 자신의 마음을 말해 버렸다.

"결혼은 혼자 하나?"

"왜요?"

"우리 사장님은 저 여자분이 아예 안중에 없으시다."

"에이, 말이 되는 소리를 하세요. 저렇게 좋아 죽겠다는 표정을 지으시는데……."

서희의 눈이 자연스럽게 신 사장이 있는 쪽으로 향했다. 신 사장이 앉아 있는 바로 옆에 예쁜 얼굴의 자그마한 여자가 팔짱을 끼고 앉아 있었고 그 옆에는 신 이사가 그들에게 무슨 말인가를 하고 있었다.

여자는 입을 비쭉거리기도 하고 신 이사를 째려보기도 했지만 그 모습은 사랑스럽게 느껴졌다.

"그리고 신 이사님이랑은 둘도 없는 친구라고 하던데. 확실히 저 세 사람은 친하긴 한 것 같아."

유 과장이 새로운 사실을 술술 풀어냈다.

"아니, 어떻게 그렇게 잘 알아요?"

"내 친구가 현태그룹에 있다. 현태그룹 회장님이 아주 머리를 내저을 만큼 열성적으로 좋아한단다. 다만 그룹 차원에서 말이 나가는 걸 막고 있기에 소문이 많이 나지 않았을 뿐이지."

"아."

"그리고 유 전무가 저 여자분의 외삼촌 아니냐. 싫겠지."

모두가 고개를 끄덕였다.

"서희 씨, 혼자 따라 마시면 안 돼. 퉁!"

그녀는 자기도 모르게 자신의 잔에 술을 부어 마시고 있었다. 머릿속에서는 아니라고 말을 하고 있었지만 그녀의 가슴속에서는 다른 말을 하고 있었다.

"오올, 우리 서희 씨가 아주 술을 잘 마시네."

서희는 정신이 아주 몽롱해지기 시작했다. 그녀가 마실 수 있는 한계점에 다다랐다. 정신력으로 버티기가 아주 힘이 들었다.

눈앞에서는 신 사장과 여자가 시시덕거리는 모습만 보였다. 아주 꼴 보기가 싫었다. 술기운이 자꾸 퍼지자 눈앞이 자꾸만 뿌옇게 변하고 있었다.

"오빠."

이미 어디서 술을 마시고 왔는지 그의 옆에 거머리처럼 붙어 있는 희진의 혀가 꼬부라져 있었다.

"술을 얼마나 마신 거야?"

"미안해, 형. 한잔했는데 자꾸 오자고 해서."

희진이 웃으면서 그를 쳐다봤다.

"오빠, 우리 결혼하자."

"희진아."

희진의 추태에 태민이 어쩔 줄을 모르고 있었다.

"너, 이러는 거 형이 더 싫어해. 일어나자."

태민이 희진의 손을 잡고 이야기를 하고 있었다.

"오빠, 내가 있잖아. 언제나 오빠 편인 거 알았으면 좋겠어."

무슨 소리를 하는지 아는지 모르는지 술이 취해 보이지 않고 멀쩡하게 보이는데도 말하는 건 영 정신 줄을 놓은 여자였다. 하지만 정신 줄을 놓은 여자가 저기 또 하나 있었다.

"야!"

갑자기 들려온 소리에 모두의 고개가 소리 나는 쪽으로 향했다. 얌전한 줄만 알았던 임 비서가 갑자기 자리에서 일어나더니 그에게 삿대질을 하며 소리를 지르고 있었다.

"나?"

어이가 없어서 그가 자신도 모르게 술 취한 그녀를 향해 묻고 있었다. 그녀가 다시 그를 손가락으로 가리키며 말했다.

"나쁜 놈."

"서희 씨!"

유 과장과 조 대리가 그녀를 다시 자리에 앉혔다. 그도 정신이 멍한데 그의 옆에서 희진이 그대로 쓰러져 잠이 들어버렸다.

"형, 희진이 데려다줘야겠어."

"네가 해."

"그럼 내가 하지 누가 해?"

태민이 투덜거렸다.

"난 다른 여자를 처리해야 하니까."

그가 자리에서 일어나 서희가 술에 취해 앉아 있는 곳으로 갔다. 그가 다가가자 유 과장과 김 과장의 얼굴이 사색이 되었다.

"사장님, 그러니까……."

"나쁜 놈."

그 와중에 서희가 그를 다시 보고 또다시 술주정을 하고 있었다.

"많이 취했어."

"아니, 아니에요."

갑자기 이렇게 말을 하며 임 비서가 자리에서 일어났다.

"수고하셨습다."

혀 짧은 소리를 하고는 서희가 구십도로 인사를 하더니 가게 밖으로 나가고 있었다.

"그거, 임 비서 가방인가?"

"네."

태수는 쫓아나가려는 유 과장에게 자신의 카드를 얼른 주고는 나머지는 알아서 하라고 말하고는 서희의 가방을 들고 얼른 뒤따라 밖으로 나갔다.

"어딜 그렇게 가나?"

갈지자로 걷고 있는 그녀 뒤를 따르며 그가 물었다.

"우리 집."

큰길가로 나가는 그녀를 겨우 잡은 태수는 서희의 가방을 어깨에 메고는 서희를 안아 들었다.

"사과나무 말인가?"

"아니오, 우리 집."

한 손을 치켜들고 그에게서 내리려는 그녀를 잡기 위해 태수는 애를 먹었다.

"히히, 좋다."

그녀가 그를 향해 씨익 웃었다. 아주 가관이었다. 그는 자신의 차에 그녀를 태우고 기사에게 사과나무로 향하라고 말을 했다. 시계를 보니 11시가 가까운 시간이라서 영업을 하고 있을지 몰랐지만 그녀의 집을 정확하게 몰라서 어쩔 수 없었다.

"이봐, 서희 씨 집은 어디야?"

"……."

완전히 잠이 든 것 같았다. 하는 수 없이 그는 그녀의 가방에서 핸드폰을 찾았지만 패턴이 걸려 있어서 전화번호를 볼 수가 없었다.

"김 기사, 서초동으로 가지."

"네."

서초동에는 그가 쉴 수 있는 빌라가 있었다. 할아버지 때문에 본가에서 지냈지만 그가 쉬고 싶을 때나 일에 몰두할 때는 집이 아닌 이곳에서 지내기도 했었다. 3년 동안 비우기는 했지만 언제나 유 집사님이 관리를 해주셔서 집은 항상 깔끔했다.

오늘은 서희를 집에서 재울 수밖에 없었다. 여자가 술을 마시고 이렇게 뻗어서야. 태수는 혀를 끌끌 차며 자신의 어깨에 기대 있는 서희를 쳐다보았다. 어깨에 기대 있어서 제대로 얼굴을 볼 수는 없었지만 그녀의 향기가 그의 코를 자극하고 있다는 건 인정하지 않을 수 없었다.

집에 도착한 그는 서희를 안아 들고 안으로 들어갔다. 깃털처럼 가볍지는 않았지만 꽤 가벼운 서희였다.

아무리 관리를 잘했다고는 하지만 사람이 살지 않은 지 오래되어 온기는 있지 않았다. 한여름인데도 그의 집 안은 서늘했다. 오로지 일만 하기 위해 꾸며진 집이라서 집보다는 사무실의 느낌이 강했다.

100평이 넘는 집이었지만 집 안은 설계를 할 수 있는 곳과 고가의 컴퓨터 장비들이 즐비했고 한쪽 구석에는 그의 유일한 취미인 영화를 보기 위한 커다란 스크린과 영화광답게 영사기까지 집 안에 비치가 되어 있었다.

서희를 소파에서 재울 수도 없어서 어떻게 할까 고민을 하다가 술에 취해 늘어진 그녀를 안고 그는 침실로 들어갔다. 자신의 집에 손님이 올 리가 없어 당연히 침실이 하나였다.

게스트 룸 따위는 없었다. 욕실도 하나였고 드레스 룸 또한 하나였다. 그의 집에는 방이 딱 2개뿐이었다. 하나는 운동을 하기 위한 헬스 룸이었고 하나는 그의 침실이었다.

"하, 이를 어쩐담."

이건 정말 그녀를 어떻게 하려는 늑대 같은 짓을 하게끔 몰아가는 분위기였다. 태수로서는 난감한 상황이었다.

아무리 지금 그의 품에 안긴 여자와 뜨거운 밤을 보내고 싶어도 술 취해서 늘어진 여자는 건드릴 생각이 없었다.

그는 서희를 자신의 침대에 누이고는 그녀의 불편해 보이는 옷을 벗겼다. 서희는 그가 자신의 옷을 벗기는 줄도 모르고 뭐라고 연신 중얼거리며 그에게 완전하게 몸을 내주고 있었다. 그가 그녀의 치마를 먼저 아래로 내리자 그녀가 엉덩이를 들어주었다.

"임 비서, 이러면 곤란해."

그녀의 무의식적인 행동에 그는 하마터면 웃을 뻔했다. 혹시 또 그의 목소리에 그녀가 깰까 봐 그는 더 이상의 말은 하지 않았다.

그녀의 치마를 벗기자 정말로 아름다운 긴 다리가 그를 유혹해 왔다. 서희의 다리가 이렇게 길 거라고는 상상도 하지 못했었다.

"술 취한 여자는 아니야."

그는 기도라도 하고 싶은 심정이었다. 아무리 그녀를 갖고 싶다고 하더라도 술김에 하는 건 싫었다.

그는 이렇게 말을 하며 그녀의 블라우스의 단추를 풀었다.

"가혹한 고문이군."

말을 하지 않으려고 노력했지만 모든 신경이 그녀에게 가 있다보니 말이라도 해서 자신의 신경을 다른 곳으로 분산시키고 싶었다. 열심히 그녀의 옷을 벗기던 그의 손이 순간 멈추었다. 단추를 풀고 나니 드러나는 그녀의 가슴이란, 남자의 심장을 빠르게 뛰게 만드는 꿈의 사이즈였다.

진짜 환상적이었다. 이렇게 마른 몸에 어떻게 이런 사이즈의 가슴이 있는지 의아할 정도였다. 수술을 한 건 아닌 것 같았다. 그는 자꾸만 다른 생각을 하는 자신 때문에 정말로 죽을 맛이었다.

그래서 빠른 속도로 그녀의 팬티스타킹까지 벗기고는 이불을 덮어주었다. 아무리 자제력이 강한 그라고 할지라도 지금은 그녀의 미끈한 다리를 만지고 싶은 충동을 느끼고 있었다. 이 고비만 넘기면 되는 것이었다.

그는 욕실로 들어가면서 자신의 슈트를 아주 신경질적으로 벗었다. 욕구불만의 남자가 지금 할 수 있는 건 자기 자신에게 짜증을 내는 것뿐이었다.

그의 완벽한 조각 같은 몸이 서서히 드러나고 있었다. 중동에서 쉬는 날도 없이 일을 했어도 틈틈이 운동을 해서인지 그의 몸은 웬만한 운동선수보다도 탄탄했다. 특히 그의 엉덩이는 완벽한 근육질에 힙 업이었다.

누구에게 보여주기 위해 한 운동은 아니었지만 지금은 그의 침대에 누워 있는 여자가 멀쩡한 정신으로 그를 바라봐 주기를 바랐다. 오랜만에 차가운 물줄기에 몸을 맡겼다.

Chapter 6

"으으음."

서희는 신음 소리를 내며 몸을 뒤척였다. 목 안이 타들어가고 피부로 술들이 흘러나올 것처럼 온몸이 알코올로 뒤덮여 있는 상황이었다. 물을 마시고 싶었지만 머리를 들자 갑작스러운 두통이 몰려들었다.

"제길!"

입에서 욕이 한 보따리는 나오는 걸 간신히 눌렀다. 시간은 아직 깊은 밤인 듯 사방이 어두웠다. 자신의 집이 이렇게 어두웠나 하는 생각이 들었지만 두통 때문에 다음 생각은 하지 않았다.

두통약을 먹어야 할 것 같아서 서희는 몸을 일으키려고 침대에 손을 댔다. 그런데 침대가 이상하게 쿠션감이 좋았다. 수욱 빨려 들어간다고 해야 하나? 뭔가가 이상했다. 술기운이라고 하기엔 모든 게 다르다는 생각이 들었다.

순간적으로 불길한 생각이 들었다. 그녀는 어두운 공간을 집중해서 보았다. 어둡긴 했지만 형체들이 보이긴 했다.

그녀의 집이 아니었다. 방 안이 너무 넓었다. 호텔이라는 생각이 들었다. 그렇다면 설마…….

그녀는 손을 조심스럽게 움직였다. 제발 옆에 아무도 없기를 바라는 마음이었다.

"제발……."

그녀의 손끝에 단단한 뭔가가 닿았다. 곧바로 두통이 사라지며 정신이 번쩍 들었다. 손으로 자신의 몸을 만지자 브래지어와 팬티는 그대로였다. 밤사이에 아무 일도 없었던 것 같았다. 누군지는 몰라도 막나가는 사람은 아니어서 다행이었다.

손을 뻗어 침대 아래를 더듬거렸지만 아무것도 닿지 않았다. 너무 어두워서 옷가지도 찾을 수가 없었다. 이대로 뛰쳐나가야 하는데 속옷 바람으로 어디를 가겠는가? 방법이 없었다.

서희는 두근거리는 마음으로 침대에 다시 누워 이불을 목까지 덮고 눈을 감았다. 어떻게 해야 할지 난감했다. 누구의 등에 업혀 온 걸까? 아침에 눈을 마주하면 얼마나 어색할까 하는 생각이 서희의 머리를 복잡하게 만들고 있었다.

그때였다. 갑작스럽게 남자의 발이 그녀의 다리 위에 걸쳐졌다. 잠결에 올린 것 같지만 그 무게가 상당했다. 이제 서희는 숨조차 쉬지 못하고 그 무거운 발을 조금씩 밀어낼 방법을 생각하기 시작했다.

엎친 데 덮친 격으로 남자의 손이 그녀의 가슴 위로 올라왔다. 그리고 그녀의 귓가에 남자의 숨결이 느껴지고 있었다. 그런데 이상한 건 그의 숨결을 타고 온 체취가 낯설지 않다는 것이었다.

"으음."

남자는 깊이 잠든 것 같았다. 하지만 이렇게 계속 있을 수는 없었다. 그래서 남자의 팔을 그녀는 조심스럽게 치웠다. 그리고 돌덩이처럼 무거운 발도 손으로 밀어냈다. 서희는 한결 가벼워진 몸을 침대 옆으로 굴려 침대를 조심스럽게 빠져나갈 계획이었지만 그건 어디까지나 그녀의 바람이었다.

그녀가 옆으로 몸을 트는 순간 남자의 우악스러운 손이 그녀의 허리를 잡아당겼다.

"어머."

자기도 모르게 소리를 지른 서희는 두 손으로 입을 막았다.

"가지 마."

잠긴 목소리로 남자가 서희에게 말하고 있었다. 그 목소리의 주인공은 분명 신 사장이었다. 왜 그가 여기에 그녀와 있는지 도저히 이해가 되지 않았다.

그가 지금 잠결에 이야기를 한 건지 그렇지 않고 깨어 있는 건지 정확하게 알 수 없어서 서희는 얼어붙은 듯 가만히 있었다.

잠시 후 그녀의 허리에 감긴 그의 손에 힘이 들어가더니 그의 품 안에 그녀를 안았다. 그는 말이 없었고 여전히 서희는 그의 상태를 가늠할 수가 없었다. 하지만 조금 전과 다르게 신 사장의 호흡이 거칠어지고 있었다.

그녀가 움직여서 그랬는지 그는 깨어 있었다. 등 뒤로 그의 존재가 확실하게 느껴지고 있었다. 그의 호흡이 더욱더 거칠어졌고 서희도 그와 같이 호흡이 점점 거칠어지고 있었다.

"언제부터 일어났지?"

"조금 전에요."

서희가 몸을 틀어 그의 품에서 벗어나려 했다. 하지만 그는 꿈쩍도 하지 않았다.

"저기 사장님."

그녀의 말에 그가 꽉 안았던 팔을 풀었다. 그리고 서희가 일어나려 하자 이번에는 마주 보게 서희를 안았다.

"어머."

"어머는 무슨."

그의 음성이 울리고 있었다.

"어젠 취했었다구요."

그의 가슴을 밀어내며 그녀가 말했다.

"다시는 술 마시지 마."

"절대로……."

절대로 마시지 않겠다는 그녀의 다짐은 그의 입술 안으로 사라졌다. 어두워서 못 찾을 것 같았지만 그는 동물적인 감각으로 그녀의 입술을 단번에 찾아 삼켜 버렸다.

놀라운 건 그것만이 아니었다. 그의 손도 그녀의 브래지어의 후크를 단번에 열어 그녀의 가슴을 자유롭게 만들었다.

그의 혀가 그녀의 입안에서 자유롭게 다니고 있었다. 그의 혀가 닿는 곳마다 소주 맛이 다시 살아났다. 그녀도 술을 많이 마셨지만 신 사장도 술을 많이 마셨기 때문일 것이다.

"으음, 취했나요?"

"아니."

그는 나른한 목소리로 대답을 하고는 다시금 그녀의 혀를 뽑아낼 듯이 빨아들였다. 그의 키스가 정말 마음에 들었다. 그녀의 입안에서 돌아다니는 그의 단단한 혀의 느낌도 좋았고 그녀의 아랫입술을 빨아들일 때도 좋았다.

키스를 처음 할 때의 떨림이 지금 그녀의 아랫배에서 요동을 치고 있었다. 아직 술이 덜 깨서 그럴까 그의 키스가 주는 느낌이 너무 좋았다. 정신을 차려야 하는데 도저히 차릴 수가 없었다.

서희의 손이 자연스럽게 그의 가슴으로 향했다. 그의 단단한 가슴이 그녀의 손바닥 아래에 있었다. 손바닥 하나하나에 그의 감촉이 그대로 살아 있었다.

남자의 몸이 이렇게 단단한지 그녀는 오늘 처음으로 알았다. 벗은 남자의 몸은 태어나서 처음으로 만져 봤기 때문이었다.

"헉!"

순간 그의 손이 그녀의 가슴을 통째로 감싸고 어루만지자 서희는 깜짝 놀랐다. 그가 그녀의 가슴을 만진 적이 있긴 했지만 이렇게 팬티만 입고 침대에 누워 있기는 처음이라서 서희는 너무나 부끄러웠고 모든 게 놀라웠다.

그는 그녀의 이런 반응을 무시한 채 여전히 그녀의 입술을 삼키며 서희의 가슴을 어루만졌다. 마치 소중한 물건을 다루는 듯 그의 손길이 조심스러웠다. 그의 거친 호흡과는 반대로 그녀의 몸을 만지는 그의 손은 상당히 세심했다.

"으으음."

그녀는 자신도 모르게 그의 키스에 신음을 토하고 있었다. 이러면 안 된다고 그녀의 머릿속에선 아우성이었지만 이성과는 반대로 그녀는 그의 입안으로 자신의 혀를 밀어 넣고 있을 뿐이었다.

지금은 오히려 서희가 더 적극적으로 변해 있었다.

그의 얼굴을 자신의 손으로 감싸고 좀 더 깊이 그의 입안으로 자신의 혀를 밀어 넣었다. 적극적인 그녀의 키스에 그의 입안에서 신음 소리가 흘러나왔다. 정신 나간 짓이었지만 지금은 그 어느 때보다 그의 키스가 필요했다.

다른 여자를 마음에 두고 결혼할 남자였다. 더 이상은 바라지 않을 것이다. 그냥 오늘 밤만 그가 그녀의 것이길 바랐다.

그녀의 입안에 그의 혀가 밀고 들어와 그녀를 생각하지 못하게 만들어 버렸다. 그의 촉촉한 혀가 입안에서 저돌적으로 돌아다니고 있었다. 그는 말없이 그녀를 지배해 나가고 있었다.

그가 그녀의 입술을 빨아들였다. 너무 어두워서 그의 얼굴 표정은 볼 수가 없었지만 서희는 오히려 이 어둠이 좋았다. 그녀의 욕망에 들뜬 얼굴을 그가 볼 수 없기 때문이었다.

그리고 이 어둠 속에서 그가 어떻게 그녀의 몸을 자극하는지도 궁금했다. 지금은 모든 게 기대가 되기도 하고 떨리기도 했다. 하지만 그녀의 생각은 그의 손이 움직이면서 완전히 정지가 되었다.

"으으음."

그가 그녀의 유두를 살짝 비틀었기 때문이었다. 찌릿한 느낌이 들면서 온몸에 소름이 돋았다. 이런 작은 터치에도 그녀의 유두는 민감하게 반응하고 있었다. 유두는 확실히 예민하게 그를 느끼게 만들었다.

그가 갑자기 그녀의 가슴에 입술을 가져다 댔다. 갑자기 입술이 해방감을 느꼈지만 허전하기도 했다. 하지만 그 허전함은 몇 배의 쾌락이 되어 그녀를 강타했다.

이런 깊은 스킨십은 얼마 전 그의 차에서 이루어졌지만 그때의 강도와 오늘은 확실하게 달랐다. 오늘은 그녀의 모든 곳이 성감대인 것 같았다.

"츄읍츄읍."

그가 그녀의 유두를 빠는 소리가 어딘지 모를 공간에 울리고 있었다. 부끄러움에 서희는 몸을 비틀었다. 하지만 그는 그녀의 가슴을 그러모아 더욱더 강하게 그녀의 유두를 빨아대고 있었다.

"아아앙."

더 이상 참을 수 없었던 서희는 신음을 내뱉었다. 그의 공격은 더욱 집요해졌고 서희는 점점 쾌락의 입구에서 안으로 빠르게 빨려 들어가는 기분이었다.

"미치겠어요."

그녀는 자신도 모르게 이렇게 내뱉었다. 하지만 그의 공격은 끝을 모르고 점점 그녀를 욕망의 끝으로 몰고 갔다. 그의 혀가 그녀의 가슴 전체를 핥기 시작했다.

"으으으."

그는 짐승이 사납게 으르렁거리는 듯한 소리를 내곤 그녀의 가슴에 더욱 집착하며 혀로 핥았다. 그의 욕망이 더욱더 깊어지는 것 같아 서희는 속으로 만족했다. 그의 이성이 점점 사라지는 게 그녀를 더 흥분시키고 있었다.

"헉!"

그의 손이 갑자기 아무런 예고도 없이 그녀의 여성을 잡았다. 그리고 팬티 속으로 빠르게 손을 집어넣었다.

"흡!"

서희가 갑자기 숨을 멈추었다. 너무나 놀랐기 때문이었다. 하지만 그는 서희의 반응에 아랑곳하지 않고 그녀의 여성을 손 전체로 감싸고 주물렀다.

"사장님, 거기는 안 돼요."

"……."

그녀는 이렇게 말을 하며 그의 손을 빼려고 했다. 그의 팔목을 잡아 아무리 빼려고 해도 그는 요지부동이었다. 그녀가 조금 잠잠해지자 그는 그녀의 여성을 손가락으로 가르고 들어왔다.

"아!"

서희는 자신도 모르게 탄성을 내뱉었다. 이상한 기분이었다. 태어나서 이렇게 생소한 느낌은 처음이었다. 그가 그녀의 클리토리스를 손가락으로 건드리고 있었다. 그 강한 쾌감에 서희가 몸을 뒤틀었다.

"이건 반칙이라고요."

그녀의 말이 공허하게 울리고 있었다.

그가 손가락으로 클리토리스를 계속해서 자극했고 서희는 온몸의 힘이 다 빠져나간 느낌이었다. 그녀의 욕망에 들뜬 모습을 가려주기에 그저 이 어둠이 감사할 따름이었다.

"아아앙."

그의 손이 클리토리스를 아주 빠르게 자극하자 그녀는 온몸이 저절로 움찔거리는 걸 느낄 수 있었다. 그녀의 성감대는 여러 군데인 것 같았다. 그는 귀신같이 그녀가 자극을 느끼는 곳을 찾아냈고 서희는 아주 미칠 것만 같았다.

"아주 민감하군."

그의 말에 그녀는 더 자극을 받았다. 그의 손가락이 스윽 아래로 내려가더니 그녀의 질 주위를 맴돌고 있었다. 그녀의 질은 기대감으로 애액을 마구 쏟아냈다. 마치 실례를 한 것같이 많은 양의 애액이 질 밖으로 흘러나오고 있었다.

"싫어요."

그녀는 너무 부끄러웠다.

"뭐가 싫지?"

그의 목소리는 욕망으로 갈라질 대로 갈라져 있었다.

"부끄럽다고요."

"보고 싶어."

"사장님, 그건……."

탁!

그녀가 말을 끝내기도 전에 그가 방 안의 스위치를 켰다.

"아!"

그녀는 갑작스러운 빛에 눈이 너무 부셔 두 눈을 꼭 감아버렸다. 아니, 그의 얼굴을 차마 볼 수가 없어서 더 꼭 감았다. 눈을 뜰수가 없었다.

그때였다. 갑자기 그가 그녀의 무릎을 세우더니 다리를 확 벌렸다. 갑작스러운 그의 행동에 놀란 서희가 눈을 동그랗게 뜨며 말했다.

"뭐 하시는 거예요?"

"보고 싶다고 하지 않았나?"

서희는 그녀를 가득 담고 있는 눈과 마주했다. 신은 참으로 불공평했다. 어떻게 이렇게 잘생긴 얼굴에 이런 근육질의 완벽한 몸까지 준단 말인가? 그녀 혼자 보긴 진짜 아까운 몸이었다.

"어때, 만족하나?"

그가 눈썹 한쪽을 올리며 장난스럽게 물었다. 놀란 서희가 고개를 돌렸다. 하지만 이미 그는 그의 몸에 넋이 나간 그녀를 본 후였다. 그가 서희의 얼굴을 부드럽게 손으로 잡고 자신을 보게 했다.

"만족하냐고 물었어."

그의 목소리는 완전히 잠겨 있었다. 서희는 고개를 끄덕였다.

"나는 완전히 만족하지."

"뭘요?"

"임 비서의 몸."

그의 칭찬에 서희의 얼굴이 붉게 달아올랐다.

"완벽한 몸이야."

그가 그렇게 말을 하며 점점 아래로 고개를 숙였다. 서희는 불안했지만 그를 한번 믿어보기로 했다. 그냥 그를 믿어보기로 한 것이지 그의 몸이 너무 섹시하기 때문도 오럴 섹스가 궁금해서도 아니라고 자신을 속이면서 말이다.

"아악!"

그의 입술이 정말로 그녀의 여성에 닿았다.

"처음인 것처럼 왜 그래?"

그가 그녀의 다리 사이에서 얼굴을 들고는 당황한 그녀의 얼굴을 보며 약간은 이해가 되지 않는다는 표정을 지었다. 그는 아마도 섹스를 처음 하는 여자는 별로인 것 같았다. 섹시하면서도 경험이 많은 여자가 좋은 것이다.

"아, 아니에요."

그가 다시 그녀의 다리 사이로 얼굴을 가져가더니 조금 전에 하던 걸 마저 하기 시작했다. 서희는 이를 악물고 너무나 강렬한 느낌을 참아내고 있었다.

츠읍츠읍.

그의 혀가 주는 느낌도 미칠 것 같은데 그가 내는 소리는 정말 너무나 적나라했다. 그의 혀가 그녀의 갈라진 틈을 한 번에 쓸었을 때는 진짜로 비명을 지를 뻔했다. 지금 가장 바쁜 건 그의 혀였다.

여성의 구석구석을 다니며 그녀가 숨을 멈출 만큼 자극적인 애무를 하고 있었다.

"으으응."

정말 미칠 것 같을 때 한 번씩 참고 참았던 신음을 내뱉었다. 그의 혀가 다시 그녀의 클리토리스를 자극하고 또 자극했다.

"아아앙."

자연스러운 신음 소리였다. 그러다가 갑자기 그가 몸을 일으켜 그녀를 자신의 양팔에 가두고는 위에서 그녀를 내려다보았다.

"어땠어?"

"좋았어요."

그의 이마에 땀방울이 송골송골 맺혀 있었고 그의 눈동자는 짐승들이 사냥감에게 덤비기 전의 칠흑 같은 어두운 색이었다. 동공까지 확장이 되어 있어 그도 그녀만큼이나 흥분해 있다는 걸 보여주고 있었다.

그녀의 여성에 갑자기 딱딱한 무언가가 닿았다. 본능적으로 그게 무엇인지는 알았지만 치울 수가 없었다. 아직은 좀 두려운 물건이라서 볼 용기조차 없었다. 그런데 지금 그가 자신의 발기한 페니스를 그녀의 여성에 대고 문지르고 있었다.

"내가 지금 얼마나 자제하고 있는지 신만이 아실 거야."

그녀는 속으로 그녀가 얼마나 무서움을 참고 있는지 신만이 아실 거라고 말하고 싶었다. 하지만 그럴 용기는 서희에겐 없었다. 그가 그녀를 뚫어지게 보고 있었다. 정말 인정하기는 싫지만 숨이 막힐 정도로 잘생긴 남자였다.

"진짜 민감하다는 걸 인정해야겠군."

그의 페니스와 닿는 부분이 애액으로 완벽하게 젖어서 질퍽이는 소리가 났다.

"더 이상은 버티기 힘들어."

그녀가 그의 말뜻을 이해하기도 전에 그가 그녀의 다리를 벌리고는 그녀의 질 안으로 자신의 페니스를 넣기 시작했다. 처음으로 뭔가를 받아들이는 그녀의 질은 선뜻 그의 페니스를 받아내지 못했다.

"아, 아파."

그녀는 찢어질 것 같은 고통을 느끼며 몸을 일으켜 아래서 일어나는 일을 눈으로 쳐다보다가 그의 엄청나게 커다란 페니스를 보고는 그대로 기절할 뻔했다. 한 번도 보지 않았기 때문에 다른 남자들의 크기는 알 수 없지만 정확한 건 그가 몇 번 봤던 포르노의 남자 주인공보다 크다는 것이었다.

심줄이 툭 튀어나온 그의 페니스는 그의 몸보다도 더 남성적이었다.

"아아아악!"

보고 나니 더 아픈 것 같았다.

"그, 그만."

"……."

아무런 대꾸도 없는 그의 표정을 보는 순간 서희는 아무 말도 하지 않았다. 아니, 할 수가 없었다. 그의 표정은 사냥감을 만난 맹수의 표정이었다. 미간엔 주름이 져 있던 그는 그녀의 질 안으로 들어가기 위해 자신의 이빨을 꽉 물고 있는 힘 없는 힘을 끌어모으고 있었다. 그의 이마 한쪽에 두꺼운 힘줄이 툭 튀어나와 있었고 그의 얼굴은 점점 더 붉게 달아올랐다.

"으으으윽!"

그의 입에서 커다란 신음 소리가 나면서 천천히 그녀의 질 안으로 그의 페니스가 들어갔다. 하지만 이번엔 그녀의 입에서 비명이 흘러나왔다.

"아악!"

질이 찢어지고 있었다. 아니, 그녀의 몸이 두 동강이 나고 있었다. 그녀의 좁은 질에 그 커다란 대물을 넣으려고 하니 안 아플 수가 없는 상황이었다. 마음 같아서는 살려달라는 말을 하고 싶었다.

그가 다시 한 번 힘껏 허리에 힘을 주자 이번에는 정말 큰 고통이 찾아왔다.

"아아아악!"

정말 크게 비명을 질렀다. 이곳이 호텔 같아 보이지는 않았지만 만약에 호텔이라면 사람들이 뛰어올 정도로 크게 소리를 질렀다. 그런데 그때 갑자기 그가 자신의 페니스를 그녀 안에 꽂은 채로 가만히 있었다.

"처음이었나?"

"……."

"말해."

두려움이 가득한 시선으로 그녀는 신 사장을 쳐다봤다. 그녀가 처음인 게 그를 몹시 화나게 한 것 같았다.

"처음이었어요."

"왜?"

그가 왜냐고 묻는데 딱히 답을 할 만한 말을 찾지 못했다. 일하느라 시간이 없어서 남자를 만나지 못했고 끌리는 남자도 없었다.

"이유가 없어요."

그의 페니스를 넣고 있는 그녀의 질에서 홧홧한 열기를 발산하고 있었다.

"당신 같은 미녀가 왜 여태 혼자였지?"

진짜 그의 눈은 많은 의문을 담고 있었다.

"그래서 싫은가요?"

"아니, 그 반대로 영광이지."

"그런데 왜 화를 내는 거죠?"

"그야, 내가 하마터면 임 비서를 다치게 할 뻔했기 때문이야. 완전히 미친놈처럼 이성을 잃었어. 처녀였다는 걸 알아차렸어야 했는데……."

그녀는 고통스러워 허리를 조금 이동시켰다.

"움직이지 마."

그의 인상이 조금 전보다 더 무서워졌다.

"그렇게 움직이면 멈출 수가 없어."

"멈출 건가요?"

"아니."

그가 움직이기 시작했다. 그가 움직이자 다시 아프기 시작했지만 마음은 안심이 되었다. 그가 멈추면 어쩌나라는 생각을 했기 때문이었다. 살이 아직도 뻐근하게 아프긴 했지만 움직일수록 그 고통이 무뎌지는 것 같았다.

그가 그녀의 허리를 잡고는 엉덩이를 요란하게 움직였다. 그의 격렬한 몸짓과 마찬가지로 그의 표정 또한 성이 난 듯했다. 그녀가 처녀인 게 왜 그렇게 싫은지 알 수 없었다.

하지만 그런 생각도 잠시 그가 피스톤 운동을 하면서 몸을 숙이더니 그녀의 가슴을 덥석 물었다.

"아!"

놀란 서희가 소리를 질렀지만 그의 격한 몸짓은 멈추질 않았다. 그리고 정말 이상하게도 그녀는 그의 페니스가 들어갔다가 나왔다 하는 게 그대로 느껴지고 있었고 이상야릇하게도 그녀를 흥분시키고 있었다.

그는 그녀가 처녀임을 알고도 부드럽게 그녀를 다루지 않았다. 아니, 부드럽게 다루기엔 그의 성적인 흥분이 너무나 강한 상태였다. 지금 서희도 이성을 잃을 만큼 강한 고통을 느끼고 있었지만 그는 지금 강한 흥분을 느끼고 있는 것 같았다.

좋아서 그러는지는 알 수 없지만 일단은 그도 뭔가를 느끼고 있는 건 분명했다.

퍽퍽퍽.

그의 피스톤 운동은 점차 속도를 높였다.

"아아아앙."

그의 반복적인 움직임이 계속될수록 고통이 커야 하는데 이상하게 자꾸 그녀의 질이 수축 운동을 하며 묘한 자극을 느끼게 되었다.

퍽퍽퍽.

그의 페니스는 정신없이 그녀의 질로 들어왔다가 나왔다를 반복했고 그녀는 이제 고통보다는 작게 느껴지는 쾌감에 집중을 하게 되었다. 말이 안 되는 소리지만 지금은 오히려 그가 주는 고통 속에서 묘한 자극을 받고 있었다.

그녀가 자신도 모르게 그의 양쪽 엉덩이를 손으로 감쌌다. 그리고 더 깊숙이 그녀의 몸 안으로 들어오기를 바랐다. 서희는 자신도 모르게 허리를 움직이며 그를 받아들이기 편한 자세로 몸을 움직이고 있었다.

"으으윽."

그의 입에서 신음이 터져 나왔다. 깜짝 놀란 서희가 그의 얼굴을 바라보았다. 그의 잘생긴 얼굴은 온통 고통스러운 표정이 가득했다. 무언가를 참고 있는 모습이라고 해야 맞는 것 같았다.

"더 이상은 힘들어."

뭐가 힘이 든다는 건지 알 수 없었지만 서희는 묻지 않았다. 섹스에 있어서만큼은 그녀도 아는 게 없었기 때문이었다.

그의 가슴에도 땀방울이 맺혀 있었다. 잘 다듬어진 조각 같은 그의 근육 사이로 땀방울이 고여 있었다.

서희는 그의 잘 다듬어진 가슴 근육과 복근도 좋았지만 배꼽부터 그 아래로 이어진 검은 털이 더 섹시하다고 느꼈다. 그래서 그녀는 손을 들어 그의 털을 만져 보았다. 상당히 거친 느낌이었다.

"으윽, 날 죽일 셈이군."

그는 이를 악물며 말했다.

"멋져요."

그녀는 그의 말은 신경도 쓰지 않고 그의 털을 계속해서 만졌다.

"어쩜 이렇게 섹시하죠."

그의 거친 리듬에 몸을 맡기면서도 그녀의 손은 여전히 그의 배꼽 아래에 가 있었다. 더 이상 참기 힘이 들었는지 그가 그녀의 손을 잡아 침대에 고정시켰다.

"그만."

그렇게 말을 하면서도 그는 허리 짓을 멈추지 않았다. 너무나 아팠던 그의 몸짓이 지금은 너무 묘하게 그녀를 자극해 왔다. 아니, 아주 좋았다. 질에서부터 느껴지는 쾌감이 그녀를 점차 미치게 만들고 있었다.

"천부적으로 타고났어."

그의 말은 칭찬 같았지만 그는 여전히 억누르는 표정이었다.

퍽퍽퍽.

마지막을 향해 질주를 하고 있는 그는 속도를 점차 높이고 있었다. 더 이상의 말은 하지 않은 채 그는 연신 신음을 내뱉으며 움직였다.

"아아아윽."

마침내 그녀의 배 위에 그는 자신의 분신들을 쏟아냈다. 처음으로 겪은 일에 서희는 당황스럽기까지 했다. 배 위에 정액이라니, 진짜 이상한 느낌이었다. 하지만 그의 표정을 보니 아주 만족스러운 얼굴이었다.

그가 물티슈를 가져와 그녀의 배 위의 분신들을 깨끗이 닦아냈다.

"몇 시인가요?"

갑자기 정신이 들었다. 이대로 출근을 할 수가 없었다. 사장하고 섹스라니, 겁도 없이 이런 일을 저지른 자신의 용기에 박수를 보내고 싶었다.

"5시."

그녀가 몸을 일으켰다. 그리고 바닥에 떨어져 있는 그녀의 옷들을 집기 시작했다.

"뭐 하는 거지?"

"돌아가려고요."

"왜?"

"출근을 해야 하니까요."

"이제 임 비서로 돌아온 건가?"

"……."

그녀는 대답 없이 옷을 입기 시작했다. 내일 출근했을 때 똑같은 옷이라면 직원들이 의심을 할 것이다. 물론 유니폼을 입기는 했지만 출퇴근 때는 평상복을 입는데 들키지 말라는 법은 없었다.

"돌아갈 텐가?"

"네."

"데려다주지."

"아뇨, 택시 부르면 됩니다. 쉬세요."

"고집이 아주 세군."

그는 아무것도 걸치지 않은 채로 침대에 걸터앉아 옷을 입고 있는 그녀를 물끄러미 바라보았다.

"오늘은 아무 일도 없었던 겁니다."

"뭐?"

"잊어주십시오. 둘 다 술김에 벌인 일이니까요."

"술김에 아무 남자에게 처녀성을 줬다? 기가 막히는군."

그의 신랄한 말에도 서희는 자신의 옷을 말없이 입었다.

"내가 만족을 못 시켜준 건가?"

"……."

"아니면 원래 이렇게 남자들을 애타게 만드는 여자인 건가?"

"……."

"만족을 못 한 거군. 그렇다면 만족을 할 때까지 해야지."

그의 말을 그녀가 이해하기도 전에 그가 그녀를 안고는 침대 위에 눕혔다.

"악! 뭐 하시는 거예요."

쫘악!

그녀의 블라우스가 종잇조각처럼 단번에 찢겨져 나갔다.

"신 사장님."

"이번에는 좀 더 솔직하게 해볼까? 좋았다는 말만 나올 수 있게 말이야."

그녀가 무슨 말을 하기도 전에 그의 입술이 그녀의 입을 막아버렸다. 그리고 그의 손은 그녀의 브래지어를 벗겨 버렸고 동시에 치마를 내리는 신기술을 발휘했다.

"으으읍."

그의 혀가 집요하게 그녀의 입술을 열고 입안으로 들어와서 정신없이 입안을 휘젓고 있었다. 생각을 할 수가 없었다. 그의 손가락이 그녀의 유두를 꼬집듯이 잡고 있었고 그의 혀는 그녀의 목젖까지 깊게 들어와 있었다.

그는 서희에게 항복을 요구하고 있었고 서희는 마침내 그의 강렬함에 넘어가고 말았다. 그녀의 팔이 그의 목을 감고는 깊은 키스를 되돌렸고 그 또한 그녀의 혀를 뽑아버릴 듯이 빨아대고 있었다.

이곳이 어딘지는 알 수 없었지만 옆방에 사람이 없기를 간절히 바랐다. 그녀의 신음 소리가 너무나 컸기 때문이었다.

"으으으응."

그의 손가락이 그녀의 질을 파고들자 그녀는 몸을 비틀며 이렇게 신음을 내뱉었다. 그의 테크닉은 정말로 최고였다. 다른 사람과는 섹스를 해보지 않았지만 그가 최고라는 건 알 수 있었다.

"헉헉."

둘의 숨소리가 더 커지고 있었다. 그는 갑자기 그녀를 침대 가장자리에 누이고는 자신은 침대 밖에 서서 그녀의 다리 사이에 섰다. 그리고 한번의 동작으로 그녀의 질 안으로 들어갔다. 처음보다 전희는 줄어들었지만 둘의 결합은 더 큰 쾌감을 주었다.

"이렇게 하면 더 잘 느낄 수 있지."

그는 섹스에 완전히 통달한 사람처럼 그녀를 가르치며 리드하고 있었다. 그가 그녀의 허리를 약간 들어 올리며 피스톤 운동을 했다. 아무래도 그가 서 있으니 몸을 움직이기가 편한 것 같았다.

"어때?"

"좋, 좋아요."

진짜로 끝내주게 좋았다.

"아흐, 당신은요?"

"좋아, 이렇게 조이는 여자는 처음이야."

여자의 질이 타이트해야 좋다는 얘기는 들어서 알고 있었다. 하지만 남자로부터 이렇게 노골적인 칭찬을 듣는 건 아직은 어색하기만 한 서희였다.

그는 서희를 아주 가벼운 물건을 드는 것처럼 편하게 다루었다. 자신의 남자가 힘이 좋다는 게 이렇게 좋을 줄은 몰랐었다. 하긴 그는 그녀의 남자는 아니었다. 다만 오늘 밤만은 그녀의 남자였다.

"더 안아줘요."

"뭐?"

"더 깊이 안아줘요. 오늘 밤만 그렇게 해요. 우리."

그녀는 현실적인 말을 했다. 이렇게 아쉬움 없이 모든 걸 해본 후에 헤어지는 것도 그리 나쁘지 않을 것 같았다.

"아흐."

그의 페니스가 그녀의 질 안으로 깊이 들어오자 서희는 아무런 생각을 할 수가 없었다.

"이래도 우리에게 아무 일도 없었던 거야?"

"……."

"난 그렇게 생각하지 못할 것 같은데?"

퍽퍽퍽.

그의 움직임이 더 깊어졌다. 그의 말조차도 생각할 수 없을 만큼 지금 그녀는 극도의 쾌감을 느끼고 있었다.

"아흐, 미칠 것 같아요."

"즐기라고. 우리 둘 다 이 깊은 늪에서 빠져나오기는 힘들 것 같으니까."

"아아앙."

그의 허리 짓이 점점 더 강해지고 있었다.

"피할 수 없으면 즐기라고 했어."

"……."

"난 절대로 놓지 않을 거야."

서희의 정신이 점점 더 혼미해져 갔다. 그의 말도 그녀의 귀에 들리지 않았다. 이렇게 엮여들면 안 되는 일인데 진짜 미칠 것 같았다. 하지만 지금은 그의 놀라운 테크닉에 서희는 정신을 차릴 수가 없었다.

회식 자리에서 뭐라고 할 수도 없고 태민은 속에서 천불이 나고 있었다.

"정신 좀 차리라고!"

태민은 아까부터 한 얘기를 또 하고 또 하는 희진 때문에 미칠 것 같았다.

"널 술을 먹이면 내가 사람이 아니다."

"태민아, 여기가 어디야?"

이 말만 벌써 백 번째였다. 다시는 정말 다시는 희진에게 이렇게 술을 먹이지 않을 것이다. 그의 품에 안겨 있는 희진은 잠이 들었는지 잠잠해졌다. 형에 대한 맹목적인 동경이 사랑이라고 믿는 희진이었다.

어릴 때부터 희진이 형을 좋아하는 걸 알았고 그런 그녀를 옆에서 지켜보며 한심하다고 놀렸지만, 정작 태민도 희진을 어릴 때부터 짝사랑하고 있었다. 작은 요정같이 예쁜 희진이 그에게 앙탈을 부릴 때도 그는 그 모습이 너무나 예뻤다.

사춘기 이후부터는 희진이 그의 몽정의 대상이었고 한 번도 바뀐 적이 없었다. 여자가 없었던 건 아니었다. 하지만 희진을 누구도 대신할 수는 없었다.

형을 좋아하는 여자를 좋아하는 게 쉬운 일은 아니었다. 형이 밉기도 했고 변하지 않는 희진 때문에 상처를 받기도 했다. 하지만 지금은 그런 건 중요하지 않았다. 지금 그에게 중요한 건 희진을 놓치지 않는 것이었다.

"여기가 어디야?"

"우리 집."

"성북동?"

"아니, 진짜 우리 집."

술에 취해 잠들어 있는 그녀를 향해 그가 낮게 고백을 했다. 태민은 희진과 함께 하기 위해 예전부터 평창동에 집을 구해놓았었다. 그는 항상 희진과의 결혼을 꿈꾸었다.

희진이 형을 아무리 좋아한다고 해도 이상하게 결혼은 그와 할 것 같았다. 이런 생각을 언제부터 했는지 기억이 나지 않을 정도로 오래전부터였다.

여긴 할아버지도 모르는 장소였다. 그가 머리가 아플 때면 지내는 곳이기도 했고 시간이 나면 집 안의 모든 가구들을 직접 만들어놓기도 했다.

인테리어가 취미인 그답게 그의 집은 아주 현대적이면서 예술적인 느낌이 물씬 풍겼다. 그가 신경을 쓴 건 피아노가 취미인 희진을 위한 거실 인테리어였다. 그랜드 피아노가 중심인 그의 거실은 언제나 가족 연주회를 할 수 있는 공간으로 설계되어 있었다.

그의 집 인테리어의 중심은 항상 희진이었다.

찰칵!

처음으로 그녀를 그들의 집으로 데리고 왔다.

"여기가 어디야?"

"우리 집."

여전히 헛소리를 내뱉고 있는 여자에게 무슨 말을 하겠냐마는 태민은 희진을 안아 들고는 집 안으로 들어갔다. 이렇게 희진을 데리고 올 줄은 상상하지 못했지만 그는 어쨌든 미래의 집주인을 데리고 온 것이었다.

"희진아, 우리 집이다."

희진은 그의 품 안에 안겨서 새근새근 잠이 들어 있었다. 그 모습이 어찌나 사랑스러운지 태민은 씨익 웃음을 지었다. 그리고 그가 혼자 누워서 그녀를 상상하곤 했던 침실로 희진을 데리고 가서 눕혔다.

"내일 아침이면 놀랄 텐데 걱정이네."

이렇게 말을 하며 그는 희진의 재킷을 벗겼다. 그리고 그도 그녀의 옆에 누웠다.

"술 좀 작작 마셔."

그는 희진과 같은 침대에 누워 천장을 바라보며 말을 했다.

"으으음."

희진이 갑자기 벌떡 일어나더니 자신의 옷을 하나둘씩 벗어 던지기 시작했다.

"희진아."

"더워."

희진이는 그가 말리는데도 불구하고 자신의 블라우스와 치마를 벗어 침대 밖으로 던졌다.

"물."

희진이 가지가지하고 있었다. 그는 재빠르게 생수를 그녀 앞에 가지고 갔다.

"여기……."

그가 물병을 들고 그 자리에 그대로 멈췄다.

"희진아."

"더워, 아니, 답답해. 그런데 왜 네가 여기에 있어?"

희진이 실오라기 하나 걸치지 않은 채 그의 앞에 있었다. 완벽한 비너스가 술에 취해 있었다.

"나 졸려."

그녀가 그대로 쓰러졌다. 기가 막혀서 웃음뿐이 안 나오는 상황이었지만 그는 웃지 않았다. 그리고 그녀에게로 가서 이불을 덮어주었다. 그리고 자신도 옷을 벗고 누웠다.

"우리의 만남은 오늘부터 1일이다."

이렇게 모든 걸 봐버렸으니 책임을 지라는 신의 계시였다. 그는

깊이 잠든 희진의 입술에 가벼운 입맞춤을 하고는 희진을 자신의
품 안에 넣고는 눈을 감았다.

　Rrrrrrr.
　요란한 전화벨 소리에 태민은 눈을 떴다가 다시 빠르게 감았다.
희진이 잠결에 전화기를 찾고 있었다. 그리고는 핸드폰을 찾아서
전화를 받았다.
　"여보세요?"
　[어디야?]
　옆에서도 희진의 아버지의 목소리가 들리고 있었다.
　"어디긴 집이지."
　[집?]
　상황이 아주 뻔했다. 어제 집에 안 들어온 딸에게 아버지가 전
화를 한 것이었다. 그것도 죽일 것 같은 목소리로 말이다. 희진은
정신이 들었는지 주변을 두리번거렸고 자신의 뒤에 누워 있는 그
를 그때서야 발견했다.
　"아빠, 내가 조금 있다가 바로 전화할게."
　[희진아!]
　희진이 전화를 끊고는 태민을 쏘아보았다. 태민은 침대에 누워
서 그녀를 바라보고 있었다.

"뭐야?"

짜증 섞인 목소리로 보아 아직 사태 파악이 되지 않은 모양이었다.

"뭐가?"

"왜 너랑 나랑 이러고 있어?"

"기억 안 나?"

"어."

희진은 이불을 있는 대로 끌어당겨 자신의 몸을 가렸다. 태민은 굴러들어 온 기회를 마다하고 싶진 않았다.

"어제 그렇게 울면서 내가 좋다고 할 때는 언제고."

태민은 아주 능청스럽게 희진에게 거짓말을 했다.

"내가?"

희진의 눈꺼풀이 가늘게 떨리고 있었다. 당황한 게 분명했다.

"그래."

"난 어제 술에 취했고 넌 그런 날 이곳에 데리고 와서……."

"데리고 와서?"

"어디까지 간 거야?"

희진의 얼굴이 붉게 상기되어 있었다. 창피해서 그런 건지 화가 난 건지 아니면 둘 다인지 조금 더 지켜봐야 할 것 같았다. 태민의 입장에선 아주 흥미진진했다.

"나도 취해서 기억이 안 나."

"나쁜 놈."

희진의 눈에 눈물이 고이기 시작했다.

"내가 얼마나 태수 오빠를 좋아하는지 알면서 이랬다고?"

"넌 형을 좋아하는 게 아니라 형을 가질 수 없기 때문에 집착한 거야."

"뭐?"

"그리고 넌 형만 남자라고 생각하는 게 문제야. 세상엔 더 멋진 남자들이 많아."

희진의 눈에 눈물이 흘러내렸다.

"나쁜 놈."

이른 아침 희진의 모습은 너무 자극적이었다. 어젯밤엔 정말 억누르고 또 억눌렀는데 아침에 이렇게 희진과 함께 눈을 뜨니 태민은 더 이상 참을 수가 없었다.

"그래도 넌 이렇게……."

희진이 항의를 하는데 그가 희진의 입술을 삼켜 버렸다. 참을 수가 없었다. 이렇게 촉촉하고 부드러운 입술을 형에게 빼앗길 수는 없었다. 희진이 주먹으로 그의 가슴을 쳤지만 그는 아랑곳하지 않고 희진의 입안으로 그의 혀를 강하게 밀어 넣었다.

그녀의 모든 게 좋았다. 이렇게 그의 가슴을 뛰게 하는 여자는 두 번 다시 없을 것 같았다. 미칠 것 같은 욕구가 지금은 마음껏 배출되고 있었다.

"으으읍."

희진은 여전히 반항을 하고 있었지만 그의 입술을 피하진 않았다. 그의 혀가 집요하게 희진의 입안을 맴돌았다. 달콤하다는 표현으로는 부족한 맛이 희진의 입안에서 느껴졌다.

"나한테 왜 이러는 거야?"

입술이 떨어진 잠깐의 순간에 희진이 그에게 물었다.

"몰라서 묻는 거야?"

"응."

"널 좋아해."

"……."

희진의 눈이 커지며 놀란 얼굴을 하고 있었다.

"난 태수 오빠를 좋아해."

"아니, 넌 날 좋아해."

"신태민!"

"넌 항상 나와 함께 있었고 형은 그저 동경의 대상이었어. 잘 생각해 봐. 네가 누구와 있을 때 행복한지 말이야."

태민이 다시 희진의 입술을 삼켜 버렸다. 진짜 그녀의 입술은 상상했던 것보다 훨씬 좋았다. 그의 페니스가 희진의 배를 사정없이 찌르고 있었다. 옷을 하나도 안 입었기 때문에 숨길 수도 없는 솔직한 반응이었다.

태민이 약간의 용기를 내어 그녀의 가슴을 움켜쥐었다. 정말로 끝내주는 느낌이었다. 그리고 이렇게 희진의 가슴이 예쁠지 상상도 못 했었다. 태민은 희진의 가슴을 손으로 부드럽게 만지며 그녀의 입에 깊은 키스를 했다.

정말로 최고의 느낌이었다. 조금 더 용기를 낸 태민은 희진의 여성을 손으로 감싸 쥐었다.

"으으읍!"

희진이 당황한 듯 몸을 빼려 했다.

"희진아, 내가 소중하게 대할게."

그의 말에 희진이 잠잠해졌다.

"정말 매일 밤 이렇게 너와 함께하는 상상을 했어."

"……."

그가 희진의 가슴에 입술을 댔다.

"진짜 끝내주게 기분 좋다."

그는 이렇게 말을 하며 희진의 유두를 빨기 시작했다.

"아아앙."

희진의 입에서도 신음 소리가 흘러나왔다. 처음엔 거부하던 희진도 그의 키스를 잘 받아들여 주고 있었다.

"희진아, 난 진짜 너랑 하고 싶어."

"멍청아, 다 했잖아."

"아직 시작도 안 한 거야."

"뭐?"

희진이 그를 쳐다봤다. 태민은 용기를 내서 그녀의 여성을 감싸 쥐었다. 그러자 희진이 몸을 빼려 했다. 하지만 처음처럼 격하게 빼지는 않았다.

"내가 이러는 거 싫어?"

"그런 게 아니라 이상해."

"싫지는 않아?"

그는 이렇게 말을 하며 손가락으로 그녀의 여성을 가르고 들어가 클리토리스를 찾았다. 그가 조심스럽게 클리토리스를 자극하자 희진의 입에서 신음 소리가 흘러나왔다.

"난 미칠 것처럼 좋아, 희진아."

"아아아."

희진이 몸을 활처럼 휘었다. 그의 자극에 희진도 흥분하는 것 같았다.

"이건 말이 안 돼."

"아니, 돼. 넌 어려서부터 내 여자였으니까."

"미쳤어."

"맞아, 난 희진이 너한테 미쳤어."

그가 희진의 질 안으로 손가락 하나를 넣었다.

"아흐."

"우리 오늘 그냥 째자."

그는 이렇게 말을 하고는 희진의 다리를 벌렸다. 그리고 꿈에서도 그리던 희진을 차지했다. 태민의 오랜 꿈이 이루어지는 순간이었다.

아침 햇살에 희진의 여성이 고스란히 드러나고 있었다. 그는 너무나 아름다운 핑크색 꽃을 보고 있는 느낌이었다. 촉촉이 젖은 그녀의 여성이 움찔거리며 그에게 들어오라는 손짓을 하고 있었다.

"뭘 보는 거야?"

"예뻐."

"야, 부끄럽다고."

그는 희진의 여성에 입을 맞추었다.

"읍!"

그의 행동에 희진이 숨을 멈추었다. 놀란 것 같았다. 하지만 그녀는 더 이상 거부하지 않았다. 아마도 그의 진심 어린 마음을 느꼈기 때문일 것이다. 지금 이 순간 태민은 세상 그 누구보다도 행복했다.

"이제 넣을게."

그는 희진의 얼굴을 바라보며 자신의 페니스를 밀어 넣었다. 희진이 고통의 신음을 내뱉었다. 미안한 마음이 들었지만 멈출 수가 없었다.

"희진아."

그가 희진의 이름을 부르며 허리 짓의 속도를 높였다. 희진은 그의 엉덩이를 잡고는 자신의 안으로 그의 페니스를 열정적으로 넣고 있었다. 둘의 속궁합은 환상 그 자체였다.

한 번의 정사가 끝이 나고 두 번째는 희진이 더 적극적이었다. 둘은 여러 번 섹스를 한 사이처럼 정말 서로에게 만족했다. 그리고 정말로 둘은 회사에 출근하지 않았다.

Chapter 7

짹짹짹.

새들이 아침부터 좋은 소식을 전해주려는 듯이 서재 앞의 창가에 몰려들어 재잘대고 있었다. 창가에 서서 그 모습을 보고 있는 신 회장의 얼굴에 미소가 번지고 있었다.

후드득.

"장군이 녀석!"

그가 새들을 쳐다보는 게 샘이 났는지 집안의 터줏대감 진돗개 장군이가 새들을 쫓아버렸다. 녀석은 12살이었다. 사람으로 치면 호호백발 할아버지였다.

"회장님."

유 집사가 조용히 그를 불렀다.

"그래, 무슨 일인가?"

"어제 두 도련님 모두 집에 들어오지 않으셨습니다."

"그런가?"

신 회장의 표정은 변화가 없었다.

"네."

유 집사의 얼굴을 보니 뭔가 더 할 말이 있는 듯했다. 나가지 않고 우물쭈물하고 있었다.

"더 할 말이 있군."

"네, 두 도련님을 모시고 간 운전사들의 말에 의하면 신 사장님은 임 비서와 신 이사님은 희진 양과 함께 계셨다고 합니다."

"그래?"

"네, 회장님께서 바라신 대로 두 분 도련님들께서 좋은 짝을 만나신 듯합니다."

유 집사가 눈치를 보며 말을 하고 있었다. 아마도 신 회장이 며느릿감에 대해 탐탁하게 여기지 않을까 걱정이었던 것이다.

"요즘 젊은 친구들이 어디 하룻밤 같이 보냈다고 다 결혼을 하나? 좀 더 지켜봐야 할 거야."

신 회장은 냉정하게 말은 했지만 입가에 미소가 걸려 있었다.

"네, 그래서 이제부터는 임 비서와 희진 양에게도 사람을 붙일 생각입니다."

"그렇게 해야지. 이제 우리 집에 들어올 아이들인데 각별하게 신경을 써야 할 거야."

"네, 알겠습니다. 그런데 회장님."

유 집사가 그에게 뭔가를 묻고 싶은 모양이었다.

"왜 임 비서를 며느릿감으로 생각하시는지 여쭤봐도 되겠습니까?"

"궁금한가? 내가 왜 재벌도 아닌 아이를 며느릿감으로 삼고 싶은지? 희진이는 재벌가의 딸인데 맏며느리는 왜 평범하다 못해 고아에 비서인 아인가?"

"네."

"난 말이야, 인연을 믿지. 임 비서와 태수는 아주 묘한 인연이 있는 아이들이야. 자네도 알 거야. 3년 전에 태수가 누군가와 결혼을 하겠다고 난리를 쳤을 때 말이야. 유진그룹의 혜진이를 차버렸을 때."

"네, 기억합니다. 결국 그 여자는 없었던 걸로 기억하고 있는데 아닙니까?"

신 회장이 의미심장한 미소를 지어 보였다.

"설마……."

"참 이상하지? 나도 임 비서가 내 비서로 온 날 직접 임 비서를

213

보고 확신을 하게 되었어. 태수의 짝이라는 걸 말이야. 처음엔 어떨지 몰라도 언젠가는 태수도 이 아이의 진가를 알게 되리라는 것을 말이야. 처음엔 선을 망친 여자를 찾을 거라 생각했기에 그동안 내가 잘 데리고 있고 싶었지."

신 회장은 임 비서가 아르바이트를 하고부터 쭉 그녀를 미행하고 있었다. 유 전무가 희진이를 시켜서 벌인 일이란 것도 이미 알고 있었다. 태수가 좀 더 강하게 자신의 상황을 헤쳐 나가길 바랐던 그는 태수를 도와주지 않고 옆에서 태수가 스스로 강해질 동안 기다려 주었다.

"그렇게까지 알고 계실 줄은 몰랐습니다."

"내 손자들 일이야."

신 회장이 유 집사를 보며 말했다.

"태민이 녀석도 희진일 너무 오래 좋아했고 내가 그 녀석이 속앓이를 한 걸 잘 알고 있지. 그래서 희진이랑 태수를 만나게 하지 않은 거고."

생각해 보면 희진이 그렇게 좋아하는데 신 회장은 둘을 따로 만나게 하는 일을 하지 않았다. 유 집사의 생각에는 희진이 유 전무의 조카라서 그런 줄 알았는데 사실은 그게 아니었다.

"앞으로 어떻게 하실 생각이십니까?"

"앞으로도 그냥 지켜볼 생각이야."

신 회장은 자신의 손자들이 잘 해결할 거라 믿고 있었다.

"역시 대단하십니다."

"아무것도 하지 않아서 말인가?"

"아닙니다. 이 모든 걸 미리 다 예측하신다는 게 놀랍다는 말씀입니다."

"늙으면 다 여우가 되는 법이니까."

"유 전무는 어떻게 하실 겁니까? 그분도 만만치는 않은 분인데……."

신 회장이 미소를 지었다. 유 집사는 신 회장이 저런 미소를 지을 때면 등골이 오싹한 기분이 들었다.

"두고 보자고. 욕심이 많으면 다치게 되어 있어."

신 회장의 말에 유 집사는 더 이상 말을 하지 않았다. 오랜 세월 그를 모셔왔지만 요즘 몇 년 사이에 회장이 많이 노쇠해져서 모든 일에 신경을 쓰지 않고 있다고 생각했던 유 집사는 신 회장의 원래의 모습을 오랜만에 보았다. 그의 철두철미한 모습을 다시 보게 되어 그는 기뻤다.

"내가 늙기는 했지만 본성이 달라지진 않아. 겉으로 늙었지 아직 마음은 청춘이네."

유 집사가 신 회장의 말에 미소를 지었다.

"내가 이룬 대원건설을 유상도에게 빼앗기진 않지. 다만 유상도 덕분에 태수가 조금은 성장하길 바랄 뿐이야. 세상이 호락호락하지 않고 바깥의 적보다는 내부의 적을 이길 때 더 발전이 있는 법이거든."

"알겠습니다."

"그래, 우리 두 녀석이 사랑에서도 얼마나 성공하는지 보세나. 그리고 난 지금 커피가 몹시 먹고 싶네."

"준비해 두었습니다."

"역시 자네는 날 너무 잘 알아."

신 회장이 커피를 마시기 위해 서재의 소파에 앉았다. 세월이 너무나 빠르게 지나가고 있었다. 이제 그도 갈 날이 머지않은 것 같았다. 그동안 철저하게 손자 녀석들을 훈련시켜야 하는데 걱정이었다.

온몸이 두들겨 맞은 듯 아팠지만 서희는 기특하게도 출근해서 자리를 지키고 있었다.

칙칙.

아직도 입안에서 술맛이 나는 것 같아서 서희는 입안에 입냄새 제거용 스프레이를 뿌렸다.

"선배, 저도 좀 주세요."

자경의 눈은 빨갛게 핏줄이 서 있었다. 그녀가 스프레이를 건네자 자경이 자신의 입안에 스프레이를 사정없이 뿌렸다. 그래도 안 되겠는지 머리를 흔들었다.

"괜찮아?"

"아뇨, 선배는요?"

"나도 영 아니야."

"우리 이러다가 잘리는 거 아니에요?"

"그럴지도."

아침에 출근을 하면서부터 그들은 직원들에게 괜찮냐는 소리를 듣는 게 인사였다.

"잘리기 전에 창피해서 죽을 것 같아요. 전 어제 왜 그랬을까요?"

"그러게. 압둘라 실장 좋아해?"

"그런가 봐요."

"기면 기고 아니면 아니지 그런가 봐요는 뭐야?"

"제가 요즘 그냥 제정신이 아니에요."

자경은 자신의 얼굴을 손으로 감쌌다. 하지만 자경은 지금 그녀에 비하면 아무것도 아니었다. 그녀는 오늘 새벽에 두 차례의 섹스를 마치고 그의 면 티를 입고 집으로 향했었다. 그녀의 블라우스가 찢어져서 어쩔 수가 없었다.

신 사장은 그녀의 집으로 가는 내내 말이 없었고 그녀 또한 말을 하지 않았다. 그들에겐 어색한 침묵이 흘렀다. 지금도 그녀는 아랫부분이 욱신거렸다. 처음으로 한 섹스였다. 이렇게 고통이 뒤따를 거라는 걸 그녀는 상상조차 해본 적이 없었다.

"선배?"

"어? 어."

"저 화장실 좀 다녀온다고요."

"알았어."

자경이 자리를 비우고 얼마 지나지 않아서 신 사장이 압둘라와 같이 어디론가 나가고 있었다. 그녀는 신 사장과 눈을 일부러 피했다. 부끄러워서 도저히 그를 쳐다볼 수 없었기 때문이었다.

윙~

하필이면 이때 신 회장으로부터 전화가 왔다.

"여보세요?"

엘리베이터 앞에서 신 사장이 압둘라와 같이 서 있었다. 그녀가 무슨 말을 하면 다 들릴 거리였다. 게다가 지금은 이 공간에 그녀와 신 사장, 압둘라가 전부여서 조용했기 때문에 그녀의 말이 더 크게 들렸다.

[이번 주말에 금일산업의 딸과 만나기로 했나?]

"아직 거기까지는 듣지 못했습니다."

[그래? 둘이 안 만나는 거야?]

"그건 아닌 것 같습니다."

[그럼 사귀기로 했어?]

"제가 확인하고 말씀드리겠습니다."

[앞에 태수 있어?]

"네."

그래도 귀신같이 이렇게 알아차려 주시니 더없이 다행이었다.

[바꿔.]

"네?"

[바꾸라고.]

이건 예상 밖의 시나리오였다. 하는 수 없이 서희는 핸드폰을 들고 엘리베이터 앞에 있는 신 사장에게 향했다.

"회장님께서……."

그가 놀란 얼굴로 그녀의 전화기를 받아 들었다.

"여보세요?"

엘리베이터가 왔지만 그는 여전히 그 자리에 서서 통화 중이었다.

"할아버지, 제가 어린앱니까? 일을 하다 보면 집에 안 들어갈 수도 있죠."

회장이 소리를 질렀는지 그가 귀에서 핸드폰을 뗐다.

"아 예, 죄송해요. 다시는 안 그럴게요."

아주 난감한 표정이었다.

"아니, 오늘은 일찍 들어갈게요."

이렇게 말을 하고는 핸드폰을 그녀에게 건넸다.

"다음부터는 알아서 회의 들어갔다고 말해요."

"네, 죄송합니다. 갑작스러운 전화에 제가 당황했던 것 같습니다."

"임 비서가 당황할 때도 있고 별일이군."

그는 이렇게 얄밉게 말을 하고는 엘리베이터를 타고 사라졌다.

"선배."

멍하게 엘리베이터 앞에 서 있는데 자경이 뒤에서 그녀를 불렀다. 그러더니 그녀의 옆으로 빠르게 다가왔다.

"압둘라 실장이 뭐라고 말 안 해요?"

"나한테 무슨 말을 하겠어."

"내 얘기 안 물어봐요?"

"아니, 왜?"

자경의 어깨가 갑자기 축 처졌다.

"사실은 저 어제 사고 쳤어요."

"알아, 다시는 술 그렇게 마시지 마. 하긴 내가 자경 씨에게 할 말은 아니다. 나도 필름이 끊겼으니까."

그렇게 말을 해도 자경의 얼굴이 어두웠다.

"무슨 일 있었어?"

"그게……."

"말해봐."

"어제 제가 압둘라 실장님과 같이 있었어요."

그녀도 신 사장과 같이 밤을 보냈는데 어제 사장실 사람들의 밤은 다 같이 뜨거웠던 모양이었다.

"왜 안 놀라세요?"

"놀라야 해? 남녀 간에 서로 좋아서 그런 건데 뭐라고 얘기할까?"

"화가 나거나……."

"내가 왜 화가 나?"

"압둘라 실장님과 친하셔서……."

"친하다고 다 남자로 생각해야 해? 난 한 번도 압둘라 실장님을 남자로 여겨본 적이 없어."

"그래도 굉장히 잘생기시고 섹시한 데다가 능력도 있고."

완벽하게 눈에 콩깍지가 씌워진 것 같았다.

"내 스타일은 아니니까 안심해."

그녀는 이렇게 말을 하고는 자신의 자리로 돌아왔다.

"선배, 내가 말한 것 때문에 화났어요?"

"아니."

"그런데 표정이 완전 안 좋아 보여요."

"나도 어제 술 취한 것 때문에 머리가 아프다."

"선배는 사장님이 데려다줬다고 하던데……."

"어."

"왜요? 차에다가 막 토하고 그랬어요?"

자경의 엉뚱한 상상에 서희는 웃었다.

"아니."

"그럼 됐어요. 우리 신 사장님은 회식에서 보인 추태는 다 이해하실 거예요."

자경은 그녀의 일에는 아주 너그러운 것 같았다.

"그렇겠지?"

"그럼요. 그리고 선배의 이미지는 완전 짱 좋잖아요."

"아부가 극에 달하고 있는데 무슨 일이야?"

"아부라니요. 설마 제가 그런 짓을 할 리가……."

자경의 오버액션에 서희가 웃음을 터트렸다. 어젯밤은 그녀에게만 특별한 게 아니었던 모양이었다.

드넓은 회의실에 신 회장을 비롯한 임원들이 꽉 차 있었다. 오늘은 부산에 건설될 비치타운에 관한 1차 회의가 열렸다. 각자 자신들의 관점에서 어떤 게 득이 되고 실이 되는지를 발표하고 가장 현명한 선택을 하기 위한 자리였다.

대원의 이런 방식이 보안 면에서는 허술할지는 몰라도 토론을 통해서 결정을 하는 일이기 때문에 실수가 적었다. 회의에서 불꽃 튀는 논쟁이야말로 회의의 꽃이었다. 오늘은 그와 유 전무의 논쟁이 벌어질 거라 예상했지만 그가 오늘은 가만히 입을 다물고 있었다.

오전 회의 중간 중간에 그는 어제 그의 품 안에서 너무나 뜨거웠던 서희를 생각했다. 일을 하면서 여자를 생각하는 게 조금은 우스웠지만 지금 그의 머릿속의 90%는 서희가 차지하고 있었다.

"신 사장님!"

유 전무가 그를 불렀다.

"네."

"뭘 그렇게 골똘히 생각하십니까? 마누라를 놓고 나오신 것도 아니고 말입니다."

그의 말에 회의실 대부분의 임원들이 같이 웃었다.

"제가 경고했을 텐데요. 말을 가려서 하시라고. 사장은 저라는 말씀도 드렸던 걸로 기억하는데 말입니다."

순간 회의실이 얼어붙었다.

"제가 말입니다, 한말씀 드리겠습니다. 대원건설은 건설업체들 중에서도 가장 위계질서가 철저한 곳이라 정평이 나 있습니다. 그런데 자꾸만 하극상을 보이는 분들이 눈에 띕니다. 주의하시기 바랍니다."

그의 말에 그 누구도 토를 달지 못했다. 이렇게 강하게 회사를 이끌어 나가는 건 별로 좋아하지 않았지만 상대가 올드하게 나오면 더 유치하고 올드하게 하면 그뿐이었다. 직접적으로 신 사장과 유 전무가 맞붙자 모두가 놀란 눈치였다.

하지만 이제는 유 전무를 가만히 두고 볼 때는 지난 것 같았다.

"그만들 해."

듣고만 있던 신 회장이 한마디 했다.

"유 전무는 좀 자제할 필요가 있어 보이는군."

회장이 그에게 힘을 실어주었다. 처음으로 할아버지가 온전히 그의 편이 되어주었다. 별말은 아니었지만 지금의 그로서는 천군만마를 얻은 것과 같은 말이었다. 왜 오늘따라 그에게 힘을 실어주시는지는 알 수 없었지만 말이다.

"다음 안건 진행해. 시간이 남아도는 것도 아니고 우리끼리 불필요한 신경전은 벌이지 마."

"네, 알겠습니다."

신 회장의 말에 회의실의 분위기가 달라졌다.

"그런데 말이야. 신 사장의 입장에서는 자재비가 이렇게 많이 드는데 왜 유 전무 쪽은 이렇게 싸지?"

"그거야 자재를 가지고 오는 노하우의 차이입니다."

유 전무는 아주 어깨에 힘을 주고 말했다.

"그게 아니라 싼 자재는 얼마든지 싸게 구할 수 있지만 부실공사의 원인이 되기 때문에 전 좋은 자재를 선택한 겁니다."

태수도 지지 않고 받아쳤다.

"좋은 자재의 기준이 모호합니다. 비싼 게 좋은 자재는 아니거든요."

오늘 유 전무는 그를 한 방에 보낼 생각이었지만 태수가 아주 잘 빠져나가고 있었다. 하지만 유 전무는 여전히 잔 펀치를 날리고 있었다. 얼마든지 막아낼 수 있는 펀치를 말이다.

"내가 알기에 이곳의 모래는 바닷물이 섞인 걸로 알고 있는데 그래서 싼 거고, 여기는 철근 자체가 새로 만든 게 아니라 중고고. 유 전무, 이런 자재는 쓰면 안 돼. 이건 대원의 얼굴에 먹칠을 하는 거야. 언제부터 이런 거야?"

신 회장이 굳은 얼굴로 유 전무를 질책했다.

"아니, 그게 관례……."

"관례 같은 소리 한다. 여태까지 이런 식이었나? 이렇게 생각 없이 일을 하는 사람이었어?"

"아닙니다."

"아니어야 할 거야. 이게 사실이고 그동안 유 전무가 맡은 공사에서 이런 문제가 발생된다면 그때는 내가 가만히 안 있어. 진짜 실망이야."

갑작스러운 신 회장의 호통에 유 전무는 고개를 떨어트렸다. 지금은 태수의 승리였지만 유 전무가 회사를 나가지 않는 한은 끝나지 않는 싸움이 될 것이었다. 그것도 오늘은 할아버지의 도움으로 얻은 승리였다.

물론 유 전무의 가격에만 맞춘 엉터리 기획안과는 차원이 다른 그들의 기획안이었지만 그래도 아직 부족한 그였다.

회의가 끝이 나고 그는 신 회장께로 갔다.

"회장님, 아까는 감사했습니다."

"손자라서 편을 들어주었다고 생각하면 그건 너의 착각이다. 너희의 기획안이 좋았기 때문이다."

"감사합니다."

"그래, 금일산업 딸을 만난다고?"

"여기서 말하고 싶지 않습니다."

"사람들 없어."

신 회장은 압둘라까지 물리고 그를 붙잡고는 물었다. 커다란 회의실에 신 회장과 태수, 단둘뿐이었다.

"금일산업의 딸이 좋으냐?"

"아닌 거 아시지 않습니까?"

"웬일로 이렇게 당당하게 아니라고 말을 하지?"

"마음에 둔 여자가 있습니다."

"그게 누구냐고?"

할아버지가 회의실이 울릴 정도로 소리를 지르셨다.

"아직은 말씀드릴 수 없습니다."

"왜?"

"여자의 마음을 정확하게 모르겠습니다. 거기다가 저도 평생을 같이 하고 싶은 여자인지 아직은 확신이 서지 않습니다."

"여자는 있긴 있어?"

"네."

신 회장의 한쪽 눈썹이 올라갔다. 이건 그의 말을 절대적으로 신뢰하지는 못한다는 뜻이었다.

"이번엔 사실입니다."

"3년 전엔 거짓말을 했고?"

"그때도 완벽하게 거짓말을 했다고는 말을 할 수가 없습니다. 다만 그녀를 못 찾았을 뿐입니다."

"지금 그 여자를 찾는다면 이번의 여자와 비교할 생각이야?"

"글쎄요."

할아버지의 질문이 날카로웠다. 그녀가 다시 나타난다면 임 비서와 비교를 할까? 그건 아닌 것 같았다. 지금 3년 전의 그녀가 나타난다고 해서 환상적인 잠자리까지 한 임 비서와 비교 자체가 되지는 않을 것이다.

"지난 일을 왜 자꾸 들추십니까?"

"그건 내 마음이고."

그가 엉뚱한 건 다 할아버지를 닮았기 때문이었다.

"이만 돌아가 봐야 합니다. 일이 산더미처럼 밀려 있습니다."

"일이 최우선이면 장기전에서 못 버틴다. 사업은 단기간에 끝이 나는 게 아니다."

할아버지는 언제나 가족이 우선이라고 하셨다. 돈과 명예가 목표가 되면 뿌리가 약하다는 것이었다. 하지만 가족이나 사랑하는 사람이 먼저이면 그 뿌리가 흔들리지 않는다고 항상 말씀하셨다.

남자는 사랑하는 사람을 지키고자 할 때 일에 힘이 생긴다고 항상 말씀하셨다. 물론 할아버지도 그렇게 가족들을 지키시며 살아오셨다. 물론 이 말씀은 아버지를 사고로 잃고 나서 깨달으신 것이었다.

할아버지는 강하셨지만 눈은 항상 슬픔이 담겨 있었다. 그걸 태수는 잘 알았고 그래서 더 열심히 일을 했다. 할아버지와 그의 동생 태민을 지키기 위해서 말이다.

"태수야."

"네, 할아버지."

"이제 난 정말 얼마 남지 않았다. 그동안 유 전무를 키워준 건 너를 견제하게 하기 위한 수단이었다. 그건 내가 조용히 경영권에서 손을 떼고 유 전무를 밀어준 가장 큰 이유였다."

할아버지가 이런 말씀을 대놓고 한 건 이번이 처음이었다.

"너와 태민이가 나 없이도 대원건설을 잘 이끌어 나갈 거란 확신이 이제는 서는구나."

"……."

"유 전무에게는 미안한 일이 되겠지만 지금부터는 너를 회장으로 만들기 위해 내가 도울 수 있는 건 다 도울 예정이다."

"감사합니다."

"이제는 유 전무가 그동안 떵떵거리고 산 걸 후회하게 만들 거다. 하지만 나도 조건이 있다."

할아버지가 조건을 걸 때는 정말 무서웠다. 그가 하기 힘든 일만 거시기 때문이었다.

"그게 뭡니까?"

"결혼."

"네?"

"3개월이다. 그 안에 결혼해. 그리고 좀 더 편안한 마음으로 대원건설의 회장으로 취임을 하는 거다."

"할아버지."

"나에게 그렇게 많은 시간이 허락되지 않을 것 같구나."

"할아버지, 요즘은 100세 시댑니다. 78세의 나이는 명함도 못 내미십니다."

"내 말을 우습게 듣지 마. 나중에 후회하지 말고."

할아버지의 말을 한 번도 우습게 들어본 적은 없었다. 할아버지의 말에는 힘이 있었고 그건 태수가 살아오는 데 빛과 같은 것이었다.

"전 한 번도 할아버지의 말씀을 예사롭게 들은 적은 없습니다."

"안다. 그래서 이번 주말에라도 그 아가씨의 얼굴을 좀 봤으면 하는데……."

"아직은 때가 아닙니다."

"또 나에게 거짓말을 하는구나."

할아버지의 역정이 정말로 대단했다.

"한번 의논해 보겠습니다."

"의논은 무슨 의논! 데리고 와."

할아버지는 이 말만을 남기고 회의실을 나가셨다. 참으로 난감한 일이었다. 태수는 압둘라와 함께 사장실로 향했다.

"무슨 안 좋은 일이라도 있으십니까?"

압둘라가 그가 걱정이 되었는지 물었다.

"자네는 결혼에 대해서 어떻게 생각하나?"

"저는 한 번도 생각해 보지는 않았지만 언제나 집안에서 난리죠. 지금은 집안 어른들의 최대의 관심사이기도 합니다. 거기에 저희는 다처제라서 부인이 하나인 나라가 부러울 때가 많습니다."

"부럽군."

"부러울 일은 아닙니다. 평생을 여자들 등살을 견디며 살아야 하는 머리 아픈 일이니까요."

"그렇군."

그가 사무실로 들어서자 입구에 서희와 자경이 동시에 일어서서 그들을 맞이했다. 일단은 서희와 이야기를 해야 하는데 아침부터 서희의 표정이 그렇게 좋지는 않았다.

그렇게 끝내주는 밤을 보냈는데 서희는 만족하지 않은 것 같았다. 아니, 만족했지만 첫 경험이라서 부끄러운 것일지도 몰랐다.

서희의 앞을 지나는 찰나의 순간에 태수는 빠르게 서희의 상태를 체크했다. 얼굴을 숙이고 있어서 표정은 잘 보지 못했지만 마른 몸에 비해 지나치게 발육 상태가 좋은 가슴과 평평한 배 그리고 매혹적인 골반과 그사이에 그를 미치게 만드는 여성을 그는 빠짐없이 체크했다.

이런 서희와 결혼을 하면 어떤 기분일까? 확실한 건 그들의 밤은 매일같이 뜨거울 것이라는 점이었다. 서희 같은 여자가 옆에 있는데 그냥 잘 남자는 아무도 없을 것이다.

"사장님?"

"어?"

압둘라가 여러 번 그를 부른 것 같았다.

"왜?"

"지금 회의 들어갈까요?"

사장실로 들어가는 입구에 서서 그는 서희를 다시 한 번 보며
대답했다.

"그러지."

서희는 끝까지 그를 보지 않았다. 아직은 부끄러운 모양이었다.
오늘 밤에 그는 다시 서희를 볼 생각이었다. 회의가 끝나고 서희
에게 전화를 걸어봐야겠다.

"전화를 받을까?"

"네?"

압둘라가 얼이 빠져 회의실에 들어가지도 않고 중얼거리고 있
는 그를 보며 말했다.

"아니야."

태수는 회의실로 들어가서 서희를 생각하지 않으려고 초인적인
집중을 발휘하여 회의를 마쳤다.

모두가 의욕적이었고 일에 관해서는 천부적인 인재들이라서 그
들의 회의는 언제나 열정적이었고 바른 결과를 이끌어냈다. 3시
간에 걸친 회의가 끝이 나자 퇴근 시간이 거의 다 되었다.

회의가 끝이 난 것이지 그들이 퇴근을 할 수 있는 건 아니었다. 모두가 회의 내용을 토대로 각자의 일들을 검토하고 있었다.

그의 직원들은 그와 함께 거의 늦은 시간까지 근무를 했고 여직원들만 정시에 퇴근을 했다. 하지만 오늘은 여직원들도 늦은 시간까지 일을 해야 했다.

삑!

인터폰을 눌러 그는 서희를 불렀다. 어색한 표정으로 서희가 사장실로 들어왔다.

"몸은 괜찮은가?"

"네."

말은 차갑게 내뱉으면서도 얼굴은 홍당무가 되어 있었다.

"오늘은 뭘 할 생각이지?"

그는 기대를 하며 물었다.

"오늘은 아주 바쁩니다."

서희가 예상 밖으로 맥 빠지는 답을 했다.

"바빠?"

그는 다시 서희에게 되물었다.

"네."

"그럼, 내일은?"

"내일은 더 바쁩니다."

"뭣 때문에 바쁘지?"

이제 기분이 슬슬 나빠지기 시작했다.

"개인적인 일이라서 말씀드릴 수가 없습니다."

"안 된다는 말이군."

"네."

서희의 대답은 아주 간결하고 명료했다.

"알았네, 나가봐."

그는 순순히 서희를 내보냈다. 그렇다고 해서 이렇게 간단하게 서희를 포기할 그가 아니었다. 다시 한 번 그녀를 안고 싶은 그였다. 어제의 그 쾌감이 술김인지 아니면 그냥 해도 좋은지 알고 싶었고 그녀의 마음도 확실하게 알고 싶었다.

할아버지는 그에게 3개월이란 시간을 주셨다. 물론 그 시간은 신부를 잡고 결혼식장 안으로 들어가는 시간까지였다.

"10월의 신부라……."

그의 머리가 빠르게 움직이고 있었다. 사랑이 없는 결혼이라도 지금은 해야만 한다. 그렇다면 사랑은 아니더라도 속궁합이라도 잘 맞는 서희라면 괜찮을지도 몰랐다.

태수는 책상의자에 몸을 깊숙이 밀어 넣고는 잠시 눈을 감았다. 그리고 다시 계획을 세우기 시작했다.

Chapter 8

하루의 시작을 힘들게 하더니 집으로 돌아오는 길까지 순탄하지 못했다. 자경과 지하철을 타고 오는데 누군가의 손이 그녀의 엉덩이를 스쳤다. 솔직하게 출근시간처럼 사람들이 많은 것도 아니어서 처음에는 잘못 느낀 줄 알았다.

하지만 두 번째도 똑같은 일이 벌어졌다. 그래서 서희는 그녀의 옆에 서 있는 중년 남자를 쳐다보았다. 대머리에 피부가 빤질빤질한 40대의 아저씨는 그녀가 쳐다보자 윙크를 했다.

"지금 뭐 하시는 거예요?"

"내가 무슨 짓을 했다고 그래?"

"제 엉덩이를 두 번씩이나 만지셨잖아요?"

그녀의 말에 자경이 서희의 옆에 딱 붙어서 남자를 쏘아보았다.

"나이도 있으신 분이 왜 그러세요? 점잖지 못하게."

지하철 안의 모든 사람들이 그들을 보고 있었다. 바로 앞 역이 환승역이어서 사람들이 제법 빠져나가 서 있는 사람들이 이제는 얼마 없는 상황이었다.

"아니, 아가씨! 내가 언제 그랬다고 그렇게 사람을 잡아?"

"사람을 잡는 건 아저씨죠?"

"내가 언제?"

그는 이렇게 말을 하고는 다음 정거장에서 내렸다. 그리고 내린 다음에 그녀들을 향해서 혀를 내밀었다. 진짜 뒷목을 잡을 일이었다.

"선배, 그냥 똥 밟았다고 생각해요."

"아주 오늘은 하루 종일 똥 밟는 날이다."

"네?"

"아니야."

자경과 헤어진 서희는 기분이 엉망인 상태로 사과나무로 향했다.

"어서 오세요. 우리 집 최고의 VVIP 아니십니까?"

민아가 인사를 했지만 서희는 대답하지 않았다.

"입이 툭 튀어나와 가지고 왜 그래?"

"말도 마라. 오다가 변태한테 걸려가지고 기분이 영 좋지 않다."

"아직도 그런 것들이 있어? 바바리맨? 크디?"

역시 아줌마라 묻는 게 달랐다.

"아니, 내 엉덩이를 두 번이나 만졌어."

"소름, 미친놈이네. 그래서 그냥 놔뒀어?"

"싸우기는 했는데 우리가 상대가 안 되는 거 있지. 진짜 뻔뻔하더라. 약 올라 죽겠다."

민아가 시원한 물 한 잔을 서희에게 주었다.

"액땜했다고 쳐라. 요즘은 그 정도의 일은 아무것도 아닐 수 있어. 워낙에 세상이 무서우니까."

"이모."

그때 안에서 유리가 뛰어나왔다.

"유리야!"

요즘 들어 유리가 부쩍 큰 것 같았다.

"사람 구할 때도 되지 않았어?"

"안 그래도 다음 달부터는 조금 힘이 들더라도 사람 구해서 하려고."

"잘 생각했다. 유리도 너무 힘들어서 안 돼."

서희는 유리를 안고는 이렇게 말했다.

"내가 유리 데리고 들어갈까?"

"아니, 나도 조금 있다가 들어갈 거야."

"그럼, 나 먼저 갈게. 어제 회식에서 술을 너무 많이 마셨나 봐."

서희는 자리에서 일어나 집으로 향했다. 오늘은 이상하게 모든 게 마음에 들지 않는 하루였다. 임원진들 회의가 끝이 나고 사장이 돌아온 후에 신 회장에게 전화가 왔었다.

금일산업의 딸과는 잘되고 있냐는 물음이었다. 만약에 사장이 여자에게 선물 하나 안 보내면 그녀에게 대신 보내주라는 말도 했다. 신 회장도 그 의사 선생이 마음에 드는 모양이었다.

"후."

한숨을 쉬며 그녀는 자신의 집으로 향했다. 대학가 근처라서 그런지 사람들이 많이 다니는 거리를 지나야 집으로 갈 수가 있었다. 그녀의 집은 골목 안의 다세대주택이라서 조용했지만 골목 입구까지는 조용한 곳이 아니었다.

그녀를 제외한 모두가 신이 나 보였다. 그녀는 언제쯤 이렇게 돈 걱정을 안 하고 편하게 놀 수 있을까, 라는 생각이 들었다. 집 앞 슈퍼에서 맥주 2캔을 산 서희는 집으로 향했다. 매일같이 반복되는 일상이었다. 어제는 좀 특별하기는 했지만 말이다.

그때였다. 집 앞에 어디서 많이 본 남자가 서 있었다. 가까이 다가갈수록 서희의 마음이 불안해지기 시작했다. 훤칠한 키에 멋진 바디라인이 어두운 골목길에서도 빛을 발하고 있었다.

그녀의 집 앞 담장에 기대서서 그녀를 기다리고 있는 신 사장의 모습에 서희는 심장이 쿵쾅거리기 시작했다.

"사장님."

"왔군."

"여기는 어떻게?"

"사과나무에 전화를 해서 물었더니 민아 씨가 비번까지 알려주더군."

내일 민아를 만나면 아주 작살을 낼 생각이었다.

"무슨 일이 있으십니까? 금일산업의 서민지 씨는 주말에 약속을 잡을 생각입니다만."

"임서희!"

그가 그녀의 이름을 처음으로 불렀다.

"네, 사장님."

서희는 끝까지 자존심을 버리고 싶지는 않았다.

"언제까지 바깥에서 얘기를 해야 하지?"

"집안이 누추합니다. 사과나무로 가셔서 얘기하셔도 됩니다."

"아니, 임 비서의 집이 더 좋겠어. 차도 보내 버려서 없고 거기까지 가려면 너무 멀어."

"신 사장님."

"그리고 난 비번도 알고 있고."

그가 그녀의 집으로 들어가고 있었다.

"사장님."

말려서 될 일이 아니었다. 그의 고집을 꺾을 힘이 그녀에겐 없었다. 그녀가 자신의 집의 문을 열었고 그는 아주 자연스럽게 들어갔다.

그녀의 집은 작았지만 깔끔하고 아늑했다. 고아원에 있을 때부터 자신의 집을 갖는 게 소원이었던 그녀였다. 그래서 집만큼은 따뜻한 느낌으로 꾸미고 싶었다. 남들이 그녀가 혼자인 걸 모르게 말이다.

그녀의 집에 처음으로 들어온 남자였다. 물론 영식이가 있었지만 영식이는 남자라기보다는 친구니까 처음으로 들어온 남자는 신 사장이었다.

기분이 묘하기도 했고 그의 집에 비하면 너무나 작은 그녀의 집이기에 창피한 마음도 들었다.

"집이 너무……."

탁!

그녀의 뒤를 따라 들어온 신 사장이 서희를 자신의 품 안에 가두었다.

"사장님, 지금 뭐 하시는 거예요. 이거 놔주세요."

"……."

서희가 그를 올려다보았다.

"이러시는 거 싫어요."

"나도 내가 이러는 거 싫어."

"그러면 하지 마세요."

"하지만 자꾸만 임 비서를 만지고 싶고 안고 싶고 키스하고 싶고 갖고 싶어."

그는 진지하게 그녀를 내려다보며 말했다.

"지금 여친이 없으시니까 심심해서 그러시는 거예요. 금일산업의……."

"금일산업은 그만 말해. 안 만날 거니까."

그는 정말로 화가 난 듯이 말을 하고 있었다. 정작 화를 내야 할 사람은 그녀인데 말이다.

"확인할 게 있어서 왔어."

"뭘요?"

"이거."

그가 갑자기 그녀의 입술을 삼켜 버렸다. 놀랄 사이도 없이 그의 빠른 행동에 서희는 속수무책으로 당할 수밖에 없었다. 그와 벽 사이에서 그녀는 꼼짝 없이 키스를 당했다.

"으으음."

항의의 말도 그의 입술에 갇혀 버렸다. 그의 혀가 그녀의 입안으로 거칠게 파고들어 와서 그녀를 점령했다. 그의 손은 그녀의 가슴에서 벌써 치마를 걷어 올리고 어느새 팬티 안에 들어와 있었다.

"벌려!"

그가 다리를 벌릴 것을 명령했고 그녀는 얼떨결에 그에게 다리를 벌려주었다. 그의 손가락이 벌써 젖은 그녀의 질 안으로 파고들어 갔고 그녀의 입안은 그의 혀가 휘젓고 있었다.

"아아아앙."

그가 그녀를 안아 올리고는 키스를 퍼부으며 조금씩 이동하고 있었다.

스윽, 우당탕.

그가 그녀를 식탁 위에 앉히고는 식탁 위의 물건들을 손으로 쓸어버렸다.

"넌, 날 거칠게 만들어."

그가 가쁜 호흡을 내뱉으며 그녀의 입술 위에 대고 말했다.

"어디서든 이 옷을 찢고 갖고 싶게 만들고 너의 그 타이트한 곳에 들어가고 싶게 만들어."

그의 거친 호흡과 함께 그의 목소리는 정말로 섹시하게 들렸다.

"갖고 싶어. 아주 거칠게."

쫘악!

그가 그녀의 팬티를 단번에 찢어버리고는 다리를 크게 벌렸다.

"예뻐."

그가 이렇게 말을 하며 움찔거리고 있는 그녀의 클리토리스를 손가락으로 건드렸다.

"아흐."

그 작은 터치에 서희의 입에서는 신음이 흘러나왔다.

"민감해."

"제발."

"제발 뭐지? 넣어달라고 말해."

그녀는 이제 그의 페니스가 그녀의 안으로 들어오지 않는다면 미칠 것 같았다.

"넣어줘요."

"다시."

"제발 넣어줘요."

그녀의 애원에 그가 자신의 바지를 내려 거대한 페니스를 세상 밖으로 내보냈다. 서희는 자신도 모르게 그의 거대한 페니스를 손으로 잡았다.

"하루 종일 이것만 생각했어. 서희의 핑크색 클리토리스를 빨고 싶고 질 안에 내 페니스를 넣고 마음껏 휘젓고 싶었어."

"넣어줘요."

그가 자신의 페니스를 넣지 않고 질 주변에 문지르기만 하고 있었다. 이렇게 아찔한 행위를 신 사장과 자연스럽게 한다는 게 서희는 믿어지지 않았다. 하루 만에 너무나 많은 것이 변한 것 같았다.

"아악!"

그의 페니스가 질 안으로 들어오자 그녀는 더 이상 아무 생각도 할 수가 없었다. 그의 물건이 그녀의 몸 안에 꼭 맞게 들어올 때의 느낌은 정말로 황홀했다.

퍽퍽퍽.

이제는 익숙한 살 부딪히는 소리가 그녀의 작은 공간에 울리고 있었다.

"아아아앙."

그가 속도를 높일수록 식탁의 삐걱거리는 소리와 함께 온 집 안을 야릇하게 만들고 있었다. 그가 그녀의 다리를 자신의 허리에 고정을 시키고는 더 강하게 밀어붙였다. 이제는 고통뿐 아니라 쾌감도 느끼게 되었다.

"아아아."

미칠 것 같은 느낌이었다. 그의 커다란 페니스가 들어오고 나갈 때마다 그녀의 클리토리스는 움찔거리며 짜릿한 쾌감을 그녀에게 안겨주고 있었다. 한참을 피스톤 운동을 하던 그가 서희를 식탁에서 내려놓더니 뒤를 돌게 했다.

그가 뭘 하려는지 미처 깨닫기도 전에 그의 페니스가 뒤에서 들어왔다.

"아흐."

앞에서 넣는 것보다 더 깊이 삽입이 된 그의 페니스 때문에 서희는 정신을 차릴 수가 없었다.

퍽퍽퍽.

마치 동물들의 교미 자세 같은 체위가 서희는 부끄러웠다. 하지만 이 체위 때문에 좀 더 깊은 쾌감이 그녀의 아래쪽을 강타하고 있었다.

"어때?"

"좋아요."

그가 서희의 어깨를 뒤에서 잡아당기면서 열심히 허리를 움직였다. 그 속도가 점차 빨라지자 서희는 아찔함을 느꼈다. 이렇게 계속하다가는 정말로 미칠 것 같았다. 그가 속도를 내더니 이번에는 그녀의 허리에 자신의 분신들을 쏟아냈다.

"욕실이 어디지?"

차마 부끄러워서 그를 쳐다보지도 못하고 서희가 손으로 욕실을 가리켰다.

"알았어. 벗어."

"네?"

"내가 벗겨줄까?"

"아니오."

그녀 앞에서 그는 빠르게 자신의 옷을 벗어버렸다. 조각 같은 그의 근육들이 그녀의 앞에 그대로 펼쳐졌다. 그가 욕실로 들어가는 모습은 마치 조각상이 움직이는 모습과 흡사했다.

근육 하나하나가 움직일 때마다 서희는 속으로 환호성을 질렀다. 너무나 멋진 몸이었다. 왜 이렇게 이런 행위가 자연스럽게 느껴지는지 서희는 알 수 없었다.

그녀의 좁은 샤워실 안에 그와 나란히 섰다. 정말로 둘의 몸이 겹쳐질 정도로 욕실은 좁았다. 샤워기에서 따뜻한 물이 쏟아지자 신 사장은 다시 그녀의 입술을 찾아 거칠게 겹쳐왔다.

"우리 이래도 되는 건가요?"

"왜지?"

그녀의 목을 그의 입술이 타고 내려왔다.

"금일……."

"난 지금 금일산업의 딸 따위는 관심이 없어."

"하지만 신 회장님께서는 그렇지 않으신 것 같아서요."

"할아버지는 신경 쓰지 마. 내가 알아서 해."

서희가 그의 가슴에 손을 얹고 그를 살짝 밀어냈다.

"저는 상관없으니까 신 사장님의 미래를 위해 좋은 신붓감을 찾으세요. 재벌가에 착하신 분으로요."

본심이라고 말하기는 어렵지만 지금 그들의 상황에서 가장 이성적인 말이라고 서희는 생각했다.

"쓸데없이 말이 많군."

그는 그녀의 말을 단칼에 잘라 버렸다.

"그럼 뭘 어쩌자는 건지 알고 싶습니다. 이렇게 매일 잠자리만 하면 되는 건가요? 저로서는 이런 관계는 싫습니다."

"오늘따라 말이 많군."

"진짜 전 상관이……."

그의 입술에 또다시 말문이 막혀 버렸다. 그는 더 이상 서희에게 말할 기회를 주지 않았다. 그와의 섹스는 하면 할수록 미칠 듯이 좋았다. 그가 서희를 안고는 바로 그녀의 여성에 자신의 페니스를 꽂았다.

그녀가 마치 아주 가벼운 깃털이 된 것처럼 그는 계속해서 그녀를 가볍게 안고는 섹스를 했다. 남자가 강인하게 느껴지기는 그가 처음이었다. 그리고 그와의 섹스는 너무나 좋았다. 아무것도 생각이 나지 않을 만큼 말이다.

하지만 모든 것이 끝이 나면 그만큼 머리가 터질 것 같은 생각들이 몰려왔다. 그게 서희는 두려웠다.

퍽퍽퍽.

조용한 욕실에서 너무 큰 소리가 났다. 그의 욕망이 그대로 묻어나는 소리였지만 다른 집에 들릴까 봐 걱정이 되었다.

"미칠 것 같아."

그가 이를 악물며 사정감을 참고 있는 것 같았다. 그녀와의 섹스가 그에게도 만족스러운 것 같았다. 빠르게 허리를 움직이던 그가 욕실 바닥에 자신의 분신들을 뿜어냈다. 확실히 그는 정력이 대단한 것 같았다.

그가 그녀의 허리를 끌어당겼다.

"이렇게 눈만 마주쳐도 하고 싶은 걸 보면 내가 제정신은 아닌 것 같아."

"저도요."

그녀의 대답에 그가 살며시 웃었다.

"진짜로 왜 오신 거예요?"

그가 그녀의 몸에 비누칠을 해주고 있을 때 서희가 물었다.

"이러고 싶어서. 하루 종일 어젯밤 일만 생각했어."

"이러면 금방 질리지 않을까요?"

"글쎄."

그는 솔직하게 말했다. 금방 질릴 수도 있고 그렇지 않을 수도 있었다. 하지만 내심 서운한 마음이 드는 건 어쩔 수가 없었다. 그녀가 금방 질릴 수도 있다는 얘기가 되기 때문이었다. 목욕을 마친 그들은 아무것도 걸치지 않은 채 거실로 나왔다.

"식사는 하셨어요?"

"아니."

"맥주 2캔은 사 왔고 치킨 시킬까요?"

"좋지."

그녀는 얼른 방으로 들어가서 집에서 입는 트레이닝복을 입고 나왔다.

"옷이 없는데 어쩌죠?"

"난 이게 편해."

그는 커다란 수건 한 장만을 걸친 채 소파에 앉았다.

툭툭.

그녀에게 옆에 앉으라는 신호를 보냈다. 그녀는 그의 옆에 앉아서 치킨을 주문했다. 이 모습이 너무나 자연스러워서 이상할 지경이었다.

그런데 갑자기 그가 그녀의 티셔츠를 걷어 올렸다.

"뭐, 뭐 하시는 거예요?"

당황한 그녀가 옷을 잡으며 말했다.

"내 꺼 잘 있나 보려고."

그의 농담이 아직은 어색했다. 서희는 주문을 하고는 그의 옆에 그대로 앉아 있었다. 어색한 침묵이 둘 사이에 흘렀다. 그래서 서희는 TV를 켰다. 그래도 뉴스가 나오니까 조금은 어색함이 사라진 것 같았다.

"집에 오면 뭘 하지?"

"평일은 그냥 하는 일 없이 있고 주말에는 유리를 봐주죠."

"유리?"

"친구 딸이요. 사과나무가 주말에는 많이 바쁘거든요."

"아, 커피숍?"

"네."

또다시 어색한 침묵이 흘렀다. 신 사장은 그렇게 수다스러운 사람이 아니었고 그녀도 말이 많지는 않았다. 하지만 이상하게 둘 사이의 이런 침묵이 서희는 싫었다.

"사장님은 뭘 하세요?"

"나? 나는 일을 하지. 첫 번째도 일, 두 번째도 일. 다른 건 해본 지가 너무 오래돼서 말이야."

그는 정말 일만 하면서 산 것 같았다. 3년 전엔 여자들이나 밝히는 팔자 좋은 남자인 줄 알았는데 그는 자신의 삶을 치열하게 사는 사람이었다.

딩동!

때마침 배달이 와서 그녀가 자리에서 일어났다. 그녀가 치킨을 받아 오자 그가 자리에서 일어났다. 식탁으로 가려는 것 같았다.

"여기서 TV 보면서 먹어요."

"소파에서?"

"그럼 어디서 먹어요?"

"음식은 식탁에서 먹어야 하는 거 아닌가?"

"치맥은 상황이 다르죠. TV 앞에서 먹는 게 법이죠."

그가 씩 웃더니 다시 자리에 앉았다.

"밝은 모습을 보니 좋군."

"당황하시는 모습을 보니까 좋아요."

그녀가 그에게 닭다리 하나를 건네며 말했다.

"그런데 우리 이래도 되는 걸까요?"

"왜?"

"회장님이 아시면 그다지 좋아하시지는 않을 것 같아서요."

서희는 닭날개를 뜯으며 아무렇지 않게 말했다.

"그럴 수도 있지."

"걱정이 되는 건 전 아직 잘리면 안 되거든요."

"왜지?"

"대출금도 갚아야 하고 아직 1년은 더 견뎌야 해요."

담담하게 말하긴 했지만 조금은 자존심이 상하기도 했다.

"그러니까 우리 일은 비밀로 해주세요. 치킨은 제가 샀으니까요."

"뇌물인가?"

"네."

그는 뭐라고 말을 하지 않았지만 표정은 조금 심각했다.

"부모님은?"

"고아원에서 아까 그 친구들이랑 함께 자랐어요. 부모님은 누군지 모르고요."

"그렇군."

그는 그녀의 이런 상황이 마음에 들지 않을 게 뻔했다. 고생이라고는 모르고 자란 사람일 테니까 말이다.

"난 어릴 때 부모님을 잃었지. 어떻게 보면 나도 고아인 셈이니 너무 자신의 처지에 신경 쓰지 말았으면 좋겠어."

그가 그녀와의 공통점을 찾아주어서 서희는 감동했다.

"저에게 이렇게 말해준 사람은 신 사장님이 처음이에요. 보통은 고아인 저를 불쌍하게 생각하거나 무시하거나 둘 중에 하나였거든요."

"그랬군. 내가 좀 멋진 사람이지."

너무 어려운 사람은 아닌 것 같았지만 아직도 그는 그녀의 상사이자 우리나라의 건설업계 1위인 대원건설의 후계자였다.

"맛있군."

"성북동 본가의 주방장보다는 못 하겠지만 전 이 치킨집 좋아해요."

"우리 집 주방장은 이런 음식은 안 해."

"왜요?"

"건강에 좋지 않으니까."

"그건 옳지 않아요. 치킨이 얼마나 맛있는데……."

그가 갑자기 그녀의 입가에 묻은 치킨을 떼어냈다.

"맛있긴 해. 치킨을 먹고 있는 여자가 더 맛이 있긴 하지만."

그의 말에 서희의 얼굴이 붉게 물들었다. 그가 서희의 머리를 자신의 어깨에 기대게 했다.

"우리 이래도 되는 건가요?"

"불안한가?"

"네."

"불륜도 아니고 건강한 남녀가 만나는데 뭐가 불안하지?"

"그러네요."

그의 말이 맞긴 했지만 그래도 불안한 마음이 드는 건 사실이었다.

"주말에 유리를 보는 것 말고 다른 계획 있나?"

"별다른 계획은 없어요."

"그럼 나와 같이 부산에 출장을 가도 되겠군. 유리 엄마에게 말해. 주말에 약속이 생겼다고."

"뭐 저야 상관은 없지만……."

"그럼 주말에 같이 가는 걸로 하지."

하지만 보는 눈이 많이 있었다. 당장 그와 밀착해 있는 압둘라도 그렇고 신경을 써야 할 게 한두 가지가 아니었다.

"오늘은 여기서 자고 가도 될까?"

그가 그윽하게 그녀를 쳐다보았다. 도저히 그런 그를 보며 거절할 수가 없는 서희였다. 치킨을 다 먹기도 전에 그가 그녀를 또다시 덮쳐왔다. 서희는 밤새도록 그에게 시달려야 했다. 물론 행복하고 좋았지만 조금은 불안한 마음이 있었다.

내 것이 아닌 걸 가진 기분이 자꾸만 드는 이유는 뭘까?

주말에 부산에 가는 건 그녀뿐만이 아니었다. 자경 씨와 함께 직원들 전체가 움직였다. 다들 여자친구들이 없어서인지 아주 단합이 잘되는 것 같았다. 신 사장이 가자는 한마디만 하면 언제든지 함께 움직였다.

이건 신 사장의 놀라운 리더십 때문인 것 같았다. 직원들은 신 사장을 존경하고 있었다. 그들의 입으로 그렇게 말을 하니까 말이다. 그건 신 사장이 없을 때 더 빛을 발했다. 그들은 진심으로 신 사장을 좋아했다.

8월로 접어든 해운대는 이글거리는 태양과 휴가철의 젊은 영혼들로 가득했다. 오랜만에 서울을 벗어난 사람들은 일보다는 바다와 자유를 느끼고 있었다. 물론 대원건설 사람들은 달랐지만 말이다.

뜨거운 햇살 가운데서도 그들은 양복에 넥타이를 고수하고 있었고 이야기의 대부분이 회사 일이었다. 서희와 자경은 그런 그들을 보며 숨이 막히는 기분이었다.

"선배, 괜히 왔어요."

"우리가 무슨 힘이 있어. 오라면 오고 가라면 가는 거지."

"그런데 저기 신 이사님과 저 여자는 여기 왜 온 거예요? 지난 번 회식 때도 오더니. 현태그룹 딸하고 신 이사하고 사귀는 거 아니에요?"

"신 이사랑 사귀는데 왜 신 사장을 따라와?"

"하긴."

"저분은 신 사장님 빠예요."

갑자기 조 대리가 그들의 대화에 끼어들었다.

"아주 유명한데 몰랐어요?"

조 대리가 목에 힘을 주며 설명하기 시작했다.

"우리 사장님한테 폭 빠진 낙랑공주죠. 자명고를 울릴 준비가 언제나 되어 있는 배신의 아이콘인 셈이죠."

"진짜요?"

"네, 저 미모의 재벌녀가 우리 신 사장님에게 빠지는 건 아주 당연한 일이죠."

"그런데 왜 두 분은 안 사귀는 거예요?"

"신 사장님이 피하고 있는 거죠. 어려서부터 봤으니 여자로 느껴질 리가 없는 거죠."

"아."

자경은 고개를 끄덕이며 이야기를 듣고 있었고 서희도 듣지 않는 척하며 조 대리의 말을 듣고 있었다.

그런데 왠지 전에 들었던 것 같은 데자뷰의 느낌은 뭘까? 이상하네.

"오빠!"

희진이 태수의 팔에 팔짱을 끼고 미소 지었다. 그런데 그 옆에 낯이 익은 한 여자가 서 있었다. 다름 아닌 금일산업의 딸이었다. 아무래도 희진이라는 여자가 신 사장을 좋아한다는 소문은 거짓인 것 같았다.

딱 보기에도 금일산업의 딸을 그에게 연결시켜 주려는 것 같았다.

"우리 일하러 온 거 아닌가요?"

서희가 자기도 모르게 새침하게 말을 했다.

"선배, 그런데 좀 분위기가 그렇죠?"

자경이 그녀의 말을 거들었다.

"누구는 일하러 왔는데 누구는 주말에 여행이나 오고 좋겠다."

자경과 서희는 호텔방에 짐을 풀었다. 일요일 저녁까지 1박 2일 동안 그들은 공사 현장의 주변 상황을 살피고 마지막으로 이익에 관해 주판을 튕기는 일을 할 것이다. 엊그제 그녀의 집에서 신 사장이 말을 할 때는 꼭 둘만의 밀월여행처럼 이야기를 했지만 그건 아니었다.

자기들끼리는 이미 이야기가 끝이 났고 자경과 그녀는 빼고 남자들만 가려고 한 것인데 변경이 된 것이었다. 그와 단둘이 가는 줄 알고 들떠 있던 마음이 이제는 아주 깨끗하게 사라졌다.

부산에 오는 내내 그들은 눈도 제대로 마주치지 못했다. 신 사장과 그녀가 잘되고 있는지 아니면 그냥 잠만 자는 사이인 건지 그녀는 도통 알 수가 없었다. 그런데 그녀가 정확하게 느끼는 건 그녀의 마음이 이미 그에게 가 있다는 것이었다.

그래서 그가 그녀의 몸을 요구한다면 그녀는 속절없이 그에게 또 넘어갈 상황이었다. 하지만 그와 밤을 보낸 지 얼마 되지 않아 다른 여자를 보는 건 마음에 들지 않았다.

서희는 그에게 맞는 짝이 나온다면 언제든지 떠날 준비가 되어 있었다. 힘이 들겠지만 말이다. 이런 생각을 하니 또다시 심장이 아려왔다.

"여하튼 둘 다 예쁘긴 한 것 같아요."

"그래?"

"네, 둘 중에 누가 될지는 모르겠지만 아무나 돼도 신 사장님하고 잘 어울릴 것 같아요."

자경이 옆에서 자꾸만 그녀를 자극하고 있었다.

"자경 씨는 압둘라 실장하고 잘돼가?"

"네?"

자경이 깜짝 놀라서 그녀를 보았다.

"그러니까 그게……."

"사귀기로 한 거야?"

"아니요."

"왜?"

짐정리를 하며 그녀가 물었다.

"너무 자유로운 사람이에요. 우리하고는 사고방식이 다른 사람이고요."

"왜?"

자경의 얼굴에 고민이 가득했다.

"일부다처제인 곳에서 태어나서 그런지 결혼에 대한 생각이 별로 없고 자유로운 연인 관계만 원하는 것 같아요."

결혼은 안 되고 섹스만 원한다는 얘기였다.

"남자들은 다 그런가 봐."

자신도 모르게 서희의 입에서 동의하는 말이 나왔다.

"그러게요."

짐을 정리하는 내내 그들의 표정은 그리 밝지 않았다.

Chapter 9

타오르는 태양과 함께 해운대 모래사장이 보석처럼 반짝이고 있었다. 푸른 바다와 갈매기 그리고 수많은 인파들 사이에 즐거운 마음이어야 하는데 태수는 그렇지 못했다.

짐을 풀고 잠시 나와 있는데도 그의 신경은 온통 서희에게 가 있었다. 부산에 내려온 건 정말 중요한 일을 처리하기 위함인데 서희를 옆에 두고 싶은 마음에 데려온 것이 화근이었다.

이 중요한 시기에 그의 정신을 산란하게 할 수 있는 건 오직 서희뿐이었다.

"정신 좀 차리자."

그는 이렇게 말을 하며 담배 한 대를 입에 물었다.

"후."

담배 연기와 함께 생각하지 않으려고 해도 방금 전 호텔 로비에서의 상황이 마음에 걸렸다.

직원들과 함께 오다 보니 서희를 덜 챙기게 되었다. 차라리 데리고 오는 게 아니었는데 실수를 한 것 같았다. 물론 일 때문에 온건 맞지만 그래도 저녁에는 서희를 몰래 불러내서 바닷가라도 걸을 생각이었는데 이 모든 게 다 물거품이 되어버렸다.

부산 호텔 로비에서 직원들과 방 배정 때문에 서 있는데 어디서 귀에 익은 목소리가 들렸다.

"오빠!"

그의 옆에 찰거머리 같은 희진이 붙었다. 그리고 태민이도 함께 와 있었다.

"넌 여기 어떻게 온 거야?"

"태민이하고 또 다른 친구들하고 놀러 왔는데 오빠가 이렇게 있으니까 너무 좋다."

희진이는 언제나 감정에 솔직한 아이였지만 지금은 서희가 보고 있는데 이러니 참으로 난감했다.

"형, 내가 지난번에 말한 희진이 친구 중에 괜찮은 애가 있다고 했잖아? 저기 저 사람이야."

태민이 말하는 쪽을 보자 금일산업의 딸인 서민지가 그곳에 또 다른 무리와 서 있었다.

"민지 씨!"

아주 가지가지 했다. 그가 금일산업의 딸과 선을 본지 모르는 태민과 희진이었다.

태민이 그녀를 불렀고 그를 본 민지가 그가 있는 쪽으로 걸어왔다. 태수의 눈은 서희에게 자연스럽게 갔고 엎친 데 덮친 격으로 서희가 민지와 그를 번갈아 보고 있었다. 태수가 태민을 조용히 불렀다.

"어떻게 된 거야?"

"할아버지께서 다녀오라고 보내주셨어. 우리도 갑자기 잡혀서 깜짝 놀랐지만 공짜잖아. 하하하, 그래서 좀 쉬려고 왔는데 형이 와 있을 줄은 몰랐어. 주말인데 직원들 너무 혹사시키는 거 아니야?"

"할아버지께서?"

뭔가 냄새가 나긴 했지만 지금 그에게 중요한 건 서희가 이 상황을 어떻게 생각하고 있을까 하는 것뿐이었다.

그가 태민을 도와달라고 불렀고 태민은 할아버지를 이용하는 잔꾀를 부려 무료로 부산에서 님도 보고 뽕도 따려는 심산이었다.

"조금 있다가 봐. 그리고 오늘 여기에 온 건 희진이하고 내가 사귀기로 했기 때문이야."

이건 더 놀라운 일이었다.

"둘이?"

"어, 형은 좀 서운하지?"

"아니, 앓던 이 빠진 기분이다."

"그럼 다행이고."

태민이 녀석이 희진이를 챙기는 건 알았지만 둘이 사귀게 될 줄은 정말 몰랐었다. 예상 밖의 일이었다.

"잘 놀다가 가."

"이따 저녁에 같이 보자."

"아니, 됐어."

희진이 그들 사이에 끼어들었다.

"오빠, 민지 진짜 괜찮은 애예요."

"알았는데 오늘 우리는 놀러 온 게 아니고 일하러 온 거야. 직원들 안 보여?"

"그렇긴 하네. 알았어요. 시간 되면 꼭 오세요."

"알았어."

그가 돌아봤을 땐 서희는 사라지고 없었다.

"압둘라, 여직원들은 어디에 갔지?"

"먼저 올라갔습니다."

"그런가?"

"일정은 점심 먹고부터 시작입니다."

그는 자신의 스위트룸으로 향했다. 괜한 짓을 한 것 같다는 생각이 들었다. 남의 기분 따위를 생각하는 그가 아니었다. 그런데 이상하게 자꾸만 서희의 기분을 생각하고 있었다.

"식사시간에 모시러 오겠습니다."

"알았어."

압둘라가 내려가고 그는 바다가 보이는 창가에 섰다. 전망이 좋은 이곳에 서희와 함께 있다면 얼마나 좋을까라는 생각이 들었다.

"서희 가슴에 점이라……."

그는 서희의 가슴의 점이 자꾸만 마음에 걸렸다. 뭔가 낯설지 않은 점이었다. 여자들의 가슴에 점이 흔한 것도 아니고 그가 3년 만에 품에 안은 여자에게도 점이 있다니 솔직히 좀 놀라긴 했었다.

3년 전에 그에게 놀라움을 안겼던 그녀 또한 가슴에 점이 있었다. 서희와 그녀를 비교할 수는 없지만 자꾸만 그 점이 신경 쓰였다.

그는 옷도 갈아입지 않은 채 소파에 앉아서 서류를 검토하기 시작했다. 일단은 일을 하러 온 것이기 때문에 일에 집중을 하기 위해 노력하고 있었다.

"휴~"

그는 서류를 잠시 접었다. 아무리 생각하지 않으려고 해도 서희의 모습이 자꾸 예전의 그녀의 모습과 겹쳐지고 있었다.

"로맨스 장르에서 추리물로 넘어가는 건가?"

가슴의 점과 그가 만진 느낌 그리고 그녀와의 키스가 자꾸 겹쳐지고 있었다. 서희에게 물어봐야겠다는 생각이 들었다. 아니면 3년 전에 중동에 들어가는 것 때문에 멈추기는 했지만 이번 일만 끝이 나면 다시 한 번 그때에 그가 고용했던 사람들에게 다시 조사를 시키기로 결정했다.

잠시 잊고 살았지만 그래도 오래전 그녀를 찾고 싶었다. 그리고 서희가 그녀와 무슨 관계인지 알고 싶어졌다.

태수는 정신을 가다듬고는 다시 서류를 검토하기 시작했다. 이번에 내려온 부산에서 그의 인생에서 해결해야 할 일들을 많이 해결을 볼 것 같았다. 잘되든 못 되든 그건 그가 하기 나름이었다.

이제는 정말 정신을 차려야 할 시간이었다. 그가 그렇게 회사 내에 광고를 하고 왔으니 유 전무 쪽에서도 움직일 게 분명했다.

두더지를 잡는 것도 아닌데 사무실에 담배 연기가 자욱했다. 유 전무의 타들어가는 속을 그대로 반영하고 있는 것이었다. 이렇게 아무도 없이 혼자 사무실에 앉아 있기는 처음이었다. 지난번 회의 때 이후로 그는 사람들을 자신의 사무실로 잘 들이지 않았다.

몇 년간 힘없는 뒷방 늙은이처럼 굴던 신 회장이 다시 발톱을 드러내고 있었다. 그리고 아주 약한 줄 알았던 신 사장도 단단한 내공을 갖춘 채로 돌아왔다.

그가 신 회장이라도 지금이 회장 자리를 손자에게 물려줄 타이밍이었다. 일단은 손자를 회장으로 만들어놓고 신 회장은 명예회장 자리를 지키며 손자가 어느 정도 기반을 마련할 때까지 뒤에서 버팀목이 되어주는 것이었다. 한마디로 손자에게 시간을 벌어주고 세를 몰아주겠다는 것이었다.

그가 아무리 회장의 신임을 얻어 대원건설의 실세가 되었지만 그것과 회장 자리를 물려주는 것과는 차이가 있었다. 거기에 회장을 따르는 사람들도 아직은 많았다.

아니, 그를 따르는 사람들 중에도 회장 사람들이 많았다. 만약에 회장이 움직이기 시작하면 그에게서 등을 돌릴 인간들 말이다. 불안했다.

그의 손이 심하게 흔들리고 있었다. 하지만 유 전무는 그걸 느끼지 못했다. 그의 머릿속은 온통 그를 배반하는 인간들 생각뿐이었다.

남들이 보기에 그는 대원건설에서 승승장구하며 아무런 걱정 없이 보이겠지만 사실 그는 높은 곳에서 벼랑으로 조금씩 밀려나는 기분이었다.

신임회장은 무조건 그여야 했다. 대원건설에 뿌리를 박고 열심히 일한 그였다. 매형의 회사로 갈 수도 있었지만 그는 솔직히 대원이 좋았다.

예전에도 한 번 이런 불안감이 들 때가 있었다. 자신을 키워준 신 회장과의 의리 때문에 처음에는 가만있었지만 그의 아들이 장성해서 자리를 물려받으려 했을 때 그는 많은 두려움을 느꼈었다. 그리고 그는 또다시 신 회장의 손자에게 두려움을 느끼고 있었다.

신 회장의 아들 부부는 그가 사람을 시켜서 처리하게 만들었다. 아무도 모르는 일이었다. 세상을 살아가면서 작은 범죄 하나 안 지은 사람은 없다. 그도 그런 보통 사람이었다. 하지만 자신의 자리를 지키기 위해 그는 무섭게 돌변했다.

당시 그의 머리를 지배했던 생각은 완전 범죄였다. 깨끗하게 마무리만 한다면 그의 앞날은 꽃길이었다. 신 회장 부부를 죽게 만든 청부업자를 그의 손으로 죽였기 때문에 그 사실은 영원히 비밀로 묻힐 수밖에 없는 완전 범죄였다.

요즘 들어 그는 신태수도 같은 방법으로 없애야 하는 게 아닌가 하는 생각이 들었다. 아무도 모르는 일이었다. 하지만 다시는 하고 싶지 않은 일이기도 했다.

"이건 다 회장님이 만든 겁니다."

그는 이렇게 말을 하며 벽에 붙어 있는 회장의 사진을 보았다.

그와 웃는 얼굴로 악수를 하고 있는 회장의 모습은 참으로 인자해 보였다.

똑똑.

"들어와."

상념에서 그를 끌어낸 건 그의 충복인 조 이사였다.

"무슨 일인가?"

요즘 통 그의 앞에 나타나질 않더니 며칠 만에 그를 찾은 조 이사의 얼굴은 그리 좋은 빛이 아니었다.

"회장님께서 주주들을 만나고 계십니다."

"뭐?"

"친한 대주주 한 분이 계신데 그분의 말에 의하면 신 사장을 신임회장으로 만들기 위한 물밑작업이라고 했습니다."

유 전무의 얼굴에 경련이 일었다. 말은 안 하고 있었지만 속에서는 천불이 났다. 지난번 회의 때도 망신을 당해 억울했는데 신 회장이 제대로 그를 엿 먹일 생각인 것 같았다.

"확실한가?"

"네, 저희 쪽도 움직이기 시작해야 할 것 같습니다."

"친한 주주들을 설득하는 작업을 우리가 시작한들 승산이 있겠나? 신 회장 편인 주주들은 그 액수가 상당한데……."

"그래도 우리 쪽도 그리 만만하지는 않습니다."

"알았네, 수고해 주게."

그는 주주들을 설득하는 작업이 얼마나 어려운지 오래전에 경험해서 알고 있었다. 주주들을 설득하느니 차라리 싹을 잘라내는 게 더 깔끔한 일 처리였다. 신태수의 명줄을 끊어놓는 게 가장 빠른 방법이었다. 그는 오랜만에 옛 친구에게 전화를 걸었다.

[오랜만입니다.]

수화기 너머로 음침한 목소리가 들렸다.

"부탁할 일이 있어서."

[말씀하십시오.]

"내가 자네에게 부탁할 일이라는 게 뻔하지 않은가?"

[뭐든지 시키시는 일은 다 처리하겠습니다.]

"고맙네."

그는 소파에 깊숙이 앉았다. 그의 손에 땀이 차기 시작했다.

"바로 사람 하나 처리할 쓸 만한 사람 있나?"

[만족할 만한 사람이 있습니다. 돈이 굉장히 급해서 뭐든 하겠다고 하는 사람이 있는데 몇 번 일을 시켜보니 아주 잘해냈습니다.]

"솜씨가 좋아야 하지만 전문 킬러는 나중에 들킬 염려가 있으니 소문이 덜 난 사람이어야 해."

[압니다.]

"준비시켜."

[알겠습니다. 이번엔 누구입니까?]

"그날 잘라내지 못한 싹."

유 전무는 신태수를 제거할 것을 말했고 그는 송금할 비밀 계좌를 보냈다. 선불이었다. 그는 그 자리에서 돈을 송금했다. 작은 금액이 아닌 만큼 그들도 완벽한 조건을 갖춘 사람을 보낼 것이다.

건설업을 하면서 조폭 하나 거느리지 않는 기업은 없었다. 둘의 관계는 공생이었다. 물론 신 회장은 이런 관계를 끔찍하게 싫어했지만 그는 필요하다고 생각했고 몇십 년 동안 아주 잘 이용했다.

그리고 지금도 입이 무거운 조폭 두목 덕택에 그가 일을 잘 진행할 수가 있었다. 오늘도 그에게 부탁을 한 것이었다. 신씨 가문의 씨를 말릴 수는 없는 노릇이고 하나만 딱 처리하는 걸로 끝을 낼 생각이었다.

윙~

희진이 그에게 전화를 했다.

[삼촌.]

"그래, 희진아."

[어디세요?]

"어디긴 회사지."

[아버지께서 삼촌은 잘 계시는지 확인해 보라고 하셨어요.]

HS건설 인수 건 때문에 현태그룹 회장인 매형이 속이 타들어 갈 것이다. 그가 회장 자리 때문에 그쪽 일을 조금 덜 신경을 썼더니 안달이 난 것이었다.

"처리할 큰일이 있어서 그런다고 조만간 찾아뵙겠다고 말씀드려. 그런데 왜 네가 전화를 하는 거야? 매형 쪽 담당자들은 뭐 하고?"

[저도 여기 사원입니다. 그리고 드릴 말씀도 있고 겸사겸사해서 전화드린 거예요.]

"뭔데 그래?"

[지난번에 말씀하신 거 안 될 것 같아요.]

"왜?"

[그게, 제가 태민이랑 사귀기로 했거든요.]

"뭐?"

[좀 웃긴 일이긴 하지만 그렇게 됐어요. 근데 삼촌, 아무래도 오빠한테 여자가 있는 것 같아요. 그게 누군지는 모르겠지만 느낌이 그래요.]

이제 그건 중요한 일이 아니었다.

[어쨌든 삼촌 일도 잘됐으면 좋겠어요. 그렇다고 너무 태수 오빠 괴롭히진 마시고요. 삼촌이니까 드리는 말씀이에요. 한집 식구가 될지도 모르는데 너무 그러면 안 되지 않아요?]

"난 그 녀석들과 한집 식구가 될 생각이 없으니 너도 정신 차려."

[또 그러신다.]

"어디야?"

[좀 시끄럽죠? 여긴 부산이요. 친구들이랑 놀러 왔어요.]

"알았다."

그는 희진의 전화를 끊고는 마음을 다잡았다. 이제는 정말 독하게 마음을 먹어야 할 때였다. 그렇지 않으면 그는 아무것도 얻지 못하고 전무로 퇴직을 하는 일만 남은 것이었다.

"내가 대원건설을 어떻게 내 것으로 만드는지 보여줄 테니까 말이야. 신 회장님, 내가 어떻게 내 자리를 지키는지 보여 드리겠습니다."

그는 씨익 미소를 지었다. 마음이 조금은 가벼워진 것 같았다.

오전에 짐정리를 마치고 남직원들은 회의에 들어갔고 그녀에게는 약간의 휴식시간이 있었다. 그리고 지금은 다 같이 점심을 먹고 있었다. 탁 트인 바다를 배경으로 한 식당은 사람들로 붐볐다.

음식도 정갈하게 차려져 있었고 뭐 하나 빠지는 게 없는 완벽한 점심이었다. 그러나 호텔 뷔페에서 점심을 먹는데도 별로 맛을 느끼지 못하고 있었다. 자경도 입맛이 없기는 마찬가지인지 접시의 음식을 깨작거리고 있었다.

"무슨 일 있어?"

자경의 눈이 압둘라에게 고정되어 있었다.

"아까부터 저기 있는 여자하고 웃고 난리가 났어요."

"누가?"

자경이 고갯짓을 했다. 자경은 압둘라에게 완전히 마음이 간 것 같았지만 압둘라의 경우는 아닌 것 같았다.

"둘이 깊은 관계야?"

"……."

"아무리 잤다고 해도 사귀는 건 아니잖아? 그러면 너무 집착하지 마."

"선배."

"나도 집착하지 않으려고 노력 중이야."

불쑥 자신도 모르게 말해 버렸다.

"선배 남자 있어요?"

놀란 자경이 그녀를 보고 물었다. 이미 엎질러진 물이라 서희도 편하게 대답했다.

"응."

"우리 회사 사람이에요?"

"……."

"누군데요?"

자신의 상황은 잊고 자경은 서희의 일에 더 관심이 많은 것 같았다.

"인기 많은 남자는 골치 아프게 마련이야. 그리고 사귀기로 한 거 아니면 그냥 내버려 둬."

"그게 말처럼 쉽지가 않아서요."

"자경 씨, 그거 알아? 조 대리가 자경 씨 마음에 들어 하는 거?"

"설마요?"

"진짜야. 지난번 회식 때 얘기하는 거 들었어."

사실이었다. 좀 의외이긴 했지만 조 대리는 심각해 보였다.

"압둘라를 향한 마음은 잠깐 접어두고 조 대리랑 한 번 만나보는 건 어때? 그럼 압둘라가 좋아하는지 아닌지 알 수 있을 거 아니야."

자경의 눈빛이 흔들렸다.

"조 대리도 난 멋있던데 둘 중에 하나를 고르라고 하면 조 대리를 고를 것 같아. 일부다처제는 좀 그렇지 않아?"

서희가 평소의 생각을 솔직하게 말했다. 자경의 시선이 조 대리에게 향하고 있었다.

"그런데 선배는 누구 얘기 한 거예요?"

"······."

"궁금한데 얘기해 주시면 안 돼요?"

"안 돼."

"뭐가 안 된다는 겁니까?"

압둘라가 자경의 옆에 앉으며 물었다.

"저쪽 자리에서 드시던 거 아니었어요?"

"전 우리 편이 편합니다."

성격은 참 좋은 사람인데 남친으로서는 좀 헤픈 이미지였다.

"진짜 일부다처제예요?"

서희의 물음에 자경이 더 긴장을 하는 것 같았다.

"네."

압둘라는 아무렇지 않게 얘기를 했다. 신기한 얘기지만 감출 말
은 아니었다.

"그런데 왜 아직 결혼 안 했어요?"

그건 예전부터 궁금하긴 했었다. 완벽한 남자 같은데 왜 결혼을
안 한 건지, 그리고 중동 지역은 꽤 어린 나이에 결혼을 하는 걸로
알고 있었기 때문이었다.

"집안에서 정해준 아가씨가 있는데 지금 유학 중이에요."

의외의 답이었다. 놀랍기도 했고 결혼할 여자가 있는데 자경과
잠자리를 아무렇지 않게 한 사람이었다.

"그럼 그 아가씨와 결혼하는 거예요?"

"네."

자경의 눈빛이 흔들리고 있었다. 잤다고 해서 다 결혼하는 건 아니지만 그래도 이건 미래의 신부에 대한 예의도 아니고 자경에 대한 예의도 아니었다.

"그럼 압둘라 실장님은 몇 명이나 신부를 맞이하는 거예요."

"저희는 본처를 두 명 둘 수 있고 후처는 능력이 되는대로 둘 수 있습니다."

"그렇게 하실 생각이세요?"

"따라야겠죠."

자경의 얼굴에서 핏기가 사라졌다.

"압둘라 씨가 외국인이라는 걸 처음 느끼게 되네요."

"문화의 차이죠."

압둘라가 잘못된 건 아니었다. 그런 문화에서 나고 자란 사람이었다. 하지만 로마에 가면 로마법을 따르라고 했다. 이곳은 그의 문화를 받아들이기엔 힘든 곳이었다.

"그럼 우리나라에선 여자들을 왜 만나시는 거예요?"

"왜라니요? 좋으니까 만나는 거죠."

"상대방은 기분이 나쁠 것 같아요."

"왜요? 서로 즐기면 되는 거지. 어른이잖아요."

"너무 본인 편한 대로만 생각하신다."

웃으며 말했지만 서희는 자경이 걱정되었다.

"오늘 저녁에 사장님께서 클럽에 데리고 가신다고 하니 기대해 주세요."

압둘라가 합석을 한 이유는 이 말을 전하기 위함인 것 같았다.

"이 기분으로 클럽에 가야 하는 거죠?"

"응, 빠질 수는 없잖아. 조 대리도 오고."

"선배."

"내 생각엔 압둘라는 포기하는 게 나을 것 같아. 그리고 주변에서 찾아. 난 조 대리가 괜찮은 것 같은데……."

그게 자경을 위해 좋을 것 같았다.

"모르겠어요."

"잘 생각해 봐."

점심을 먹는 동안 서희의 눈은 자연스럽게 신 사장에게 가 있었다. 하지만 신 사장은 신 이사 일행에 붙들려 있었다. 그래서 그녀의 근처에도 오지 못하고 있었다.

화가 나기는 했지만 그녀는 그와 사귀는 게 아니었다. 자경과 다를 게 없는 그녀였다. 속은 상했지만 어쩔 수가 없었다.

식사를 마치고 그들은 대원건설의 부산지사의 회의실에서 회의를 가졌다. 본사에서 그것도 사장이 내려왔으니 부산지사가 거의 뒤집어진 상황이었다.

"저, 저기요."

한 남자가 그녀에게 다가와서 말을 걸었다.

"신 사장님이 회장이 된다는 말이 있는데 사실인가?"

나이가 들어 보이기는 했지만 초면인데 무턱대고 반말을 하니 기분이 좋지 않은 서희였다.

"잘 모르겠습니다."

"그러지 말고 소스를 줘봐."

남자는 아주 당당하게 그녀에게 말을 하고 있었다.

"실례지만 누구신지?"

"나, 김종수 부장."

"아, 네."

"소문에 회장님이 치매셔서 더 이상은 업무가 불가능하시다고 하던데 그래서 손자가 회장이 되고 유 전무는 사장이 된다는 소문이 아주 파다해."

"회장님은 건강하십니다."

"그래? 아니라고 하던데?"

"제가 회장님을 모시던 직속 비서였습니다."

화가 난 서희가 남자에게 말했다.

"진짜? 그럼 누구보다 잘 알겠네."

남자가 자꾸만 집요하게 묻자 서희는 더 이상 대꾸도 하지 않았다. 그러자 남자가 무안했는지 사라졌다. 안에서 회의가 길어지고 있었다. 서희하고 자경은 회의에 참석하지 않았고 여기서도 출입을 통제하는 역할이었다.

그때였다. 갑자기 밖의 문이 열리더니 신 이사가 들어왔다.

"수고하십니다. 이것 좀 전해주세요. 부탁한 거라고 말하면 알 거예요."

태민이 이렇게 말을 하며 서류를 건넸다. 그냥 느낌이지만 신 이사도 부산에 그냥 놀러 온 게 아닌 것 같았다. 다 신 사장을 돕기 위해 온 것 같았다.

"커피라도 사다 줄까요?"

"아닙니다."

"그럼, 수고들 하세요."

신 이사가 그녀들을 보며 윙크를 날리며 나갔다.

"진짜 잘생겼죠."

자경이 또 반한 모양이었다.

"저한테 윙크 날리는 거 못 보셨어요?"

"……."

자경은 이럴 때면 답이 없었다.

"이번 공사가 아주 큰 공사인가 봐요."

"왜?"

"못 느끼시겠어요? 모두가 말은 하지 않고 있지만 뭔가가 있어요."

다른 때는 눈치가 없더니 이번에는 자경이 눈치를 챌 정도로 뭔가가 아주 기민하게 돌아가고 있었다.

"차기 회장은 신 사장님이 되어야 하는데……."

자경이 뭔가 의미심장한 말을 했다.

"당연히 신 사장님이 되시겠지."

"아니에요. 이걸 가만히 두고 볼 유 전무가 아니에요."

"그럼?"

"잘 보세요. 모두가 적일 수도 있으니까."

"왜?"

"아까 여기서 한참 있던 김종수 부장이라는 사람 말이에요. 여긴 김종수 부장이 없어요."

"설마."

"진짜예요. 아까 좀 느낌이 그래서 인사기록 카드를 컴퓨터로 살펴봤거든요."

갑작스런 부산행도 그랬지만 뭔가 의심이 가는 게 한두 가지가 아니었다. 부산에 대한 조사면 한두 명만 내려오면 될 텐데 왜 이렇게 다 같이 왔으며, 부산에 왔으면 조사를 하러 공사장 인근으로 가야지 왜 회의실에 저렇게들 콕 박혀 있는지 서희는 이상하게 느껴지고 있었다.

뭔가가 있는데 알 길이 없었다. 다만 자경이 생각하는 대로 지금 이곳의 분위기가 무겁다는 건 피부로 느끼고 있었다.

부산의 회의실은 생각보다 컸다. 많이 불편할 줄 알았는데 그렇지는 않았다. 지금 태수에게 주어진 시간은 그렇게 많지 않았다. 서울에서 처리할 일들은 이제 마무리를 지었고 그가 이곳까지 내려온 이유는 단 한 가지였다.

대원그룹의 실권을 장악하기 위한 마지막 변수를 해결하기 위함이었다. 회의실에는 그의 직원들이 바쁘게 서류를 검토하고 있는 중이었다. 오늘 밤 단 한 번의 기회가 그에게 있었다. 부산의 큰손이자 건설업계의 대부와도 같은 인물인 남 회장을 오늘 만나기 때문이었다.

대원건설의 주식을 할아버지 다음으로 많이 보유하고 있는 사람이다 보니 이렇게 주주총회가 열릴 때는 그의 한 표가 아주 중요했다. 그전에는 할아버지에 대한 지지 의사만 밝힌 그가 요즘 무슨 일이 있는지 마음이 돌아선 상황이라는 첩보가 있었다.

그리고 또 한 가지 그가 이곳에 온 이유는 그의 부모님이 돌아가신 곳이 부산이기 때문이었다. 그가 회장이 되기 전에 부모님의 죽음에 얽힌 일들을 풀어내고 싶었다.

중동에서부터 그는 끈질기게 이 일에 대해 조사를 하고 자료들을 모았었다. 다만 너무 오래된 일이라서 증거자료를 구하는 게 쉽지만은 않았다.

재벌가의 황태자의 죽음은 당시에도 숱한 화제였고 지금도 타살이냐 자살이냐 단순 사고사냐에 관한 물음이 많았다.

그의 부모님이 탄 벤츠는 부산을 진입하는 도로에서 25톤 화물차에 의해 묵사발이 되었다. 당시 운전자는 졸음운전이라고 말했는데 조사를 마친 그는 아직도 행방불명인 상황이었다. 뭔가가 이상하게 돌아가고 있었다. 그 당시 할아버지는 아들 부부의 죽음의 충격 때문에 깊이 있는 조사를 못 했고 그 사건을 대신 조사한 사람은 당시 유 전무였다.

뭔가가 아주 찜찜했다.

"신 이사님께서 보내신 겁니다."

압둘라가 그에게 서류 봉투를 건넸다. 태민도 긴밀하게 움직이고 있었다. 부모님의 죽음에 관해선 드러내 놓고 조사를 할 수가 없었다. 너무 오랜 시간이 지난 일이었고 할아버지께서 좋아하지 않으셨다.

그만큼 그의 가족에게는 아픈 일이었다. 태수는 서류를 열어보았다. 그 안에는 사라진 화물기사에 대한 것들이 들어 있었다.

"오늘 저녁에 부산호텔 클럽에서 남 회장을 만나기로 했습니다."

"준비는 다 됐나?"

"네, 남 회장이 요즘 관심을 보이는 게 해운대의 비치타운인데 유 전무가 그걸 미끼로 딜을 하고 있는 것 같습니다."

유 전무는 회장직을 보장받는 대신에 수많은 이권을 남 회장에게 넘길 생각인 것 같았다. 그 첩보가 맞다면 유 전무는 자신의 명예를 위해 회사를 남 회장에게 통째로 넘기는 꼴이었다. 막아야만 했다.

"그리고 남 회장이 유 전무의 뭔가를 알고 있는 것 같습니다."

"그게 뭔지 알아냈나?"

"아직 확실한 걸 모르지만 남 회장이 대원의 회장 자리 말고 다른 걸 가지고 유 전무를 휘두르고 있는 것 같습니다."

"다른 거라……."

"네, 그건 확실합니다. 사장님께서 한국에 들어오시기 한 달 전부터 남 회장과 유 전무의 접촉이 많았습니다."

"알았어."

일단은 남 회장의 마음을 돌리는 게 우선이었다. 그게 협박이든 뭐든 말이다. 태수의 얼굴이 점점 굳어지고 있었다.

시간은 흘러 저녁이 다 되었다. 저녁 식사 후에 모두가 호텔 클럽으로 가기로 했다. 긴장을 풀기 위해 표정 관리를 하고 있었지만 그게 쉽게 되지는 않았다.

"남자 직원들은 상황을 알고 있는데 여직원들은 몰라서 걱정이 되기는 합니다."

"나하고 압둘라만 남 회장을 만날 거니까. 다른 직원들은 그냥 놀러 온 것처럼 즐기라고 말해."

"네."

"불필요하게 많은 인원이 티내면서 다닐 필요는 없어. 태민이도 함께 갈 거니까 그렇게 알고 김 과장에게 사람들의 관리를 부탁하고."

"네."

이제 주사위는 던져졌다. 그는 저녁을 먹기 위해서 호텔 뷔페를 향했다. 서희가 보고 싶었지만 오늘은 그렇게 한가로이 시간을 보낼 수가 없었다. 저녁을 안 먹으려고 했는데 주당으로 소문이 난 남 회장을 상대하려면 밥은 든든히 먹는 게 나을 것 같았다.

식당으로 가기 위해 엘리베이터를 기다리는데 등 뒤에서 약간의 소란이 일어나고 있었다.

"휘~"

그의 등 뒤에서 얼빠진 남자들이 여자를 향해서 휘파람을 불고 있었다. 한심한 녀석들이었다.

"진짜 쥑이네."

경상도 사투리를 마구 쏟아내며 남자들은 연신 뭐라고 찬사를 보내고 있었다.

"사장님!"

이 소리는 김 비서의 애교 섞인 목소리였다. 그가 돌아서자마자 그는 자신의 눈을 의심했다. 서희가 옷을 거의 반쯤은 벗고는 그 자리에 김 비서와 같이 서 있었다. 뭐라고 한마디를 하고 싶었지만 충격이 너무 커서 한마디 말도 하지 못한 채 그대로 있었다.

놀라긴 앞둘라도 마찬가지인 듯 멍하게 있었다. 이때 엘리베이터가 왔고 그녀는 그의 바로 앞에 서 있었다. 자경과 서희에게 모두의 시선이 쏠려 있었다.

그가 보기에 서희가 입은 옷은 거의 슬립에 가까웠다. 하늘거리는 끈으로 된 원피스는 정말 주요 부위만 가렸고 움직일 때마다 몸매를 그대로 드러내고 있었다. 거기에 그녀의 풍만한 가슴은 거의 반쯤 노출이 되어 있었다.

항상 단정하게 묶고 있던 머리를 길게 풀었다. 한마디로 그녀는 그를 자극하고 있었다. 지금 그는 남 회장이고 뭐고 당장 그녀를 안아 들고는 자신의 스위트룸으로 가고 싶은 심정이었다. 방금 전 남자들이 발정난 강아지들처럼 굴었던 이유를 알 것 같았다.

"두 분 다 오늘은 달라 보이네요."

압둘라가 그녀에게 말했다.

"클럽에 가는 거 아니었어요?"

평소와 다르게 서희가 웃으며 압둘라에게 말을 했다. 마치 그에게 보란 듯이 말이다. 태수는 어이가 없었다. 이렇게 자신을 자극하면 어떻게 되는지 서희는 알지 못하는 것 같았다.

사람들이 꽉 찬 공간이었지만 그는 서희의 허리에 손을 가져갔다. 서희의 몸이 움찔하기는 했지만 곧 잠잠해졌다. 그 손이 누구 것인지 아는 모양이었다.

"선배, 춤 잘 춰요?"

"나? 아니."

"잘 출 것 같은데. 난 전혀 못 추거든요. 클럽도 오랜만에 가는 거고."

"……."

그의 손이 서희의 옆구리의 선을 따라 점차 위로 올라가고 있었다. 서희의 몸이 긴장으로 굳었다. 그는 점차 손을 올려 그녀의 가슴을 손가락으로 건드렸다. 아주 부드럽고 자극적인 가슴이었다.

남자들이 그녀를 쳐다보게 만든 벌이었다. 그는 손을 조금 더 앞으로 빼서 그녀의 유두를 건드렸다.

"자경 씨!"

놀란 서희가 자경을 불렀다.

"왜, 왜요?"

"아니, 발에 쥐가 나서."

"괜찮아요?"

"어, 잘 안 신는 힐을 신어서 그런가 봐."

서희가 허둥대며 둘러댔다. 하지만 여전히 그의 손은 서희의 허리에 가 있었다.

"잡아줄까요?"

"어? 이제 나아졌어."

서희가 순간적으로 뒤를 돌아 그에게 왜 그러냐는 신호를 보냈다. 하지만 그는 표정 하나 변하지 않고 여전히 서희의 허리를 손으로 감싸고 있었다. 장난으로 시작했지만 그녀의 몸에 손을 댄 건 그의 실수였다.

그의 손이 이제는 자유자재로 그녀의 힙 라인을 따라 내려가고 있었다.

띵!

엘리베이터가 식당 앞에서 멈추었고 그의 손도 따라 멈추었다. 엘리베이터에서 내리며 서희가 그를 뒤돌아보았다. 얼굴이 붉게 상기되어 있는 그녀가 몹시도 사랑스러웠다. 그녀를 이 자리에서 갖고 싶었지만 지금은 그럴 수가 없었다.

식당 안의 모든 시선이 서희에게 쏟아졌다. 하지만 서희는 별로 신경을 쓰는 것 같지 않았다. 서희의 신경은 그에게 쏠려 있었다. 그녀와 자꾸만 시선이 부딪쳤다. 섹시한 여자였다. 그의 심장이 자꾸만 그녀를 향해 요동치고 있었다.

클럽에 가기 전에 모두 든든하게 먹고 가기 위해 뷔페에 들른 건데 그녀들의 복장이 모두의 시선을 잡아끄는 것 같았다.

"클럽에 갈 땐 원래 이렇게 가나?"

그가 자경에게 물었다.

"네, 클럽의 유니폼이라고 보면 되죠."

"아, 유니폼."

서희는 고개도 들지 않고 있었다. 태수는 더 이상 그녀들의 옷에 신경을 쓰지 않기로 했다.

오늘은 그에게 아주 중요한 날이었다. 하지만 그 모든 걸 포기하고 그녀를 안고 싶을 만큼 서희의 존재가 그를 위협하고 있었다. 앞으로의 몇 시간이 그의 인생에서 가장 힘든 시간이 될 것 같았다.

그런 후에 그는 서희와 뜨거운 밤을 보낼 생각이었다. 그러기 위해선 오늘 그의 일생일대의 일들이 잘 해결되어야 했다.

Chapter 10

한여름 바다 바람을 맞아본 기억이 참으로 오래되었다. 유 전무
는 차창을 내리고 담배에 불을 붙였다.

"후~"

바람을 타고 담배 연기가 흩어졌다. 부산의 부둣가에 선 그는
생각이 많아졌다. 오늘 신태수를 죽이고 밀항을 할 녀석을 기다리
는 중이었다. 돈이라면 영혼까지 팔 정도의 쓰레기들은 많았다.
물론 그도 그중의 하나지만 말이다.

"허."

헛웃음이 나왔다. 긴장으로 인해 자꾸 손이 떨려 담배를 피우기
도 어려웠다. 이런 일에 직접 나서는 건 싫었지만 한 번 일을 겪어

보니 다른 놈들을 시키고 잡힐까 봐 또는 협박을 당할까 불안에 떠느니 본인이 직접 처리하는 게 낫다는 걸 알았다.

신 사장이 부산으로 내려간다고 해서 그는 기회를 잡았다고 생각했다. 부산에서 한 번의 사건이 있었고 그걸 성공시킨 그였다. 이번에도 못 할 건 없었다. 다만 죄책감이라는 후유증이 있기는 했지만 그래도 그가 살아남으려면 어쩔 수가 없었다.

서서히 밤의 어두움이 짙어가고 있었다. 그는 조용히 눈을 감고 생각에 잠겼다.

앞만 보고 달렸고 그는 성공을 이루었다. 부유한 집에서 태어난 그는 집안의 유일한 골칫거리였고 소외된 인간이었다. 중소기업의 사장인 아버지와 의사인 어머니, 천재 소리를 듣고 자란 형과 누나까지 모든 게 그를 열등생으로 만들어갔다.

좋은 대학을 나왔어도 검사인 형과 재벌가로 시집을 간 누나의 그늘에 가리긴 마찬가지였다. 그가 아무리 노력을 해도 따라잡을 수 있는 사람들이 아니었다. 그런데 그런 그를 신 회장은 알아주었다. 그래서 충성을 했고 자신이 그의 뒤를 이을 줄 알았다.

하지만 신 회장의 아들이 등장을 하면서 그의 핑크빛 꿈은 점점 사라져 갔다. 신 회장 아들은 아무것도 하지 않아도 갑자기 사장이 되었고 자신은 뼈가 빠지게 노력을 해도 이사였다. 이런 상황이 그를 점점 힘들게 했고 마침내 그는 하지 말았어야 하는 일까지 하게 되었다.

윙~

남 회장의 전화였다. 빌어먹을 일을 아는 유일한 인간이었다. 언젠가는 그의 손에 죽게 되겠지만 말이다.

남 회장이 부산에서 일어나는 일들 중에서 모르는 것은 아무것도 없었다. 남 회장이 돈이 많기도 했지만 정보력이 국가 기관의 정보력보다 좋다는 말이 있을 정도였다. 남 회장이 입을 열면 죽을 사람들이 많았다.

그도 그중의 하나였다.

[유 전무.]

"네, 회장님."

[소문이 돌아서 말이야.]

"무슨 소문 말씀이십니까?"

[알면서 뭘 물어. 부모만 죽이지 뭘 자식까지 손을 대려고 그래.]

진짜로 그의 일을 들킨 모양이었다.

[아니, 뭐 그거야 유 전무가 알아서 할 일이지만 자꾸 손에 피를 묻히면 안 좋아. 이미지도 그렇고.]

"무슨 말씀을 하고 싶으신 겁니까?"

[분양권도 나에게 양보할 수 있나?]

남 회장의 시커먼 속이 다 보였다. 그동안 그렇게 그를 괴롭혔으면서 이제 아주 피까지 빨아먹을 생각인 것 같았다.

"생각해 보겠습니다."

[어허, 그건 아니지. 유 전무는 생각을 하는 게 아니야. 생각은 내가 하는 거지.]

"오늘 신 사장을 만나신다고 들었습니다."

[만나기야 하겠지. 살아 있다면 말이야. 흐흐흐.]

남 회장의 비릿한 웃음소리가 전화기를 울리고 있었다.

[잘해보라고. 어느 쪽의 편을 들어도 난 손해 볼 게 없어. 그래도 그동안의 의리가 있지. 난 우리 유 전무 편이야.]

진짜로 죽이고 싶은 건 남 회장이었다. 전화를 끊고 그는 자리에 앉아서 시간이 흐르기를 기다렸다. 빨리 일을 처리해 주길 바라면서 말이다.

클럽의 불빛이 요란했다. 젊음이 레이저 조명과 함께 폭발을 하고 있었다.

쿵쿵쿵!

귀청이 떨어져 나갈 것 같은 음악 소리에 태수는 인상을 쓰며 일행들과 같이 호텔의 클럽 안으로 들어갔다. 서희의 아슬아슬한 옷은 클럽의 다른 여자들에 비하면 완전히 조선시대 양갓집 규수의 옷차림이었다.

이렇게 클럽문화가 퇴폐적인지 태수는 미처 몰랐었다.

"완전히 외국의 클럽 같은데요."

압둘라가 그의 귀에 대고 크게 말했다.

"그렇군."

서로간의 말이 잘 들리지 않았다. 그들은 룸으로 안내를 받았고 압둘라를 제외한 직원들은 룸에 앉지도 않고 바로 스테이지로 나갔다. 룸 안의 모니터를 통해서 태수는 서희를 보고 있었다. 수많은 여자들 가운데서도 단연 눈에 띄는 미모였다.

"잠시 후에 남 회장이 이곳으로 온다는 전갈이 왔습니다."

"알았어."

대답은 이렇게 하고 있었지만 그의 눈은 모니터로 향해 있었다. 서희가 모니터에 클로즈업 되어 있었다. 춤도 어쩌면 저렇게 요염하게 추는지 솔직히 놀라울 따름이었다.

똑똑!

그때 웨이터가 과일 접시를 들고 들어왔다. 건장한 체격의 웨이터였다. 태수는 별로 신경을 쓰지 않았고 웨이터는 테이블을 정리하고 커다란 과일 접시를 태수 앞에 가져다 놓았다. 과일 접시에서 드라이아이스가 뿜어져 나오고 있었다.

탁!

모든 게 순간적이었다. 하지만 태수의 눈에는 마치 슬로우모션처럼 지금의 상황 하나하나가 보이고 있었다. 과일 접시의 드라이아이스 사이에서 웨이터가 갑자기 칼을 들어 태수의 가슴을 향해 날렸다.

탁! 탁! 탁!

남자는 태수를 찌르지 못하고 테이블 위에 부딪치고 있었다.

태수는 반사적으로 빠르게 남자의 손을 피했다. 남자는 연속해서 태수를 공격했지만 태수를 직접적으로 찌르지는 못했다. 갑자기 덤벼드는 남자 때문에 태수는 당황했지만 필사적으로 그의 칼을 든 손을 피하고 있었다.

"뭐 하는 짓이야!"

태수가 남자를 향해 소리를 질렀지만 남자는 대답 없이 거친 숨을 몰아쉬며 태수를 살기 어린 눈으로 바라보고 있었다. 그 와중에 압둘라가 칼로 태수를 위협하는 웨이터의 뒤로 살며시 다가오고 있었다.

"가만있어!"

압둘라가 뒤에서 웨이터를 끌어안았고 웨이터는 압둘라의 팔에 칼을 꽂았다.

"윽!"

압둘라의 신음 소리가 들렸고 와이셔츠에서 피가 흐르기 시작했다. 태수가 압둘라를 쳐다보는 찰나 웨이터는 그를 향해 다시 돌진한 후에 그의 가슴을 칼로 찔렀다. 웨이터의 표정은 차분했고 빠르게 자신의 일을 처리하고 있었다.

하지만 그는 고도로 훈련을 받지는 않아 보였다. 칼이 급소를 찌른 것도 아니고 그의 가슴 깊이까지 들어가지도 않았기 때문이었다.

룸 안에서 그들은 사투를 벌이고 있었다. 압둘라가 다시 그를 뒤에서 잡았고 그가 그의 얼굴을 주먹으로 내리쳤다.

퍽!

주먹이 얼얼하게 아파왔다. 그가 훈련을 받지는 않았지만 정말 살의에 차서 그를 죽이려고 다시 달려들었다. 힘이 좋은 녀석이었다.

룸 안의 집기들이 부서지고 소리가 요란하게 났지만 누구 하나 밖에서 들어오는 이가 없었다.

퍽!

다시 한 번 웨이터의 얼굴을 가격하고 나서야 싸움은 멈추었다. 경찰이 오고 소란해지면 남 회장이 그를 만나주지 않을까 봐 압둘라가 그의 손을 자신의 넥타이로 묶고 발은 태수의 넥타이로 묶었다.

"누가 보냈어?"

"……."

남자는 거친 숨만 몰아쉴 뿐 아무런 말도 하지 않았다. 그때였다. 스테이지에 나갔던 직원들이 룸 안으로 들어와서는 모두 경악을 했다.

"다들 조용히 하고 앉아."

태수가 말을 하자 모두가 소파에 앉았다.

"사장님, 피가……."

서희가 놀라서 말을 했다. 그의 하얀색 와이셔츠가 붉은색이 되어 있었다. 그리고 압둘라의 팔도 심하게 찢겨져 있었다. 서희는 망설임 없이 그에게 다가와 피가 나오는 곳을 살펴보았다.

"깊게는 안 들어갔어."

"그래도 병원에 가셔야 할 것 같아요."

"만날 사람이 있어."

서희가 밖으로 나가서 웨이터를 부르고 그에게 구급상자를 가져오게 했다. 유 과장은 웨이터의 입을 막았다. 일단은 모든 일은 남 회장을 만난 후에 처리하기로 하고 붕대를 감은 태수는 덩치가 비슷한 조 대리의 옷과 바꿔 입었다.

그리고 잠시 후에 태민이 그들이 있는 곳에 왔다.

"형."

놀란 얼굴의 그를 태수는 진정시키고 남 회장이 있는 룸으로 향했다. 어쩌면 이 모든 일은 남 회장이 꾸민 일일지도 몰랐다.

똑똑!

태수와 태민 그리고 압둘라는 호랑이굴로 들어가고 있었다. 룸 안으로 들어가자 남자들 대여섯 명이 술을 마시고 있었다. 그리고 중앙에는 생각보다 작은 체구의 남자가 앉아 있었다.

깡마른 체구의 남자는 머리가 대머리였고 쌍꺼풀이 없이 찢어진 눈이었다. 나이는 60대쯤 되어 보였지만 피부는 놀랍도록 팽팽했다.

"왔나?"

"안녕하십니까?"

"살아 있었네."

"네."

"다친 데는?"

"없습니다."

"피가 많이 나는데……."

그가 손가락으로 찔린 부분을 가리켰다.

"병원에 가라."

"아닙니다."

"하긴 남자가 스크래치 조금 났다고 병원에 달려가고 그러면 안 되지."

서울말과 부산 사투리가 묘하게 섞여 있었다. 잘못 들으면 어설프게 부산말을 흉내 내는 서울 사람 같아 보였다. 그가 위스키 잔을 비우고는 태수에게 잔을 건넸다. 태수가 잔을 받자 그 안에 위스키를 부으며 말했다.

"나는 와 만나자고 했나?"

"아시고 계실 거라고 생각합니다."

"모르는데. 잔이나 비워라."

태수가 단번에 잔을 털어 넣고는 남 회장에게 잔을 건네고 술을 따랐다. 남 회장은 남을 이용할 줄 아는 사람이었다. 그리고 자신에게 이익이 된다면 무슨 짓이든 서슴없이 할 사람이었지만 그를 죽일 이유는 없는 사람이었다.

"면세점 운영권 드리겠습니다."

"에헤, 통이 작은 사람이었어."

"할아버지셨다면 국물도 없었을 겁니다."

"치매시라며."

"글쎄요."

남 회장은 그들을 계속해서 세워둔 채로 자신의 입에 술을 털어 넣기 바빴다. 한마디로 그의 보상은 성에 안 찬다는 뜻이었다.

"그리고 이거."

그가 태민에게 받은 서류를 남 회장에게 건넸다.

"관심이 있으실 겁니다."

그가 서류를 열어보았다. 그리고 그 안의 내용물을 보고는 점차 안색이 굳어졌다.

"협박하는 긴가?"

"아닙니다. 누가 주도권을 잡고 있는지 말하는 겁니다."

"안 좋은 것부터 배웠고만. 영 싸가지가 없어."

남 회장의 표정이 붉으락푸르락하고 있었다. 그의 표정 변화에 옆에 앉아 있던 남자들이 싸울 태세를 하고 있었다.

"이건 어디서 난 거지?"

"뭐 그런 건 아실 필요 없고."

"그 할아버지의 그 손자고만."

"과찬이십니다."

서류를 들고 있는 남 회장의 손이 가늘게 떨리고 있었다. 그 서류에는 그가 정치계의 거물들에게 돈을 준 거래 내역이 있었다.

"증거가 될까?"

"그럼요. 이거랑 똑같은 내용의 파일이 지금 이 자리에서 우리가 잘못되면 검찰로 바로 넘어가게 되어 있습니다."

"좋아, 아주 마음에 들어. 남자가 이런 배포는 있어야지."

남 회장이 어울리지 않게 칭찬을 했다.

"그런데 말이야. 이렇게 잘못 찌르면 네 부모처럼 너도 안 좋은 일을 당할 수도 있어."

"그래서 드리는 말씀인데 회장님께서 그러셨습니까?"

태수가 단도직입적으로 물었다.

"훗, 내가 왜? 난 나와 관련이 없는 일에는 손대지 않아. 그리고 이렇게 후환이 따라올 일에는 더욱더 관심이 없지."

남 회장의 비웃음 뒤에는 진실이 있었다. 남 회장이 부모님의 사건에 관여는 하지 않았을 것 같았다. 하지만 그가 뭔가를 알고 있음은 직감적으로 알 수 있었다.

"이 모든 사실은 검찰에서 조사를 받으셔야겠습니다."

그의 말에 남 회장의 얼굴에서 핏기가 사라졌다.

"젊은 친구가 농담도 잘하는군."

애써 태연한 척하기는 했지만 당황한 모습이었다.

"제가 대원의 회장이 되기 위해선 회장님의 도움이 필요하지만 제가 효자가 되기 위해선 회장님의 진술이 필요합니다."

"범인을 말해라?"

남 회장의 한쪽 눈썹이 올라갔다. 마음에 들지 않는 것이었다.

"네."

"난 모르네."

"왜 감싸십니까?"

"어딜 가나 상도라는 게 있어. 난 그 일을 비밀로 해주고 받은 게 있네. 그러니 관여를 해서는 안 되지 않겠나?"

그가 서류봉투를 하나 더 테이블 위로 던졌다.

"더 구미가 당기실 겁니다."

남 회장은 억지로 웃는 표정을 유지하며 그 속의 물건을 꺼냈다.

"뭔 줄은 아실 겁니다. 켜서 들어보세요."

녹음기에는 남 회장과 부산시 공무원 간의 통화가 그대로 녹음이 되어 있었다. 자신의 딸을 살려달라는 공무원의 절규가 그대로 들어가 있었다.

"딸을 사창가로 보내셨다는 얘기도 있고."

"그 집 딸을 왜 나한테서 찾나? 그 집에 있는 아들?"

"그렇더라고요, 이 공무원은 자살을 했으니 그렇고 딸은 정신병원에 있다가 얼마 전에 집으로 돌아왔고. 아무리 허가를 안 내주고 애를 먹였다고 해서 이렇게까지 하셔야 했습니까?"

남 회장의 손이 살짝 떨리고 있었다.

"나한테 도전하는 건가?"

다다닥!

누구 하나 말릴 틈도 없이 태수는 테이블 위를 달려가 남 회장의 멱살을 잡았다. 그리고 옆에 있던 위스키 병을 잡았다.

"짐승은 죽어야 마땅하지 않겠습니까?"

태수의 표정이 얼어붙을 정도로 차가웠다. 당장 남 회장을 내리칠 것 같았다.

"워워, 왜 이러나, 말로 하자고."

남 회장은 눈치가 빠른 사람이었다.

"원래 짐승들은 말귀를 못 알아들어서 말이지요."

"알았어. 누군지 알려주지. 오늘 난장을 피운 것도 누가 시켜서 그런 건지도 말이야. 하지만 증거가 없어서 부모님에 대한 일로 구속시키긴 어려울 거야."

"말해!"

그가 피식 웃으며 뭔가를 그에게 주라고 부하에게 시켰다. 부하는 그가 말한 물건을 가져왔다. 녹음기였다.

"틀어."

그 내용은 오늘 그가 유 전무와 통화한 내용이었다. 가히 기가 막히는 말들이 오고 가고 있었다.

"난 신 사장이 마음에 들어. 보기 전에는 빌빌한 재벌가의 후계 자일 줄 알았는데 아주 멋있어. 탐정이 부업인가?"

"말장난하고 싶지 않습니다."

"그렇지, 병원에도 가야 하고 말이야. 좋아, 내가 이번에는 손을 잡아주지. 아무런 이득도 없이 말이야. 하지만 신 사장도 약속은 지켜야 해."

"녹취록은 원본까지 드리도록 하겠습니다."

"그래."

"그런데 말입니다. 저한테는 다른 여러 가지 파일이 있습니다. 제가 준비를 좀 많이 했습니다. 남 회장님 같은 거물과 함께 하려면 갖추어야 할 몇 가지를 갖추고 있죠."

"하하하, 알았대도. 그만하고 나가봐. 술 마셔야 하니까."

"네."

"아참, 우리가 손을 잡았으니 한 가지 가르쳐 주지. 부둣가에 가면 유 전무가 있을 거야. 좀 놀라긴 하겠지만 반갑게 맞아줄 거야."

그는 유 전무의 패를 완전히 버린 것 같았다. 그들은 룸을 빠져나왔다. 이제는 유 전무에게 향할 차례였다.

"믿어도 되는 사람입니까?"

"내가 그에게 도움이 되는 한은 믿어도 되는 사람이지."

태수는 이렇게 말을 하고는 자신의 룸에 있는 남자를 데리고 나왔다. 그리고 압둘라와 태민 이렇게 4명만 차에 탄 채 부둣가로 향했다.

"경찰에 알려야 하지 않을까요?"

"아니, 그랬다가는 이 사람도 교도소에 들어가."

그가 이렇게 말을 하자 남자가 그를 쳐다봤다.

"잘 들어. 네가 한 짓은 모두 용서해 줄 거야. 아니, 묻지도 않을 생각이야. 그러니까 유 전무만 잘 유인해 줘. 내가 원하는 건 그것뿐이야."

"……."

남자는 땅만 쳐다보고 있었다.

"왜 대답이 없어?"

"으으음."

남자는 말을 하지 못했다.

"철두철미하군. 잘 들어. 앞으로 뭘 하든지 이런 일은 하지 마. 그리고 풀어줄 테니까 유 전무만 잘 불러내. 이건 녹음기. 잘 가지고 있어."

남자가 녹음기를 받아 들었다.

"어떻게 하느냐에 따라서 우리가 경찰에 잘 말해줄 수도 있어. 변호사도 대주고. 그러니까 잘해. 네가 살 수 있는 길이니까."

남자가 고개를 끄덕였다.

부둣가로 다가가서 남자를 내려주었다. 남자는 유 전무가 있는 곳으로 천천히 걸어가고 있었다. 그때였다. 갑자기 유 전무가 타고 있는 차가 그를 향해 돌진을 하기 시작했다. 보고도 믿기지 않는 순간이었다.

그의 부모님도 저런 식으로 당하지 않았을까, 라는 생각이 들자 눈이 뒤집어졌다. 요란한 소리와 함께 남자가 공중으로 떴다가 떨어졌다. 그리고 차에서 유 전무가 내려 남자를 차에 태우기 시작했다.

"뭘 하십니까?"

유 전무의 뒤에서 압둘라가 유 전무의 어깨를 잡았다. 태수나 태민이 유 전무를 잡았다면 주먹으로 쳐서 끝장을 봤을 것 같았다. 태민은 진정이 되지 않는지 유 전무에게 달려들려 했고 태수는 그런 동생을 잡았다.

"형, 놔! 저 새끼가 우리 부모님을 죽였단 말이야!"

"태민아."

"아아악, 놓으라고!"

태민은 울부짖었고 유 전무는 당황한 기색이 역력했다.

"아니야, 아니라고."

"뭐가 아니라는 거야? 날 죽이라고 사람을 보낸 거? 아니면 그 사람을 죽이려고 한 거?"

태수는 이를 악물며 이야기를 했다.

"아니라고, 난 아니야. 난 대원건설을 위해 일했을 뿐이야."

"우리에게 말하지 말고 경찰서에 가서 진술하는 게 좋을 거야."

"아니라니까."

끝까지 자신이 한 일을 부인하고 있었다. 그러다가 신고를 받고 온 구급차와 경찰차를 보자 태수의 다리를 잡고 빌기 시작했다.

"이번 한 번만 눈감아주면 내가 회장으로 만들어줄게."

경찰차와 구급차의 사이렌 소리가 점점 더 요란해지고 있었다.

"유 전무님!"

"진짜야. 날 따르는 임원들이 많아."

유 전무의 눈에 눈물이 흘러내리고 있었다. 하지만 이제는 돌이킬 수 없는 일이었다. 유 전무가 경찰차에 타고 사라지는 모습을 보며 태민이 물었다.

"부모님에 대한 일도 사실대로 말할까?"

"그러진 않겠지만 오늘 일로 구속은 되겠지."

"진짜 그렇게까지 회장이 되고 싶었을까?"

그거야 유 전무만이 알고 있을 것이다. 구급차 대원이 압둘라와 그도 병원으로 이송을 했다. 일이 마무리가 되자 그때부터 칼에 찔린 곳이 아프기 시작했다. 구급차 안에 눕자 마음이 편해졌고 찔린 곳의 통증은 더 심해졌다.

"윽."

긴장이 풀려서인 것 같았다.

"차에 치인 남자는 어떤가요?"

"상태가 좋지는 않지만 괜찮을 것 같아요. 의식은 있으니까요."

"네."

태수가 눈을 감았다. 그동안 풀리지 않았던 일들이 다 풀렸지만 기분이 그리 좋지는 않았다.

병원에 도착한 그는 다행히 심하게 다치지 않아서 스무 바늘을 꿰맸고 압둘라는 그보다 상처 면적이 넓어서 사십 바늘을 꿰맸다.

"성형수술은 해주지."

"괜찮습니다. 평생 칼 맞을 일이 또 있겠습니까? 훈장이라고 생각하겠습니다."

압둘라의 이야기에 그는 씁쓸한 미소를 지었다.

"이제 마음을 놓으셔도 될 것 같습니다."

압둘라는 큰 적이 사라졌다는 의미겠지만 태수는 그렇게 생각하지 않았다. 이제 첫발을 내딛는 것에 불과했다.

"형, 괜찮은 거야?"

"유 전무는?"

다친 그들을 대신해서 경찰서를 다녀온 태민이 지금 도착했다.

"변호사가 와야 얘기를 하겠다 하시더라고. 회사 변호사가 우리도 오고 있고 내일 형하고 압둘라도 경찰서에 가야 할 것 같아."

"알았어."

"그나저나 할아버지께서 아시고 난리야. 형은 지금 전화도 안되고 해서 더 난리시니까 전화 좀 드려. 헬기 띄우시겠다고 하시는 거 간신히 말렸어."

"알았어."

태수는 할아버지에게 전화를 걸었다.

[태수냐?]

"네, 할아버지."

[많이 다친 거야?]

할아버지의 목소리가 아주 불안하게 들렸다.

"아뇨, 살짝 긁힌 정돈데 태민이가 너무 과장한 거예요."

[뭘 과장을 해. 내가 병원에 다 전화를 해봤는데.]

역시 할아버지셨다. 오늘 부산병원의 원장이 할아버지에게 아마도 들들 볶였을 것이다.

[지금 출발하마.]

"아뇨, 제가 내일 일 처리하는 대로 올라갈 테니 제발 가만히 계세요. 몸도 안 좋으신데."

[네 이놈!]

할아버지의 목소리가 전화기를 뚫고 나왔다.

"안 그럼 지금 제가 갈 겁니다. 아마 꿰맨 곳이 다 터지겠지만 말이에요."

그의 협박에 그제야 할아버지가 온다는 소리를 하지 않으셨다. 그는 빨리 올라가겠다고 말을 하고 전화를 끊었다. 할아버지의 넘치는 애정이 오늘은 좀 부담스러웠다.

건강도 안 좋은데 서울에서 부산까지 그것도 헬기로 이동은 좋던 몸도 나쁘게 만들 것 같았다. 그래도 태수는 할아버지의 사랑을 느낄 수 있어서 행복했다.

스위트룸에 들어온 태수는 커다란 침대에 대자로 누웠다. 온몸에서 힘이 빠져나가는 것 같았다. 그동안의 모든 일들이 이렇게 한 방에 처리가 될 줄은 상상도 하지 못했었다.

"후."

담배 생각이 간절했다. 하지만 담배보다도 간절한 건 서희였다. 시계를 보니 새벽 2시였다. 그때였다.

똑똑!

누군가 그의 방에 왔다. 그는 아픈 가슴을 부여잡고는 문을 열었다. 그리고 얼굴에 자연스럽게 미소가 떠올랐다.

"임 비서."

하얀 티셔츠에 청 반바지를 입고 머리를 하나로 묶은 맨얼굴의 임 비서가 그의 앞에 서 있었다. 아무 말도 하지 않고 그를 바라보는 서희의 눈에 눈물이 흘러내리고 있었다. 그는 서희의 팔을 잡아 끌어당겼다.

"윽!"

팔에 힘을 주자 가슴이 당겼다.

"괜찮아요? 그러게 왜 움직이고 그래요. 들어오라면 들어갔을 것 아니에요. 흑흑흑. 진짜 괜찮아요?"

태수는 서희를 자신의 품에 꼭 안았다.

"다친 몸으로 어디를 갔다가 온 거예요?"

"병원."

"거짓말."

"진짜야, 스무 바늘 꿰매느라 좀 늦은 거지."

그녀가 갑자기 그의 와이셔츠의 단추를 풀기 시작했다.

"뭐 하는 거지?"

"이상한 거 상상하지 마세요. 옷에 피가 많이 묻어서 벗기는 중
이니까."

"울다가 웃으면 안 되는데……."

서희가 웃음을 참으며 그의 옷을 끝까지 벗겼다.

"진짜 괜찮은 거예요?"

피가 밴 상처 부위를 보며 물었다.

"괜찮아."

"아까는 얼마나 놀랐는지 알아요?"

"나도 서희를 보며 놀랐어. 옷을 아주 벗고 나왔더군."

"싫었어요?"

"그런 모습은 나만 보고 싶어."

"알았어요."

이렇게 서희가 말을 잘 들으니 기분이 좋았다. 그가 서희의 얼
굴을 다정하게 두 손으로 감쌌다. 그리고 서희의 눈을 바라보았

다. 심장은 이미 그녀를 향해 뛰고 있었다. 그는 손끝으로 그녀의 입술을 건드렸다. 촉촉한 과일을 건드린 기분이었다.

"다시는 불안하게 안 할게."

"제발요."

"알았어."

그의 입술이 그녀의 입술을 덮었다. 너무나 부드러워서 녹아버릴 것 같은 그녀의 입술이었다.

"달콤하군."

"이래도 괜찮은 거예요?"

"다른 데는 너무 멀쩡해."

그의 말에 서희가 햇살처럼 웃었다. 언제부터 경계가 허물어졌는지 알 수가 없었다. 하지만 그는 지금 서희가 그의 중심이 되었음을 깨닫고 있었다.

"자고 가."

"안 돼요. 자경 씨랑 같은 방에 묵어서요."

그의 손은 벌써 그녀의 티셔츠 안으로 들어가 있었다.

"난 오늘 혼자 못 잘 것 같아. 무섭거든."

서희의 눈동자가 흔들리고 있었다. 그가 겪은 일이 서희는 신경이 쓰이는 모양이었다.

"알았어요. 하지만 그냥 자요."

고양이 앞에 생선을 두고 먹지 말라고 하는 것이었다.

"너무하는군."

"누워봐요."

그녀가 침대 위에 누운 그의 바지까지 벗기고는 팬티 하나만 남겨둔 채 물수건으로 몸에 묻은 피를 닦아내기 시작했다.

"당분간은 샤워를 못 할 테니까 이렇게 닦아주기라도 해요."

"서희가 닦아주면 되겠군."

"유 집사님께 부탁해 놓을게요."

그의 몸을 물수건으로 다 닦은 후에 서희가 그의 옆에 누웠다.

"갈 줄 알았는데?"

"옆에 있으라면서요."

"말을 이렇게 잘 들었던가?"

"환자한테만요."

"그럼 매일 아파야 하나?"

"갈래요."

그가 서희를 자신의 품에 당겨 안았다.

"이렇게 있으니까 좋군."

"저도 좋아요."

누가 먼저랄 것도 없이 그들의 입술이 부딪쳤다. 다른 때는 그가 서희의 옷을 찢거나 벗기기에 바빴는데 지금 그는 자신의 눈을 의

심했다. 서희가 그의 앞에서 옷을 모두 벗어 던졌기 때문이었다.

"이 여자가 큰일 날 여자야."

"왜요?"

"칼에 찔린 것보다 더 큰 충격으로 죽을 뻔했어."

그녀가 자신의 알몸을 그의 몸에 겹쳐왔다.

"심장 마비로 진짜 죽을 것 같아."

"그럼 다시 입을까요?"

"그건 또 안 되지."

그들의 입술이 다시 하나로 겹쳐졌다. 키스만으로도 그는 쾌락의 끝을 맛보는 기분이었다. 서희는 정말 키스를 잘하는 것 같았다. 그의 혀를 빨아들이고 그의 입안을 차지하는 서희는 깔끔한 정장의 스탠다드한 임 비서가 아니었다.

그녀는 야성녀로 변했다. 오늘은 그가 다쳐서인지 서희가 그의 위에서 키스를 하고 있었다. 그녀의 가슴이 그의 가슴을 스치고 있었다. 그는 손을 들어 단단해진 그녀의 유두를 잡았다.

"아, 미치겠어."

"오늘은 제가 하는 대로 내버려 둬요."

서희는 이렇게 말을 하고는 그의 몸에 입을 맞추기 시작했다. 그의 입술에서 목으로 그리고 그의 가슴으로 그녀의 입술이 이동할수록 그의 페니스는 점점 더 커져만 갔다.

"윽!"

그녀의 입술이 상처에 도달하자 그의 입에서 신음이 터져 나왔다.

"미안해요."

"그게 아니야."

"그럼요?"

"이거."

그가 자신의 팬티를 빠르게 벗었다. 속옷과 그녀의 다리에 눌린 페니스 때문에 고통스러웠던 것이다.

"이게 이렇게 커졌네요."

그녀의 손은 그의 성이 난 페니스를 잡고 있었다.

"이건 무슨 맛일까요?"

그녀의 말에 태수는 더 이상 참을 수 없는 사정감을 느끼고 있었다. 그가 미처 그녀의 다음 행동을 말릴 틈도 없이 그녀는 그녀의 궁금증을 해결하고 있었다. 어느새 그의 성난 페니스가 그녀의 입안에 있었다.

"으윽."

진짜로 너무 좋아서 미칠 것 같았다. 그녀는 그의 페니스를 빨아당기기도 하고 혀로 핥아대기도 하면서 그를 쾌락의 끝으로 몰아가고 있었다.

"아윽, 서희야."

그녀의 테크닉은 다듬어진 것은 아니었지만 지금 그는 그 거친 행위가 너무나 마음에 들었다. 그리고 테크닉은 앞으로 고쳐 가면 되는 것이었다. 그가 그녀의 머리카락을 움켜잡았다.

"그만! 쌀 것 같아."

그러자 그녀가 이번에는 그의 위로 올라와서 자신의 질에 그의 페니스를 넣었다.

"으으윽."

오늘의 신음 소리는 모두 그의 것이었다. 그가 호랑이를 키운 것 같았다. 그녀는 빠르게 배웠고 지금은 그를 지배하고 있었다. 그가 그녀의 엉덩이를 손으로 감쌌다. 그의 위에 올라타 있는 서희가 자신의 가슴을 만지며 몸을 움직이자 태수는 정말 미칠 것 같았다.

시청각이 모두 만족이 되고 있는 순간이었다. 출렁거리는 그녀의 풍만한 가슴이 그를 자극하고 있었다.

"아윽."

그녀의 질이 그의 페니스를 다시 한 번 조이자 그의 분신들이 마구 쏟아져 나올 것 같은 사정감을 느끼는 그였다.

"미칠 것 같아."

"정말요?"

그녀는 목소리마저 섹시했다. 섹스에 미친 건 아니었지만 앞으로는 그녀와의 섹스에 미쳐 살 것 같았다. 좋다는 말로는 부족했다. 그의 머리끝까지 쾌감이 차오르고 있었다.

"더 조여봐."

"이렇게요?"

"으윽."

그녀는 훌륭한 학생이자 요물이었다.

그들은 절정을 향해 달렸고 그대로 침대 위로 쓰러졌다.

"헉헉헉."

거친 호흡 소리가 조용한 스위트룸을 울리고 있었다.

"손끝 하나 못 움직이겠어요."

"그래?"

"내일 일찍 일어나야 하는데 걱정이에요."

"잠을 안 자면 되지."

"뭐라고요?"

그가 다시 서희의 가슴을 잡았다. 작은 저항을 했지만 서희는 곧 다시 그를 받아들여 주었다. 매일 이렇게 서희와 밤을 보내고 싶다는 생각을 하며 그들은 세 번째 섹스가 끝이 난 후에 서로를 끌어안은 채로 잠이 들었다.

Chapter 11

팍!

갑작스러운 소리에 놀라서 서희는 침대 시트를 머리끝까지 올렸다. 문이 벌컥 하고 열렸는데도 옆에 누워 있는 신 사장은 아직 눈을 뜨지 않은 상태였다.

이렇게 문을 발로 차고 들어올 사람은 이곳에는 없었다. 느낌이 불안했다. 그래서 그녀는 신 사장의 옆구리를 손으로 찔렀다.

"왜?"

문이 열리는 소리를 그는 듣지 못한 것 같았다. 그리고 다시 그녀를 품에 안으려고 했다.

"신태수!"

언제나 불길한 예감은 틀린 법이 없었다. 신 회장의 큰 목소리가 스위트룸을 울리고 있었다. 그것도 화가 난 목소리였다. 다친 것 때문에 화가 난 것 같기도 했다. 하지만 그녀를 본다면 더 화를 내실 것만 같았다. 서희는 태어나서 처음으로 난감한 상황을 맞이하게 되었다.

"할아버지?"

신 사장이 이불로 그녀를 가린 채 신 회장과 이야기를 하고 있었다. 이불 아래에 서희는 몸을 최대한 말고 죽은 듯이 있었다.

진짜로 들키면 아주 큰일이었다. 여자랑 신 사장이 잔 것보다 그게 누군지 궁금해하실 텐데 걱정이었다.

"괜찮은 거야?"

"네."

"어디를 다친 거야. 한번 보자."

"할아버지, 거기서 한 발작도 더 가까이 오시면 안 됩니다."

"왜?"

"제가 혼자가 아니거든요."

신 사장의 선언에 서희는 혀를 깨물고 죽고 싶은 심정이었다.

"뭐?"

신 회장도 당황한 듯했다.

"다 큰 손자의 방에 들어오시면서 노크도 안 하시고 문을 열고 들어오시면 어쩌십니까?"

"그래서 날더러 나가라는 거야?"

"커피숍에 계시면 제가 내려갈게요."

"이게 지금 헬기를 타고 날아온 할아비에게 할 소리야?"

"할아버지."

신 사장이 연속해서 할아버지를 설득하고 있었고 그녀는 아무 것도 걸치지 않은 채로 이불 속에 숨어 있었다. 진짜 숨도 쉴 수가 없었다.

"오냐, 내가 내려가 있을 테니 그 아가씨도 데리고 내려와."

발소리를 봐서는 방 안에 신 회장만 들어온 게 아닌 것 같았다.

"나와."

이불 속에서 얼굴을 내민 서희는 자신의 옷이 바닥에 아무렇게 나 떨어져 있는 걸 보고 망연자실했다.

"브래지어는 아까부터 저기에 있었나요?"

의자에 걸쳐진 흰색 브래지어를 멍하게 바라보며 서희가 물었 다.

"응."

"후, 이제 어쩌죠?"

"뭘?"

"많이 혼나실 텐데. 더군다나 사람들도 많이 온 것 같고."

"얼마 안 들어왔어. 할아버지, 태민이, 유 집사, 압둘라까지만 들어왔어."

진짜 머리가 아파왔다.

"저 그만둬야겠죠?"

"왜?"

"이런 상황을 만들어서는 안 되는 거였어요."

"괜찮아."

괜찮기는, 지금 하늘이 노랗게 변했고 어제 그를 찾아온 걸 후회하고 또 후회했다. 그녀를 예뻐하고 믿어주신 신 회장에게 죄송한 마음뿐이었다. 분명히 신 회장은 그녀에게 실망을 하실 것 같았다.

"빨리 나가봐야 해. 안 그러면 또 들어오실 거야."

서희는 빛의 속도로 옷을 입었다. 그리고 머리를 거울도 보지 않고 대충 묶고는 밖으로 나갈 준비를 했다.

"몇 시에 서울에 올라갈 거예요?"

그녀는 불안한 눈길로 그를 바라보며 물었다.

"오늘은 못 가."

그는 칼에 찔린 곳에 통증이 있는지 고통스러운 표정을 지으며 옷을 입었다.

"왜요?"

"경찰서에 가봐야 하거든."

"그럼 저희는요?"

"오후에 출발하면 될 거야. 내일이 월요일인데 사장실에 아무도 없으면 안 되니까."

"일단은 밖에 망 좀 봐주세요."

"왜?"

"왜는 무슨 왜예요? 밖에 직원들이 있으면 어떡해요."

그가 자꾸 꾸물거리자 서희가 조심스럽게 방문을 열었다.

찰칵! 찰칵! 찰칵!

너무 놀란 서희는 그 자리에 그대로 얼어붙은 듯이 서 있었고 그런 그녀를 신 사장이 안으로 끌고 들어왔다.

"지금 꿈이에요. 이건 꿈이라고 말해줘요."

"일이 커졌군."

직원들에게 들키는 게 문제가 아니었다. 온 국민이 다 알게 생겨 버렸다. 서희는 그대로 바닥에 주저앉았다.

"아닐 거야. 그럼, 아닐 거야."

너무 놀라서인지 눈물조차 나지 않았다.

"아니라고 말해줘요."

"일단 여기 있어. 내가 할아버지 만나고 돌아오면 그때 나가자. 알았지?"

그렇게 말을 하고는 신 사장이 밖으로 향했다. 이건 분명히 꿈일 것이다. 그녀의 인생이 이렇게 하루아침에 꼬여 버릴 거라고는 상상도 하지 못했었다. 바닥에 그대로 붙어버린 듯이 서희는 그렇게 한참을 쭈그리고 앉아 있었다.

헛웃음이 나오고 있었다. 갑작스런 할아버지의 출현과 기자들의 카메라 셔터 세례에 그는 그저 웃음만 나올 뿐이었다.

찰칵찰칵.

"어제 유상도 전무가 청부살인을 지시한 게 사실입니까?"

"……."

"그리고 그 청부살인업자는 유 전무가 차로 받아서 지금 병원에서 치료 중이라는데 사실입니까?"

"……."

역시 기자들은 끈질겼다.

"저도 아직 정확한 사항을 모릅니다. 나중에 기자회견을 따로 갖겠습니다."

"아까 함께 계신 분은 누구십니까?"

"결혼할 사람입니다."

그의 입에서 자연스럽게 서희의 존재에 대해서 말이 나왔다. 결혼은 생각해 보지 않았는데 그는 마음속으로 그런 생각을 하고 있었던 모양이었다. 이렇게 자연스럽게 말이 나오는 걸 보면 말이다.

그는 기자들을 따돌리고 할아버지가 있는 호텔 커피숍으로 향했다.

"할아버지."

"왜 이렇게 늦어. 다시 올라가려고 했다."

"죄송해요. 기자들이 너무 많아서……."

그가 자리에 앉자 걱정스러운 얼굴로 신 회장이 그를 바라보았다.

"괜찮은 거야?"

"네."

"난 부산이 싫다."

할아버지의 하나뿐인 자식을 잃은 이곳이 좋을 리가 없다.

"별일 아니에요."

"죽을 뻔한 게 별일 아니야?"

신 회장의 목소리가 커지자 주변의 시선이 모두 그들에게 꽂혔다.

"좀 조용히 말씀하세요. 다 우리만 보네요."

할아버지 옆에 앉아 있던 태민이 말했다.

"넌 네 형이 죽다가 살았는데도 그런 소리가 나와?"

"죄송해요."

태민도 오늘만큼은 할아버지에게 꼬리를 내렸다. 할아버지의 얼굴이 하루 사이에 10년은 더 늙어버린 것 같았다.

"유 전무가 그랬다니 사실이야?"

"네."

"유 전무가 왜?"

"이번 주총 때문에 많이 힘들었었나 봐요. 주변에서 회장으로 밀고 있고 압박이 컸던 거죠."

"처음엔 그러지 않고 정말 열심히 일했는데 권력이란 게 참 무서운 거다."

아직 할아버지는 부모님의 죽음과 유 전무 사이의 일은 알지 못하셨다. 그리고 지금은 유 전무가 그랬다고는 믿고 싶지 않은 눈치였다.

"정말로 유 전무가 그런 거야?"

몇 번이고 이렇게 물어보시는 할아버지의 눈은 슬퍼 보였다.

"그럴 사람이 아닌데……."

"뭘 자꾸 그런 사람이 아니라고 그러세요. 어제 형은 죽을 뻔했고 형을 죽이려던 사람은 유 전무가 보낸 사람이 맞아요. 그리고 유 전무가 아버지를 죽였을지도 모른다고요."

태민의 말에 신 회장은 그대로 얼어붙어 버렸다. 태민도 막상 내뱉고 조금 놀란 눈치였다. 하지만 말을 멈추진 않았다.

"아니, 죽인 것 같아요. 이번에 사람을 시켜서 죽인 것도 그렇고 그 사람을 자기가 죽여서 증거를 아예 없애려고 한 것도 그렇고. 유 전무는 사람이 아니에요."

할아버지의 눈에 눈물이 고이기 시작했다. 충격이 크신 것 같았다.

"확실한 거야?"

"할아버지, 아직 확실한 건 아니니까 너무 그렇게 놀라지 마세요. 신태민, 너 조용히 안 해!"

태수가 동생의 말을 막았지만 할아버지는 충격에서 헤어나지 못한 모습이셨다.

"내가 아무래도 유 전무를 만나봐야 할 것 같구나. 몸조리 잘하고 있어."

할아버지가 일어나자 그와 태민도 따라 일어났다.

"무슨 말을 하더라도 너무 놀라지는 마세요. 생각했던 것보다 더 사람이 아니니까."

"신태민."

그가 태민의 말을 막았다.

"저와 함께 가시지요. 저도 조사를 받아야 합니다."

그는 할아버지를 모시고 호텔을 바로 나와서 경찰서로 향했다.

어제는 치료를 받느라 못 와서 조사는 아침에 이루어졌다. 그가 조사를 받는 동안 할아버지는 유 전무를 만났다. 조사를 받고 나온 그와 압둘라를 신 회장이 기다리고 있었다.

"할아버지, 괜찮으세요?"

"오냐."

칼에 찔린 그보다 사람 때문에 마음을 다친 할아버지의 상태가 더 안 좋아 보였다. 말은 괜찮다고 하시지만 얼굴에는 핏기가 하나도 없었다.

"좀 앉았다가 갈까요?"

"그래."

그는 자판기의 밀크커피를 뽑아 할아버지가 앉아 계시는 벤치로 갔다. 그리고 그는 그 자리에 멈춰 섰다. 할아버지가 울고 계셨다. 살면서 처음 보는 모습이었다.

강한 분이셨는데 자식의 죽음의 비밀을 안 순간 무너져 버린 것이었다. 그것도 아끼는 심복에게 당하다니 이보다 더 큰 충격은 없을 것 같았다.

"할아버지."

그가 조용히 할아버지를 불렀다.

"다 내 잘못이다."

"할아버지가 왜요. 이건 다 유 전무의 잘못이에요."

그가 커피를 할아버지께 건넸다.

"나이가 드니 주책이구나."

할아버지가 눈물을 닦으시며 말했다.

"……."

무어라 할 말이 없어서 그는 할아버지 옆에 조용히 앉았다. 한참을 말없이 커피만 드시던 할아버지가 그에게 말했다.

"올라갈 거야?"

"네, 직원들하고 같이 저녁 비행기로 가려고요."

"알았다."

할아버지는 헬기를 타고 먼저 서울로 올라가셨고 그는 뒷수습을 하기 위해 호텔로 올라갔다. 그 어느 주말보다 버라이어티한 주말을 보낸 그였다.

파란만장한 주말을 보내고 월요일 회사 엘리베이터 앞이었다. 월요일은 언제나 사람들이 많았다.

"저기 저기."

출근길에 엘리베이터를 타려고 기다리는데 사람들이 쑥덕거리고 있었다. 가뜩이나 힘든 주말을 보낸 서희는 사람들의 웅성거림을 그리 신경 쓰지 않았다.

윙~

무슨 일인지 아침부터 민아가 전화를 했다.

"어."

[어는 무슨 어.]

"또 왜?"

[이번엔 아주 큰 건 하나 하셨어요.]

"무슨 일인데 그래. 나 엘리베이터 타야 해."

[못 탈 텐데…….]

"왜?"

못 알아듣는 말만 하는 민아였다.

"돌려서 말하지 말고 빨리 말해. 안 그러면 끊는다."

[너 인터넷 검색어 순위에 올랐어.]

"뭐?"

자다가 봉창 두드리는 소리도 유분수지 갑자기 인터넷이라니, 민아가 잠이 덜 깬 모양이었다.

[너는 누구랑 잤는지 온 국민한테 선포하고 다니냐?]

"뭐라는 거야?"

그녀가 주변 사람들을 보자 그들의 시선이 모두 그녀를 향해 있었다.

"선배!"

뒤에서 자경이 그녀를 불렀다. 엘리베이터가 왔지만 자경이 그녀의 뒷덜미를 잡다시피 해서 엘리베이터에 오르지도 못했다.

"오늘 인터넷 검색 안 했어요?"

"아니."

"선배, 사장님하고 사귀는 거예요?"

"어?"

"지난번에 말했던 남자가 사장님은 아니죠?"

자경의 눈은 아주 진지했다. 서희는 핸드폰으로 인터넷을 보고는 그 자리에서 얼어붙었다. 1위부터 5위까지가 모두 대원그룹에 관한 이야기였다.

"이 사진은 진짜 선밴데……."

윙~

회장님의 전화였다.

"네, 회장님."

[어딘가?]

"로비입니다."

[사무실에 들어가지 말고 바로 올라와.]

"네."

진짜 하늘이 노랗다는 게 이런 걸 두고 하는 말인 것 같았다.

"자경 씨, 나 지금 회장실에 먼저 가봐야 할 것 같아."

"알았어요."

"내 가방 좀 부탁할게."

그렇게 말을 하고는 화물용 엘리베이터로 향했다. 도저히 사람들과 마주하기 힘이 들었기 때문이었다. 오랜만에 회장실에 도착하자 박 실장님이 평소와 같이 그녀를 반갑게 맞이해 주셨다.

"기다리고 계셔."

"네."

아주 혼구멍이 날 것 같았다. 신붓감을 구해놓으라고 했더니 그녀가 그의 침대로 들어갔다고 말이다. 고양이에게 생선을 맡겼다고 혼을 내실지도 몰랐고 머리가 복잡했다. 손에 땀이 찼고 입안이 바짝바짝 말랐다.

친절한 박 비서님께서 문을 열어주었고 서희는 죽으러 들어가는 사람 같은 표정으로 안으로 들어갔다. 들어서자마자 그녀의 뒤로 문이 닫혔고 그녀는 빼도 박도 못하는 상태가 되었다. 소파에는 그 어느 때보다 무서운 얼굴의 신 회장이 앉아 있었다.

"왔는가?"

"네, 회장님."

그녀의 목소리가 떨리고 있었다.

"앉지."

"네."

그녀는 떨리는 다리를 이끌고 소파에 겨우 앉았다. 손은 땀이 가득했다. 면접 시험 때도 이렇게 떨지는 않았었다.

"오늘 임 비서가 우리 신 사장 다음으로 2위더고만."

"네? 오해는 하지 마십시오."

"오해? 무슨 오해?"

"저기 그러니까……."

"그날 침대 안에 임 비서가 있었던 게 오해인가? 아니면 문을 열고 나오다가 기자들에게 찍힌 게 오해인가?"

"그게……."

입은 있어도 할 말은 없었다.

"죄송합니다."

"죄송? 뭐가?"

"그러니까 제가……."

"그러면 우리 신 사장의 신세를 그렇게 망쳐 놓고는 빠지겠다는 건가?"

신 회장이 인상을 쓰며 그녀에게 말하자 서희는 어떻게 해야 할지 몰랐다.

"얼굴이 다 팔렸어. 여자하고 호텔에서 나온 남자를 어떤 재벌가에서 좋다고 하겠는가?"

"죄송합니다."

진짜 눈물이 나오려고 했다.

"둘이 무슨 관계지?"

"제가 좋아하는 사이입니다. 그날은 사장님께서 큰일을 겪으신 상황이라서 그렇게 되었습니다. 제가 약한 마음을 이용했습니다. 죄송합니다. 그날 하루의 인연이니 다음엔 그런 일이 없을 겁니다."

"그래서?"

"회사를 그만두겠습니다."

그녀가 할 수 있는 유일한 것이었다.

"제가 사라지고 시간이 지나면 잠잠해지리라 믿습니다."

"진짜 그렇게 믿나?"

"……."

회장의 표정은 여전히 어두웠다.

"난 그렇게 생각하지 않아."

"그럼 제가 어떻게 해야 하는지 말씀해 주시면 그렇게 하겠습니다."

"뭐든?"

"네."

회장이 박 실장을 불렀다. 그리고 그 서류를 가져오라고 했다. 불안한 마음이 더 들었다. 회장이 박 실장에게 서류를 받아서 그녀 앞으로 밀었다.

"사인해."

"네?"

"책임을 묻는다고 했네."

그녀는 돈이 없었다. 대출금도 다 못 갚았는데 걱정이었다. 그리고 만약에 손해배상 청구라면 재벌이라서 그 액수가 상당할 것이다. 진짜로 심장이 쫄깃해진 순간이었다.

"이게 뭔지……."

"혼전 계약서."

"네?"

"우리 태수가 결혼을 하게 되면 손자며느리에게 받을 계약서."

"무슨 말씀이신지……."

이걸 왜 그녀에게 보여주시는지 서희는 알 수가 없었다.

"사인해."

"네? 제가 왜 사인을 합니까?"

갑작스러운 일에 서희는 당황했다.

"우리 태수를 책임져야 하니까."

이런 말도 안 되는 말을 왜 그녀에게 신 회장이 하는지 알 수가 없었다. 혹시 지금 그녀를 떠보시는 건지 어떤 건지 도통 모를 일이었다.

"회장님 그건……."

"태수는 기자들한테 벌써 결혼할 사이라고 말했어. 세상에 공표를 한 것이지. 이제 다른 데 장가가긴 틀렸지."

"아니, 그거야 기자들 앞이니까 어쩔 수 없이 한 말일 겁니다. 시간이 지나면 다 잊혀질 겁니다."

"우리 신태수가 밤일이 시원치 않은가?"

"네?"

"그러니 평생 그런 놈하고는 살 수가 없다는 얘기 아닌가?"

갈수록 태산이었다. 신 사장과 결혼이라니 이건 정말 안 될 일이었다.

"사인해."

아주 이제 대놓고 그녀를 압박하고 있었다.

"회장님."

"빨리 해. 나도 바쁜 사람이야."

"신 사장님과 의논해 보겠습니다."

"아니, 여기에 사인을 하지 않으면 못 나가. 그리고 오늘 당장 회사 그만둬. 사람들이 이래저래 말들이 많으니까 말이야. 오늘 가서 인사만 하고 퇴근해."

박 실장님이 그녀에게 펜을 건넸다.

"어서 해, 임 비서. 나도 바빠."

"박 실장님까지 도대체 왜 이러십니까?"

서희는 하는 수 없이 일단 사인을 했다. 나중에 신 사장과 다시 이야기를 하면 될 것 같았다. 그리고 지금 그녀는 회사에서 잘린 것이었다. 해고를 당했으니 실업급여가 나오는지 총무과에 꼭 물어볼 생각이었다.

힘없이 회장실을 나온 서희는 곧바로 사장실로 올라갔다. 그리고 신 사장에게로 향했다. 회의실 안으로 그녀가 들어가자 모두의 시선이 그녀에게 향했다.

"사장님, 지금 드릴 말씀이 있습니다."

"급한가?"

"네."

"알았어, 사장실에서 잠깐 기다려."

그녀는 사장실의 소파에 머리를 싸매고 앉아 있었다. 잠시 후에 신 사장이 들어왔다.

"왜 두통이 심한가?"

"웃을 기분이 아닙니다."

"나도 웃지는 않아."

"전 방금 해고를 당했습니다."

"뭐?"

"회장님께서 절 해고하셨습니다. 사장실에서 나가는 즉시 전 집으로 가야 합니다."

신 사장도 조금 놀라는 얼굴이었다. 그는 조금 놀라는 정도겠지만 그녀는 지금 빚더미에 앉는 순간이었다.

"내가 알아보지."

"아닙니다. 이렇게 동물원의 원숭이처럼 남들의 시선을 받으며 회사를 다닐 수는 없습니다."

사람들이 그녀를 보는 시선이 그리 곱지만은 않았다. 비서와 사장의 관계는 그런 것이었다.

"혼전 계약서라니 이게 말이 된다고 생각하십니까?"

그녀는 그렇게 인사를 하고 사장실을 빠져나왔다. 진짜로 앞길이 막막했다. 이때까지 서희는 혼전 계약서의 위력을 알지 못했다.

태수는 칼에 찔린 가슴이 욱신거리는 걸 간신이 참고 오전에 출근을 했다. 출근을 하면서 그는 인터넷에 뜬 자신의 기사를 스마트폰으로 보고 있었다.

"하하하."

생각보다 서희의 사진이 아주 잘 나왔다.

"역시 내가 보는 눈은 있지. 생얼이 이 정도는 돼야지."

그렇게 말을 하고도 웃었다. 여자에게 빠져가지고 정신을 못 차리는 자신의 모습이 웃겼다. 회사에 출근을 하자마자 그는 압둘라와 직원들로부터 서희와의 관계를 묻는 질문에 시달려야 했다.

서희가 회장실에 불려갔다는 소리를 들어서 그는 박 실장에게 분위기를 물었다. 박 실장의 걱정 말라는 말에 유 전무의 일을 마무리하고 있었다.

"회장님 전화십니다."

압둘라의 말에 그는 긴장을 하고 전화를 받았다. 서희를 보내고 나서 정확하게 한 시간 뒤에 그를 부르셨다.

"부르셨습니까?"

"그래, 임 비서는 잘 갔고."

"네."

할아버지가 그를 한참 동안 쳐다보았다.

"제 얼굴에 뭐라도 묻었습니까? 왜 그렇게 보십니까?"

"검색어 1위를 한 소감이 어때?"

"그것 때문에 서희를 자르셨습니까?"

"왜 이제야 묻지? 임 비서 자른 거 말이다. 너도 자르길 원한 거 아니냐?"

"……."

그는 아무런 말도 하지 못했다.

"기자들에겐 왜 결혼할 사이라고 했어?"

"그게……."

"뻥친 거야?"

"아닙니다. 결혼할 마음이 있으니까 한 거 아니겠습니까?"

그의 앞에 할아버지가 서류를 밀었다.

"뭡니까?"

"읽어봐."

혼전 계약서라는 글자가 그의 눈과 뇌리에 박혀 버렸다. 그리고 그는 내용을 꼼꼼히 읽어보았다. 마지막으로 서희의 사인을 확인하는 것도 잊지 않았다.

"결혼한다고 했습니까?"

"그래."

"그걸 왜 할아버지께서 먼저 답을 들으십니까? 맥 빼지게."

그는 할아버지를 원망 어린 시선으로 바라보았다.

"네가 못 하니까 내가 했다. 잡아라도 둬야지. 안 그러면 도망갈 판인데……."

"할아버지도 서희가 마음에 드셨던 모양입니다."

그가 피식 웃었다.

"너한테는 아주 아까운 아이지."

"저도 그렇게 생각합니다."

"가서 잡아."

"네."

할아버지의 든든한 지원에 힘입어 그는 저녁에 서희에게 프러포즈를 할 생각이었다. 좀 쑥스러운 생각이 들긴 했지만 이게 그날 너무나도 놀랐을 그녀에게 그가 해줄 수 있는 유일한 위로인 것 같았다.

그는 사과나무의 친구에게 전화를 걸어서 도움을 요청했다. 프러포즈까지는 아니더라도 조금 흉내는 내야 하니 가게를 통째로 빌린 것이었다. 다음은 반지를 주고 꽃을 주면 되는 건지, 안 하던 걸 하려니 머리가 복잡했다. 하루가 바쁠 것 같았다.

하지만 지금은 그보다 회사를 정리하는 게 먼저였다.

"압둘라, 이사들을 전부 소집시켜."

"네."

이제 회사를 하나로 통합하는 일이 그에겐 중요했다. 유 전무의 사람들도 포용하는 일을 그가 하게 될 줄은 몰랐었다. 사업은 혼자 할 수 있는 것도 아니고 마음에 맞는 사람들을 골라서 할 수 있는 것도 아니었다.

그런 사업을 하기엔 대원건설은 너무나 큰 회사였다. 몸이 안 좋으신 할아버지를 생각해서라도 그가 정신을 차릴 때인 것이다.

"신 사장님."

태민이었다.

"사인이라도 한 장 받아야 하는 거 아닌지 몰라."

태민이 그를 놀렸다.

"헛소리하지 말고 왜?"

"다친 데는 어떤가 해서. 임 비서도 잘렸는데 내가 챙겨야지."

소문이 태민에게까지 간 걸 보면 회사에 모르는 사람이 없는 것 같았다.

"임 비서가 아니고 형수님이다."

"실수, 내가 잘못했네. 형수님도 해고당하시고 위로해 줄 사람이 없을 것 같아서 왔어. 다음에 형수님과 꼭 밥을 같이 먹었으면 좋겠어."

태민이 웃으며 말했다.

"희진이하고는 잘돼가?"

"부산에서의 일로 지금 많이 의기소침해 있어."

"왜?"

"유 전무가 외삼촌이잖아."

유 전무 때문에 할아버지가 그렇게 탐탁하게 생각하실 것 같지는 않으실 것 같았다.

"그게 희진이하고 무슨 상관이야?"

말은 이렇게 했지만 태수도 솔직히 마음에 걸리기는 했다.

"우리는 그래도 희진인 할아버지가 화가 많이 나셨을까 봐 걱정되는 것 같아. 희진이가 할아버지는 무서워하잖아."

"이사들 모이라고 했으니까 너도 회의 끝나고 가."

"겸사겸사해서 온 거야."

태수가 오랜만에 동생의 손을 잡았다.

"이런 거 하지 마. 닭살 돋아."

"그래도 앞으로 잘 부탁합니다. 신 이사님."

"이렇게만 안 하신다면 돕겠습니다. 사장님."

태수가 이제는 듬직한 파트너가 된 태민의 어깨를 두드렸다. 부모님이 살아계셨다면 지금의 형제의 모습을 보고 얼마나 기뻐하셨을까라는 생각이 들었다.

"사장님, 이사님들 모이셨습니다."

압둘라가 사장실로 들어와서 알려주었다.

"가자."

그는 태민을 데리고 회의실로 향했다. 이렇게 가족이 든든하게 옆에 있으니 좋았다. 정말 시작이었다. 이제부터 대원그룹의 새로운 시대를 열 기회가 그에게 주어진 것이었다. 그는 결연한 마음으로 회의실에 태민과 같이 들어섰다.

Chapter 12

1년 후.

밤하늘에 다이아몬드를 뿌려놓은 듯 무수히 많은 별들이 반짝이고 있었다. 이렇게 수많은 별들이 하늘에서 반짝이고 있었다는 건 상상조차 해본 적이 없는 서희는 멍하게 하늘을 바라봤다.

양평에 위치한 신 회장의 별장에서 서희는 내일 결혼식을 하게 되었다. 그래서인지 밤이 깊은 시간인데도 잠이 오지 않았다.

테라스에 서서 밤하늘을 보며 맑은 공기를 들이마시자니 오늘이 그녀가 혼자 지내는 마지막 날이라는 것이 실감났다. 기사가 난 지 1년 만에 올리는 결혼식이었다.

혼전 계약서에는 그녀가 지켜야 할 것들이 참 많았다. 계약서에 사인을 하는 즉시 회사를 그만둔다는 조항과 결혼 전에 1년간은 본가에 머물며 가풍을 익혀야 한다는 조항이 있었다. 그중 정말 놀란 건 그와 한방을 쓰지 않는 것이었다. 물론 지켜지진 않았지만 말이다.

거기에 계약서에는 회사를 그만두었으니 그에 따른 월급을 준다는 내용도 있었다. 정말 마다할 이유가 없었다. 진짜 웃긴 건 신태수만을 사랑해야 한다는 내용이었다. 다른 건 몰라도 그건 잘 지킬 자신이 있었다.

그녀는 해고된 그날 번갯불에 콩 구워 먹듯이 프러포즈를 받았고 일주일 뒤에 바로 성북동 본가로 들어가서 생활을 하게 되었다. 1년 동안 집안의 가풍을 배우고 또한 회사에서 완벽하게 손을 뗀 신 회장을 보좌하기 위해서였다.

회사를 그만두고 나면 사과나무에서 바리스타를 하며 지낼 줄 알았는데 아무래도 그녀와 바리스타는 인연이 없는 것 같았다. 다행히 사과나무도 잘되고 있었고 대출금도 다 갚았다.

큰살림을 한다는 건 쉬운 일이 아니었다. 그녀는 지금도 유 집사에게 집안일을 배우고 있었다. 알아야 할 게 끝도 없이 많았다. 그래도 그녀의 적성에 맞는지 재미있었다.

"외로움하고 이혼하게 생겼네."

그녀는 혼잣말로 중얼거렸다. 이제는 대가족의 구성원이 되어 살 텐데, 열심히 배우고는 있지만 자신의 부족함이 보일까 조금은 걱정이 되었다. 하지만 지난달부터는 같이 공부를 할 동료가 생겼다. 희진이 그녀의 동무가 되었다.

희진은 내년에 도련님과 결혼을 할 예정이었다. 둘은 아주 손발이 잘 맞았다. 희진은 결혼을 해서도 현태그룹의 일을 맡기로 했다. 그래서 집안 살림은 전적으로 그녀가 할 것 같았다.

"후."

한숨이 절로 나왔다.

"뭐 해?"

"당신 생각이요."

"많이 늘었어."

태수가 그녀를 뒤에서 안았다. 그의 손이 그녀의 허리를 감싸 안자 서희는 세상에서 가장 행복한 여자가 된 것 같았다.

"신혼여행을 미뤄서 미안해."

"아니에요."

부산의 비치타워가 다음 달에 완공 예정이다. 그때까지 그가 너무나 바빴기 때문에 둘의 신혼여행은 다음으로 미뤘다.

"힘들지 않아?"

"조금요. 그래서 결혼식은 안 하고 싶었는데 할아버지께서 완전히 화를 내서서 어쩔 수가 없었어요."

그의 입술이 그녀의 목 주위를 맴돌고 있었다.

"그렇군."

그의 손은 그녀의 치마 속으로 들어갔다.

"정원에 차려진 것들은 점검했는지 모르겠군."

"꼼꼼하신 유 집사님께서 두 번 세 번 살펴보셨어요."

"다행이군."

그의 손이 그녀의 팬티 속으로 어느새 들어가서 검은 숲 전체를
감쌌다.

"으으응, 이러지 마요. 사람들이 본단 말이에요."

"어때, 내 껀데."

"태수 씨!"

그녀의 경고에도 그의 손가락이 그녀의 여성을 가르고 들어와
질 주변을 손가락으로 만지고 있었다.

"아흐."

"소리 내지 마. 앞에 사람들 있어."

"어디요? 어서 손 빼요."

그녀의 말에 하고 있는 걸 멈출 그가 아니었다. 집에서는 거의
매일 밤 그녀의 침대로 찾아드는 그 때문에 여러 번 일하는 사람
들에게 그들의 섹스 장면을 들키곤 했다.

진짜로 발자국 소리와 함께 사람들이 그들의 테라스 아래로 오고 있었다. 하지만 그의 손가락도 그녀의 질에 들어와서 그녀를 뜨겁게 만들었다. 더 이상 참을 수가 없는 서희는 그동안 그에게 당한 복수를 하기로 결심했다. 그녀의 엉덩이에 닿아 있는 그의 페니스를 서희가 손으로 잡았다.

"으으윽!"

그리고 지퍼를 내려 그의 페니스를 세상 밖으로 내보냈다.

"계속해요?"

그녀의 당돌한 물음에 그는 대답 대신에 그녀의 질 안 깊숙이 손가락을 집어넣고는 그녀의 가장 예민한 부분인 질벽을 긁어내렸다. 하지만 그에게 밀릴 서희가 아니었다.

일 년간 그녀는 그에게 고강도 훈련을 받아왔다. 서희가 손안의 페니스를 아래위로 움직이고 귀두 부분을 손가락으로 살짝 눌렀다.

"으윽!"

"넣어줘요."

쫘악!

그가 그녀의 치마를 들춘 후에 팬티를 찢고는 자신의 페니스를 급하게 집어넣었다. 그의 페니스가 그녀의 질 안을 가득 채웠다.

"너무 좋아."

"윽."

그도 자신의 허리를 움직이며 신음 소리를 연신 내고 있었다. 숲에서 바람이 불어와 그들의 열기를 식혀주었다.

"서희야!"

우려하던 사람들이 나타났다. 밖에서 이러고 있는데 둘만 있는 것도 아니고 어쩌면 당연한 일인지도 몰랐다. 그녀와 그는 아직도 연결이 되어 있는 상태였다. 진짜 당황스러웠다.

"어, 민아야."

"이모!"

유리가 아빠의 목에 목마를 타고 그녀에게 손을 흔들었다. 하지만 그는 당황하지도 않고 그들에게 손을 흔들어 인사를 했다.

"내일 화장 잘 받으려면 빨리 자야지."

민아가 그들을 향해 말했다.

"알았어."

그들은 손을 흔들며 산책로 쪽으로 향하고 있었다.

"우리도 갈까?"

그가 그녀의 목을 살짝 물었다 놓으며 말했다.

"산책을요?"

"아니, 침대로."

그의 말에 서희가 고개를 끄덕였다. 둘이 있을 때마다 태수는 그녀를 가만히 두지 않았다. 마치 섹스에 미친 사람처럼 그녀에게 덤벼들곤 했다.

"너를 보면 미칠 것 같아. 그냥 어디서든 너의 촉촉하게 젖은 질에 들어가고 싶어."

그는 이렇게 느끼한 말들을 그녀의 귀에 속삭이곤 했다. 이제는 너무나 익숙한 일이지만 말이다. 그가 그녀를 안고는 넓은 침대 위에 그녀를 눕혔다.

"우리 지금 이래도 되는 거예요?"

"물론."

그가 서희의 옷을 모조리 벗겨냈다.

"예뻐."

"어디가 제일 마음에 들어요?"

"풍만한 가슴."

그의 입술이 그녀의 가슴을 강하게 빨았다.

"그리고 그 위의 점."

"호호호, 진짜요?"

"이게 얼마나 섹시한지 서희는 모를 거야."

"다행이네요. 당신이 날 섹시하다고 생각하니."

서희의 웃음을 그가 입안에 담았다. 숨도 쉬지 못할 정도로 그는 거친 키스를 해왔다.

"결혼하고 나면 출근하는 것도 싫어질 것 같아."

"설마……."

"아니, 난 심각해."

그의 입술이 그녀의 탄탄한 배로 내려오고 있었다.

"난 여기도 마음에 들어. 매일 만지고 빨고 싶어."

그가 이렇게 말을 하자 그의 숨결이 그대로 그녀의 검은 숲을 흔들었다. 이럴 때의 느낌이 좋았다. 뭔가를 시작하기 전에 준비 단계 같은 느낌이 들었기 때문이었다.

"빨아줘요."

"어딜?"

그가 장난스럽게 물었다.

"말해봐."

"싫어요."

그가 그녀의 배꼽 근처를 입술로 도장을 찍기 시작했다.

"더 아래."

"여기?"

그녀가 그의 머리를 살짝 더 아래로 밀어 내렸다.

"우리 와이프는 욕심이 너무 많은 것 같아."

"당신 것도 빨아줄게요."

그녀의 말에 그가 말을 멈추었다.

"어서 돌아봐요."

그녀의 욕망에 젖은 목소리가 갈라져서 나왔다. 그는 더 이상 참을 수가 없었는지 으르렁거리며 그녀의 다리를 벌리고 얼굴을 묻었다.

"츠읍츠읍."

오늘따라 요란한 소리를 내며 그는 그녀의 여성을 게걸스럽게 먹어 치우고 있었다.

"당신 걸 느끼고 싶어요."

그녀의 말에 그가 몸을 돌려 그의 페니스를 그녀의 입에 가져다 대주고는 그 역시 그녀의 여성을 빨기 시작했다. 은밀한 곳을 빠는 소리가 노골적으로 크게 들리고 있었다. 그와 동시에 그들의 신음 소리 또한 더 커지고 있었다.

"츠읍츠읍."

"이건 진짜 너무 좋아요."

"맛있어."

이런 원색적인 소리들이 그들을 점점 더 뜨거워지게 만들었다. 한참을 오럴을 즐기던 그가 그녀를 자신의 위에 앉혔다. 그리고 자신의 페니스를 그녀의 질 안에 밀어 넣었다.

"아흐."

"허리를 흔들면서 가슴을 만져봐."

서희는 그가 시키는 대로 했다. 그녀의 풍만한 가슴을 자신의 손으로 주무르며 허리를 돌리고 있었다.

"환상적이야."

그녀가 조금 더 용기를 내서 한 손으로는 자신의 유두를, 다른 한 손으로는 자신의 클리토리스를 자극하고 있었다.

"날 죽일 셈이군."

"어때요, 마음에 들어요?"

"너무 마음에 들어서 쌀 것 같아."

"참아요."

어디서 이런 용기가 나올까라는 생각이 들긴 했지만 서희는 요즘 그와의 섹스가 너무나 만족스러웠다. 그가 갑자기 그녀를 다시 침대에 눕혔다.

"마지막의 움직임은 항상 나의 몫이지."

그가 이렇게 말을 하며 그녀의 다리를 크게 벌렸다. 그리고 자신의 페니스가 그녀의 질에 들어가는 걸 보며 천천히 집어넣고 있었다.

"이렇게 꽉 맞아 들어가는 게 너무 좋아."

"다 느껴져요."

그가 그녀의 양쪽 다리를 잡아 그의 어깨에 걸치고는 빠르게 움직였다. 절정으로 향하는 마지막 코스였다.

"사랑해."

"네?"

"사랑한다고."

너무 놀란 나머지 그녀는 다른 생각을 할 수가 없었다. 그가 여태까지 그녀에게 한 번도 한 적이 없던 말이었다. 그가 마지막을 향해 빠르게 움직이자 그녀도 다시 집중하기 시작했다.

퍽퍽퍽!

"으으윽."

그가 자신의 분신을 그녀 안에 쏟아냈다. 그리고 그녀의 몸 위로 쓰러져 버렸다.

"오늘은 여기까지 해야 내일 예식장에 두 발로 서서 들어갈 수 있을 것 같아."

서희는 그가 방금 전에 한 고백을 잘못 들은 게 아닌가라는 생각이 들었다. 그래서 물어보고 싶어도 물어볼 수가 없었다.

"자자."

그가 서희를 자신의 품 안에 안았다. 그리고 바로 규칙적인 숨소리가 들려왔다. 하지만 서희는 쉽사리 잠이 들지 못하다가 새벽이 되어서야 잠이 들었다.

아침 햇살이 그들의 결혼을 축하해 주려는 듯 눈부시게 환한 빛을 뿌려주었다. 서희는 벌써 일어나서 메이크업을 받으러 갔고 그는 서희가 나가자마자 자고 있는 태민을 깨워서 이벤트를 준비하기 시작했다.

양평의 별장은 30년 전에 할아버지가 할머니를 위해 손수 지으신 곳이었다. 설계사셨던 할아버지의 최고의 작품이 양평 별장이었다. 지금의 성북동 집이 도심 속의 한옥이라면 양평의 별장은 숲속의 궁전 같은 곳이었다.

여자들의 로망이 이곳에 다 있었다. 흰색으로 된 3층짜리 별장은 바닥이 모두 대리석으로 되어 있었고 수영장과 게이트볼 장까지 갖춘 곳이었다. 그리고 이곳의 자랑은 각 방마다 있는 테라스였다. 건물의 흰 벽들은 담쟁이 넝쿨이 오랜 세월을 거치며 녹색으로 물들여 놓아서 유럽의 오래된 고성 같은 느낌을 주었다.

그리고 진짜 이 집의 자랑은 지붕이었다. 돔 형식의 지붕은 타지마할을 연상케 했다. 어릴 때부터 방학 때면 내려와서 놀던 곳이었다. 남들도 다 방학이면 이렇게 별장에 오는 줄 알았었다.

이곳이 얼마나 특별한 혜택인지 그는 이제야 알게 되었다. 그래서 지금 그는 그의 좋은 기억들이 있는 이곳에서 서희에게 평생의 추억을 만들어주고 싶었다.

그래서 생각한 게 예식 때 정면에 위치한 테라스에 플래카드를 내릴 생각이었다. 그녀에 대한 사랑 고백이 가득한. 그리고 그녀에게 목걸이를 걸어줄 생각이었다.

"형, 사람 불러놓고 무슨 생각을 그렇게 해."

머리에는 까치집을 짓고 눈에는 눈꼽이 그대로 낀 태민이 그의 뒤에서 불만 어린 목소리로 말했다.

"난 더 자도 된다고."

"잔소리하지 말고 이거 들어."

"꼭 이래야겠어?"

"응."

"원래 형이 이렇게 오글거리는 남자였나?"

"그만해라."

그가 오늘 서희를 위한 작은 이벤트에는 닭살스러운 것들이 많이 있었다.

"좀 그런 것 같아."

"내가 압둘라에게 오라고 하는 건데 잘못했다."

"압둘라한테 오라고 할까?"

"그만하고 하기나 해. 시간 없어."

그의 손이 분주하게 움직이고 있었다.

"태민아, 여기서 뭐 해? 씻어야지."

희진이 방문을 열고 들어왔다.

"기다려."

"오빠, 이건 뭐에요?"

"이벤트래. 형이 이벤트를 한단다. 기가 막힐 노릇인 거지."

"너도 배워."

희진이 차갑게 이 말을 하더니 밖으로 나가 버렸다.

"쟨 또 왜 그러는 거야?"

"부러우면 지는 거다."

"이런 거 하지 마. 진짜로 내가 피곤해진다고. 이러면 또 희진이가 3일은 말 안 할 텐데……."

"너도 해줘."

"싫어."

"그럼 하지 말든가. 등살에 못 견딜걸?"

태수는 빠르게 이벤트를 준비했다. 마무리를 다한 태수는 예식을 준비하기 위해 샤워장으로 들어갔다.

찰칵!

문이 열리고 그는 그렇게 한동안을 멍하게 서 있었다. 핑크색 포스트잇이 하트모양으로 벽에 붙어 있었다. 언제 준비를 했는지 수많은 포스트잇에 그에게 사랑한다는 말들이 빼곡하게 쓰여 있었다. 그리고 붉은색 장미 꽃바구니 옆에는 벨벳상자가 놓여 있었다.

상자를 열어보니 그 안에는 팔찌가 들어 있었다.

『놀랐죠? 이건 이제 평생 당신은 내 노예라는 의미예요.

나도 똑같은 거 팔에 찼어요. 나도 당신의 노예라는 뜻이죠.

사랑의 노예.』

그는 미소를 지었다. 그리고 금팔찌를 팔에 찼다.

"이 여자가 사람을 감동시킬 줄 아는군."

이렇게 말을 하며 그는 벽에 붙어 있는 포스트잇을 하나하나 떼어내서 상자 안에 소중히 담았다.

"진짜로 기쁘게 노예가 될 것 같군."

그는 미소를 지으며 샤워를 했다.

스몰 웨딩을 고집해서 진짜 측근들만 불렀다. 서희는 가족이 없다 보니 부른 손님들이 20명이 다였고 그의 식구들도 30명으로 최소한의 인원만 불러 주말 동안 그들의 집에서 머물며 느긋한 결혼식을 치를 계획이었다.

결혼식 준비가 한창인데 마당에는 하객들이 둘러앉아 서로 이야기를 하느라 바빴고 서희의 친조카나 다름없는 유리는 늙은 노견인 진돗개 장군이를 괴롭히고 있는 중이었다. 유리가 장군이를 만지자 장군이가 이리저리 피해 다니고 있었다.

모두가 다 편안해 보여서 좋았다. 회사 직원들 중에는 압둘라와 김 비서, 그리고 김 비서의 남친인 조 대리가 대표로 왔다. 자경이 부케를 받겠다고 해서 대표로 초대를 받은 것이었다.

자경은 조 대리를 선택했다. 매일같이 전화를 걸어 조 대리와 깨 볶는 얘기를 서희에게 한다고 했다. 셋이 나란히 앉아 있는데 분위기는 좀 그래 보였다.

"압둘라."

그가 압둘라를 불러 잠시 후에 있을 이벤트에 도움을 부탁했다. 그리고 넌지시 물었다.

"왜 놓친 거야?"

"놓친 거 아닙니다."

"그래?"

"인연이 아닐 뿐이죠. 일부다처제가 문제가 되다니 이해할 수 없습니다."

"우리나라 여자들에게 그렇게 말하면 아무도 압둘라와 결혼 안 하지. 아예 사귀지도 않을걸?"

"설마 그럴까요? 한국의 여자들이 굳이 결혼을 원하는 건 아니지 않나요?"

"어디 가서 그런 말 하지 마."

"이해할 수가 없습니다. 연애의 끝은 결혼이 아니에요. 전 연애를 하면 충실합니다."

"알았어."

예식이 가까워지자 주례 선생님이 준비를 하고 계셨고 할아버지께서도 안에서 나오셨다.

"신부가 예쁘더구나."

"보셨어요?"

"그래, 넌 복 받은 놈이다."

"그거야 알고 있습니다."

할아버지의 눈가가 촉촉하게 젖어 있었다.

"정말로 주먹만 했는데 벌써 커서 이렇게 사람 구실을 하다니……."

할아버지는 손수건으로 눈물을 닦아내셨다.

"회장님, 좋은 날입니다."

유 집사가 옆에서 한마디 했다.

"도련님, 진심으로 축하드립니다. 돌아가신 사장님 결혼식 때도 이렇게 기쁘진 않았는데……."

할아버지에게 운다고 뭐라 하던 유 집사도 눈물을 닦고 있었다.

"두 분 뭐 하시는 거예요?"

태민이 울고 있는 두 노인들에게 핀잔을 주었다.

"나이가 들면 감정의 기복이 커지나 봐요."

"네 이놈, 너도 늙어봐라."

"그런 일은 없을 것 같은데요."

태민이 저렇게 철이 없이 말해도 속으로는 할아버지를 생각하는 마음이 크다는 걸 모두가 알았다.

"희진이 왔어요. 할아버지."

"할아버지, 저 왔어요."

희진이 예쁘게 웃으며 말하자 할아버지의 표정도 밝아졌다.

"그래, 네가 이 철없는 놈이랑 다니느라 고생이 많다."

"좀 그렇긴 하죠."

희진이 요즘 할아버지에게 귀염을 떨고 있었다. 서희는 어른들께 잘하긴 했지만 애교는 부릴 줄 모르는데, 그래도 희진이 이렇게 막내로서 애교를 부리니 집안이 더 밝아진 느낌이었다.

"주례선생님 기다리시는데 식은 안 올릴 거야? 그리고 나 배고프다."

할아버지의 말에 모두가 갑자기 일사불란하게 움직이기 시작했다.

"형, 형수 봤어?"

"아직."

"진짜 예쁘더라. 그리고 축하해."

태민이 이렇게 말을 하자마자 집 안에서 준비를 마친 서희가 웨딩 베일로 얼굴을 가린 채 걸어나오고 있었다. 순간 그는 심장이 그대로 멈춰 버리는 줄 알았다. 그를 향해 수줍게 미소를 지으며 걸어오는 건 사람이 아닌 날개 없는 천사였다.

"형, 턱 빠지겠어."

그의 옆에 서 있던 태민의 그의 턱을 받쳐주자 그를 보고 있던 하객들이 웃었다. 하지만 그래도 태수는 좋았다. 지금 그는 천사와 결혼을 할 예정이기 때문이었다. 그녀가 그의 옆에 서자 심장이 터질 것 같았다.

"신랑 입장."

사회자의 말에 그가 입장을 했다. 이제 그는 유부남이 되는 것이었다. 그가 주례 앞에 도착해서 정면으로 보이는 테라스를 응시했다. 신부 입장이란 소리에 맞춰서 그녀를 위해 준비한 플래카드를 내리라고 했었다. 행복해할 그녀에게 그는 사랑한다고 속삭여줄 생각이었다.

"신부 입장!"

드디어 사회자가 신부 입장을 알렸고 그는 흐뭇한 미소를 지었다.

펄럭!

드디어 압둘라가 펼친 모양이었다. 태수는 걸어오는 서희의 눈치를 살피고 있었다. 얼마나 행복한 표정을 지을까 기대하는 마음으로 그는 그에게 다가오는 서희의 얼굴을 보았다. 그런데 예상했던 격한 감동은 없이 그저 미소만 지은 채로 그에게 다가오는 서희였다.

그런데 더 이상한 건 하객들의 표정이었다. 다들 눈에 눈물이 글썽이고 있었다. 아니, 할아버지는 울고 계셨다.

"뭐지."

그는 혹시 뭔가 잘못된 게 아닌가 싶어서 뒤를 돌아보았다. 그리고 그대로 굳어버렸다. 서희의 눈에서 감동의 눈물이 흐르길 바랐는데 그의 눈에서 자신도 모르게 눈물이 흘러내리고 있었다.

"이 여자가 정말⋯⋯."

목이 메어서 말을 할 수가 없었다. 플래카드가 바뀌었다. 그가 이벤트를 한 게 아니라 오늘은 서희가 그를 위해 이벤트를 했다. 그것도 매우 감동적이라는 말밖에 할 수 없는 이벤트를 말이다.

"축하하네."

주례 선생님이 놀라서 입도 다물지 못하고 있는 그에게 축하 인사를 건넸다. 지금 그가 넋을 놓고 보고 있는 건 커다란 초음파 사진이었다. 거기엔 "아빠 저 3주래요. 사랑해요"라는 문구가 쓰여 있었다.

"헉!"

눈물이 그의 눈에서 마구 흘러내렸다. 그리고 어느새 그의 옆에 서 있는 서희를 바라보았다.

"이렇게 사람을 놀라게 해도 되는 거야?"

"놀랐어요? 난 기뻐할 거라고 생각했는데……."

"기뻐."

펄럭!

그 옆으로 그가 준비한 또 다른 플래카드가 펼쳐졌다. 그녀의 얼굴에 행복한 미소가 드리워졌다.

"사랑해."

"저도요."

그가 그녀를 힘껏 안아 올렸다.

"난 아빠다!"

"신태수, 조심해야지."

할아버지가 다급하게 소릴 지르셨다. 혹시 증손자가 잘못될까 걱정이 되신 모양이었다. 태수는 서희를 다시 내려놓았다.

"언제 알았어?"

"며칠 됐어요."

"날 이렇게 행복하게 만들어주려고 참은 거야?"

서희가 대답 없이 미소 지었다.

"지금 행복해서 미칠 것 같아."

그가 서희의 얼굴을 감싸고 키스를 했다. 사람들이 있든 없든 중요한 게 아니었다.

"주례양반, 빨리 예식을 시작하지. 우리가 못 볼 꼴을 얼마나 더 봐야 하는 건가."

할아버지가 호통을 치셨지만 모두가 행복한 순간이었다. 우여곡절 끝에 예식을 마치고 본격적인 피로연에 들어갔다. 음악에 맞춰서 서희와 태수는 블루스를 추었다. 그의 품에 꼭 안겨 있는 서희가 너무나 소중했다.

"우리 아기도 듣고 있겠지?"

"뭘요?"

"아빠의 행복해하는 소리를 말이야."

"그럼요. 듣고 있을 거예요."

그가 서희를 꼭 끌어안았다. 그의 생애에 있어서 이렇게 행복한 날은 다시는 없을 것 같았다. 피로연이 한창인 때에 그가 서희를 데리고 살짝 사람들 사이를 빠져나왔다.

"어딜 가는 거예요?"

"내 비밀 장소."

그는 별장의 뒤편에 있는 숲속으로 그녀를 데리고 갔다.

"사람들이 우릴 찾을 거예요."

"아니, 우리가 뭘 하든 오늘은 이해해 줄 거야."

그는 소나무 숲을 가로질러 갔다.

"어디까지 가야 하는 거예요?"

"다 왔어."

"어머."

그녀의 얼굴에 미소가 걸렸다.

"당신이 만든 거예요?"

"응, 부모님이 돌아가시고 혼자 외로울 때면 이곳에 와서 조금씩 만들었어."

"진짜 멋지네요."

서희가 그가 만든 태수의 집이라고 쓰여 있는 오두막집의 간판을 손으로 매만졌다. 어린아이의 외로움이 그대로 담겨 있었다.

"어릴 때 여기로 데리고 오는 여자하고 같이 오래오래 여기서 살 거라고 맹세했거든. 차들도 없고 빨리 죽지 않는 곳에서 오래오래 행복하게 말이야."

그의 말에 서희가 그를 끌어안았다.

"우리 오래오래 행복하게 살아요. 빨리 죽지 말고."

서희가 그를 꼭 안아주었다.

"사랑해요. 태수 씨."

그녀가 이렇게 말을 하며 그의 입술에 자신의 입술을 맞추었다. 그녀의 볼에서 축축한 물기가 계속해서 느껴지고 있었다.

"울지 마. 앞으로는 웃게만 해줄게. 사랑해."

"저도 사랑해요."

그가 만든 오두막은 초등학생이 만들었다고 하기엔 너무나 견고했다.

"진짜 당신 혼자 만들었어요?"

"응."

"그런데 진짜 잘 만들었어요. 어른이 만든 집 같아요. 아마 이때도 건설에 소질이 있었나 봐요."

"그런가?"

그녀의 계속되는 칭찬에 그는 좀 쑥스러웠다.

"우리 아이 낳으면 여기로 와서 보여줬으면 좋겠어요. 이 옆에 아이와 함께 작은 아지트도 만들면 좋을 것 같구요."

서희가 아이디어를 마구 쏟아냈다. 그런 서희를 그가 뒤에서 안았다. 그리고 이벤트를 위해 준비해 두었던 목걸이를 그녀의 목에 걸어주었다.

"예뻐요."

"마음에 들어?"

그녀가 고개를 끄덕였다.

"오늘 내가 받은 선물보다는 못할걸?"

그가 그녀의 배를 매만졌다.

"우리 이렇게 행복하게 오래 살자."

"네, 전 저 하늘에 맹세할게요. 평생 신태수라는 남자만 사랑할 거라고."

"나도 평생 임서희란 여자만 사랑할게. 우리 행복하자."

"네."

그들의 입맞춤이 한동안 계속되었다. 그들의 닭살 행각에 산짐 승들도 근처에 오지 않았다. 음악 소리가 그들이 있는 곳까지 들 리고 있었다.

"춤 한 곡 추실까요?"

"물론이죠."

그들은 들려오는 선율에 몸을 맡겼다. 그들의 사랑이 숲 전체를 따스하게 만들고 있었다. 태수는 살며시 서희의 배에 손을 올리고 아기를 느꼈다. 조금 있으면 그를 닮은 아이가 그들 사이에 서 있 을 것이었다.

그 생각을 하니 또 마음이 울컥했다. 그는 자신의 품 안에 안겨 있는 서희를 보며 영원한 사랑을 가슴속으로 맹세했다.

평생을 사랑하고 또 사랑할 것을 말이다.

Epilogue

4년 전.

고요한 성북동 본가에 긴장감이 흐르고 있었다. 진돗개 장군이
도 오늘 집안 분위기를 아는지 자신의 집 앞에 턱을 괴고 엎드려
있었다. 서재 밖의 풍경을 보고 있는 신 회장의 얼굴이 붉으락푸
르락했고 그 옆에 유 집사 또한 어쩔 줄을 모르고 있었다.

"유진그룹 측에서 뭐라고 연락이 왔다고?"

"그러니까 그, 그게……."

"뜸 들이지 말고 빨리 말해."

유 집사가 사진 한 장을 그에게 내밀었다.

"이게 뭔가?"

사진을 본 신 회장의 표정이 더 안 좋아졌다.

"이 술집 여자하고 지, 지금 뭐 하는 거야. 내 이 녀석을……."

"회장님, 고정하십시오."

"내가 지금 고정하게 생겼나? 지금 이 녀석이 옷을 반만 입은 여자하고 뭔 짓을 하고 있냐는 말이야. 거기다가 유진그룹 딸 앞에서."

이번에는 잘될 줄 알았었다. 여자를 한 번 이상 안 만나는 녀석인데 몇 번을 만나고 있으니 기대를 안 할 수가 없었다.

"이 여자는 누구야?"

"그, 그게 잘 모르겠습니다."

"당장 알아와."

"네."

신 회장이 이렇게 화를 내는 건 진짜로 오랜만의 일이었다. 자신의 부하직원들을 누구보다 아끼는 그였고 집에서 일을 하는 사람들에게도 언제나 신사적인 사람이었다. 하지만 그런 그에게도 화를 불러일으키는 사람들이 있었으니 그건 태수, 태민 형제였다.

신 회장은 사진을 뚫어지게 봤다. 몇 장의 사진 속 여자는 옷을 그렇게 입어서 그렇지 천박한 여자는 아닌 것 같긴 했다. 말을 잘하면 떨어질 여자 같았다.

"할아버지, 찾으셨어요?"

"그래, 이 여자는 뭐냐?"

"누구 말씀이십니까?"

태수가 테이블 위에 사진을 보고는 얼굴이 굳어졌다.

"할 말 없냐?"

"저희 사귀고 있습니다."

"미친놈."

"왜 꼭 재벌을 만나야 합니까?"

"너 유진그룹이 우리 사업상 어떤 회사인지 잊은 거야?"

"혜진 씨와 저의 인연은 거기까지입니다."

정말로 화가 머리끝까지 났지만 누르고 또 눌렀다.

"그래서?"

"결혼할 겁니다."

"누구랑, 이 여자랑?"

"네."

손자 녀석의 똘끼는 알고 있었지만 이 정도일 줄은 상상도 하지 못했었다.

"일단 그럼 데리고 와봐."

"네?"

"만나보고 판단을 하마."

신 회장의 결론은 만나서 여자와 담판을 지을 생각이었다. 하지만 하루하루가 지나도록 태수는 여자를 데려오지 않았고 신 회장이 먼저 여자의 존재를 알게 되었다.

"이 아가씨는 희진 양이 고용한 아르바이트생입니다. 옷을 이렇게 입고 있어서 그렇지 아주 모범생입니다."

"그럼 태수 녀석이 거짓말을 한 거로군."

"네."

일단은 안심이 되었다. 태수가 이런 여자와 사귈 거라고는 생각하지 않고 있었다.

"그런데 좀 복잡한 문제가 얽혀 있습니다."

"복잡해?"

"네, 조사한 사람의 말에 의하면 희진 양이 태수 도련님을 좋아하는 걸 이용해서 유 전무가 시킨 일이라고 합니다."

"여기서 왜 유 전무 이름이 나와?"

그는 유 전무에 대한 두터운 신임이 있었다. 유 전무는 성실한 사람으로 대원과 함께 컸다고 해도 과언이 아닌 사람이었다. 그의 충성도는 남달랐다.

"이번에 유진그룹과 사돈이 되는 걸 막으려고 한다는 말이 있습니다."

"아니야, 유 전무는 그럴 인사가 못 돼."

"……"

유 집사는 이상하게 유 전무를 좋아하지 않았다. 사람이 진실해 보이지 않고 뭔가를 숨기는 것 같다고 말한 적이 있었다.

"알았어."

유 집사가 나가고 나서 그는 아르바이트를 했다는 아가씨를 아주 흥미로운 눈으로 보았다.

그리고 태수가 중동으로 간 사이에 그 아가씨와의 기이한 인연은 계속되었다. 그의 회사에 신입사원으로 들어온 것이었다.

신 회장은 당장 그녀를 자신의 비서로 뽑았고 박 실장이 잘 다듬어서 꽤 쓸 만한 비서로 만들었다.

보면 볼수록 속이 꽉 찬 아가씨였다. 3년 동안 그는 임 비서를 잘 다듬었다. 태수의 짝으로 말이다. 재벌가의 여자들도 좋았지만 상처받은 태수를 같은 상처가 있는 임 비서는 잘 이해해 줄 것 같았기 때문이었다.

태수가 돌아왔을 때 그는 쾌재를 불렀다. 이제 그들이 다시 만나게 된다면 분명히 서로에게 끌릴 거라는 확신이 있었다. 태수를 이렇게 임 비서와 연결을 시키려면 희진이를 정리할 필요가 있었다.

그래서 그는 태민을 몰래 불렀다.

"할아버지."

"그래, 일은 할 만하냐?"

"당근이죠. 제가 못 하는 게……."

"닥치고 그럼 할아비의 부탁 하나만 들어줘."

태민이 멍하게 그를 쳐다보았다.

"형이 들어왔으니 장가를 가야 할 것 같은데 옆에서 거치적거리는 것들이 너무 많아."

"옆에서 누가 거치적거리는데요?"

태민이 천진스럽게 물었다. 서른이 넘은 녀석이 어쩜 저렇게 생각이나 말이 어린지 그는 늘 태민이 물가에 내놓은 아이 같았다. 하지만 이번 일만은 태민이 할 수 있는 일이었다.

"희진이 좀 떼어내."

신 회장의 갑작스러운 말에 태민이 당황한 표정을 지었다.

"네? 그러니까 그 희진이요? 제 친구?"

"그래, 네 친구 희진이를 무슨 일이 있어도 형한테서 떼어내라."

"걔가 쉽게 떨어질 애가 아닌데……."

"시키는 대로 해. 형이 장가를 가는 데 너무 방해가 돼."

"할아버지는 희진이가 싫으세요?"

"아니, 난 걔가 귀엽고 좋다."

"그런데 왜 그러시는 건데요?"

태민이 희진에게 관심이 있다는 건 옛날부터 알고 있는 일이었다. 하지만 희진이 태수를 너무 좋아하니까 말도 꺼내지 못하고 있는 바보 같은 녀석이었다.

"네가 희진이를 꼬셔."

"제가요?"

태민이 이번엔 정말 놀라는 눈치였다.

"희진이가 네 짝이면 몰라도 태수하고는 아니다."

"제 짝이요?"

태민의 입이 귀에 걸렸다. 좋아하는 태민의 얼굴을 보고는 신 회장이 미소를 지었다.

"그렇게 좋아?"

"뭐."

"잘해, 희진이도 태수도 눈치 못 채게."

"네."

이렇게 태민의 일도 자연스럽게 풀어낸 그였다. 하늘에 있는 아들 내외를 생각하면 그의 가슴이 너무나 아파왔다. 이렇게 오래 산 이유도 다 손자 녀석들 때문이었다.

"저 녀석들이 빨리 가정을 꾸려야 하는데……."

그는 서재 밖을 내다보며 한숨 지었다.

4년 후.

예식이 끝이 나고 피로연이 시작되는데도 신 회장의 시선은 테라스에 펼쳐진 초음파 사진에 가 있었다.

"그렇게 좋으십니까?"

"그럼, 좋다마다. 죽어도 여한이 없어."

"증손자들이 이제 태어나기 시작할 텐데 그렇게 말씀하시면 안 되십니다."

"그런가?"

그가 오랜만에 활짝 웃었다.

"어디서 산삼 뿌리라도 구해다가 먹어야겠군."

"제가 구해 올리겠습니다."

"그러게."

다른 때 같았으면 호통을 쳤을 그였지만 지금은 아니었다. 뭐든 몸에 좋다고 하면 먹을 생각이었다.

"자네도 흐뭇하지?"

"네, 다 제 손으로 키운 분들인데 이렇게 자식까지 낳으신다고 하니 감격스럽습니다."

유 집사가 또 훌쩍거리고 있었다.

"좋은 날 그만 울어."

"네."

피로연 준비를 하는 동안 그는 별장 안의 서재로 향했다.

"오늘 변호사가 오시기로 되어 있습니다."

"아이들 모르게 해."

"네."

얼마 지나지 않아 변호사가 도착했다. 변호사는 그처럼 꼬부랑 할아버지였다.

"일 그만해. 추해."

"난 재벌이 아니거든."

대학 동기기도 한 그들이었지만 일에 관련이 되면 추 변호사는 돌변했다.

"신 회장님, 촬영 시작하겠습니다."

추 변호사가 스마트폰으로 그의 육성 유언을 녹화하기 시작했다. 그는 태수와 태민에게 회사를 이끌어갈 수 있는 최소한의 주식만 물려주고 나머지는 사회에 환원한다는 내용이었다. 녹음을 마치고 추 변호사가 걱정스레 그에게 말을 했다.

"아이들이 반발할 수도 있어."

"그러진 않을 거야. 내가 그렇게 키우진 않았거든."

"하긴."

"갈 준비는 미리미리 해두는 게 좋아. 지난번에 갑자기 쓰러지고는 많은 걸 느꼈어."

"나도 그 말엔 동감이야. 밖에 나가봐야 하지 않나?"

"조금 있다가 나가지 뭐. 이제 노인네는 알아서 빠져줘야 푸대접을 안 받아."

"그건 신 회장 말이 맞는 것 같아."

두 노신사가 차를 마시며 피로연이 무르익을 동안 집 안을 지켰다. 결혼 예식까지 모두 끝나자 신 회장은 조금은 허탈하다는 생각이 들기 시작했다.

그리고 컴컴한 침실에 불을 켜고 사진 한 장을 꺼내 들었다. 흑백사진 속에는 상당한 미모를 자랑하는 여인이 그를 향해 미소 짓고 있었다.

"여보, 이제 얼마 남지 않았어. 당신 만나러 갈 날이 말이야."

이렇게 말을 하며 그는 사진을 쓸어내렸다. 늙지 않고 언제나 청춘일 줄 알았는데 그의 손에 핀 검버섯이 그의 눈에 보였다. 창밖에서 태수와 서희의 웃음소리가 들렸다. 신 회장은 몸을 일으켜서 창가로 향했다.

젊은 시절 그가 아내와 그랬던 것처럼 태수가 서희를 안아 들고 웃고 있었다. 서희는 그런 태수에게 내려놓으라고 말하고 있는 것 같았다.

아름다운 짝이었다. 그가 한 일 중에 아주 잘한 일에 속하는 게 저 둘을 이어준 것이었다. 태수의 환한 미소가 그의 마음을 아프게 했다.

"저렇게 잘 웃는 아이였는데……."

일찍 부모를 잃은 태수에겐 웃을 일이 없었다. 하지만 지금 태수는 너무나 행복해하고 있었다. 신 회장은 창가의 소파에 앉아서 하늘을 바라보았다. 수많은 별들이 그에게 수고했다고 말을 하는 것 같았다.

신 회장은 밤이 깊도록 그렇게 하늘의 별들을 바라보고 있었다. 언젠가 저 별들 중에 그가 하나일 때가 있을 거라는 생각을 하면서 말이다.

☆ — THE END — ☆